LE ROMAN DE LA RUSSIE INSOLITE

Yvonne Lavallée
Tardif)

Délimont
avril 2007

VLADIMIR FÉDOROVSKI

Le Roman de la Russie insolite

Du Transsibérien à la Volga

ÉDITIONS DU ROCHER

© Éditions du Rocher, 2004.
ISBN : 978-2-253-11831-2 – 1re publication LGF

À Anne et Kai.

Préface

Le Roman de la Russie insolite est placé sous le signe du chiffre 3. Tout d'abord, il est le troisième volet du cycle que je consacre à la Russie éternelle, dans le droit fil du *Roman de Saint-Pétersbourg* et du *Roman du Kremlin*. Aussi, après le songe des nuits blanches de la ville créée par Pierre le Grand, après les secrets de la forteresse moscovite, nous plongeons dans l'univers de la Russie authentique, du Transsibérien à la Volga.

Ensuite, trois femmes m'ont servi de guide pour ce périple dans le temps et dans l'espace : Alexandra, la dernière tsarine, Inès, l'égérie de Lénine et Catherine, une éminente espionne. Le choix de ces personnages n'est pas fortuit car il est déterminé par les avatars de la vie de Catherine qui, dans sa jeunesse, croisa les deux premières et fixa ses impressions dans son journal intime avec la minutie d'une grande professionnelle du renseignement.

Au fil des pages, Inès Armand et Alexandra Fedorovna revêtent un caractère de symbole : la première devient l'emblème de la Russie révolutionnaire, la seconde la madone martyre de la Russie des tsars, Catherine faisant figure de lien à la fois impliqué et dégagé.

Ce livre parle aussi de la Russie sous trois angles. Premièrement, c'est un ouvrage d'évasion, un voyage historique et amoureux, éclairé par de surprenants personnages : Les fols en Christ deviennent des tsars, les mages et les chamans d'hier rivalisent avec les écrivains spirituels, les gourous et les éminences grises d'aujourd'hui. Les puissants empereurs choisissent de devenir ermites dans les neiges sibériennes, Lénine fréquente la loge maçonnique de Belleville inspiré par son égérie française, les oracles influencent les décisions fatidiques du Kremlin.

Deuxièmement, c'est un livre pratique, car il propose des itinéraires romantiques de voyages. Ainsi visitons-nous les grands monastères, les ermitages cachés dans les neiges de Sibérie, les demeures des grands artistes et des hommes de lettres, les chemins de l'anneau d'or, les villes et les villages de la Russie antique. Il révèle également quelques secrets de la grande gastronomie des tsars.

Troisièmement, cet ouvrage nous guide – et en cela il est nouveau et complètement différent des précédents – à travers les voies sinueuses de la spiritualité russe, où les sages et les prophètes d'hier nous ramènent aujourd'hui vers la nécessité d'une quête de soi.

Chacun des personnages joue un rôle bien défini car ceux-ci ne sont pas seulement réunis par le destin fixé dans le journal intime de l'héroïne principale, ils sont également liés par la logique intérieure cachée mais implacable de l'histoire de la civilisation russe.

Sans l'harmonie mystérieuse des icônes de son disciple Andreï Roublev, nous ne pourrions pas entrer dans le monde des trois (encore trois) plus grands écrivains spirituels du XIXᵉ siècle : Tolstoï, Dostoïevski, et

Gogol. Sans ces derniers, nous ne pourrions pas pénétrer dans l'univers fantastique du *Maître et Marguerite*
de Boulgakov, clef irremplaçable pour déchiffrer les
terribles purges staliniennes. Et sans les oracles d'hier,
nous ne pourrions pas comprendre les bizarreries de
l'époque postcommuniste.

Heureusement, Catherine, l'héroïne du livre, notre
guide, vient à notre secours en livrant ses impressions
sur trois époques différentes, celle d'avant la révolution,
celle des années de plomb de Staline et enfin celle de la
période postcommuniste et de ses aléas. Ainsi entrons-
nous de plain-pied dans l'actualité avec les questions
qu'elle se pose sur l'avenir géopolitique de l'Europe.

La Russie peut-elle rejoindre l'Occident grâce à l'alliance antiterroriste ? Sa mentalité est-elle européenne,
asiatique ou tout simplement une symbiose des deux ?
Finalement, l'Europe de l'Atlantique à l'Oural doit-
elle exister en incluant la Russie chrétienne héritière de
Byzance ? Ou la Turquie, de plus en plus marquée par
la tradition islamique ?

Trois disciplines ont été à l'origine de ma démarche :
l'histoire, la géographie et la politique. Des espaces
infinis de la Russie ressortent les facettes obscures de
la civilisation russe, telles qu'elles apparaîtront, je l'espère, à travers ces pages : rapport étroit à l'invisible,
fatalisme et irrationalité parfois, eux-mêmes conséquences de l'histoire et de la politique, de la géographie
et du climat.

L'histoire et la politique parce que le pouvoir russe,
souvent autoritaire, a toujours été perçu comme écrasant et dominateur. (À la fin du xxe siècle, le double
phénomène de la chute du communisme et de la fin
de l'Empire ne signa pas la fin de cette histoire mais

provoqua, contre toute attente, vide, angoisse, désarroi, bizarreries et autres manifestations étranges.)

La géographie et le climat parce que, sur ces vastes plaines tantôt nues, tantôt couvertes de maigres forêts, l'homme se sent tout petit. Une pareille terre, sous le ciel froid du Nord, éveille souvent le sentiment de l'inanité de la vie et l'âme russe est encline à la mélancolie, à la méditation intérieure, souvent au mysticisme. Ces phénomènes sont-ils la force ou la faiblesse de cette civilisation ? Le lecteur conviendra peut-être avec moi qu'ils sont l'expression de ce qu'on appelle le charme slave.

Face à ces particularités, l'Occident reste quelque peu perplexe et s'irrite d'être déconcerté. Pour ma part j'y distingue les deux faces d'une même culture : l'une est profonde et souvent spirituelle ; l'autre est bizarre et burlesque.

Les excès de l'histoire russe ont trop souvent débouché sur des tragédies, des catastrophes, des fleuves de sang. Au XXᵉ siècle, vingt-cinq millions de morts en ont payé le prix dans les guerres civiles et les goulags qui tétanisèrent ce pays[1].

C'est précisément de ce pays que je viens. Je suis né en 1950 à Moscou où ma jeunesse se déroula avant que je ne devienne diplomate en 1972. Aussi ai-je été élevé dans un système étrange construit de rencontres, de mérites et d'allégeances.

---

1. Selon les études d'Alexandre Yakovlev, l'idéologue de la perestroïka.

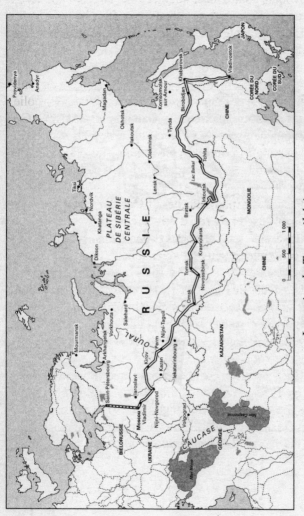

Le trajet du Transsibérien

Les principaux monastères

Le monde d'où je viens

Dans ce monde complexe, la part de l'effort ne doit pas être sous-estimée : les tsars se sont toujours entourés de collaborateurs venus des bas-fonds de la Russie profonde, et à la fin du XVIIᵉ siècle, Pierre le Grand n'hésita pas à se faire charpentier pendant son fameux voyage en Hollande. À vrai dire, il y a toujours eu dans la société russe un respect réel pour les compétences techniques, mais personne n'était assez inconscient pour n'attribuer sa réussite qu'à ses seules œuvres.

Chaque Moscovite faisait partie d'un « cercle » d'amis, et celui-ci n'existait que pour aider chacun de ses membres à survivre, à gravir un ou deux échelons dans la société, à bien marier ses enfants, à être soigné en cas de maladie grave. Cela était plus vrai encore pour les membres de la nomenclature, ce cercle enchanté des puissants. Sous Staline, les leçons de piano, les domestiques, les cours de français et d'équitation servaient à singer la noblesse révolue. Dans les années 1970, les voyages à l'étranger, les chaînes hi-fi et les voitures importées permettaient de jouer aux grands patrons capitalistes. Mais, tout le monde le savait, rien n'appartenait à personne en propre.

J'ai commencé à observer ces mœurs en faisant mes études supérieures à l'Institut des relations internationales de Moscou[1]. Ma chance fut d'y apprendre plusieurs langues étrangères, l'anglais, bien sûr, le français, idiome de prestige par excellence, langue diplomatique de surcroît, et l'arabe, langue exotique, difficile, mais dont l'importance stratégique ne faisait que s'étendre à mesure de l'évolution du cours du pétrole. Mon premier poste en Mauritanie fut sans éclat, mais j'en étais satisfait car l'Afrique, en comparaison de l'URSS, représentait un espace de liberté. Je m'y fis des amis, notamment le directeur des Affaires politiques de passage à Nouakchott, qui me bombarda bientôt interprète de la langue arabe au Kremlin.

Un jour, au début des années 1970, je fus convoqué pour exercer cette fonction[2].

En vérité, la tâche n'était pas trop difficile – ces entretiens se déroulaient à un niveau très général et dans un ruissellement de termes abstraits. En 1977, j'obtins une récompense inattendue pour ce travail : on me demanda quelle affectation « me ferait plaisir » dans le service diplomatique. Sans hésiter, je répondis : la France. J'obtins alors le poste tant convoité d'attaché culturel, au moment le plus intense des échanges dans ce domaine. Ainsi rencontrai-je les monstres sacrés de

---

1. MGIMO. C'était en Russie ce que Sciences-Po était en France. Les cadres du ministère des Affaires étrangères étaient issus de cet établissement.

2. Pour le président algérien Houari Boumediene. Celui-ci utilisant parfois des formes dialectales influencées par le français, il semblait utile de faire venir quelqu'un qui parlât également cette langue. Le « tsar rouge » Brejnev ne fut pas mécontent de moi et me fit revenir pour d'autres leaders arabes, du Libyen Muammar Al-Kadhafi au Palestinien Yasser Arafat.

l'art du XXe siècle : Dalí, Chagall, Aragon et leurs égéries russes… J'étais comblé. Rien de plus normal pour
un garçon qui rêvait d'écrire des nouvelles, attablé aux
Deux Magots.

Cependant, la représentation diplomatique à Paris
fonctionnait d'une manière quelque peu insolite. Je
savais bien que c'était « l'ambassade des princes et
des princesses » réservée aux fils et aux filles des hiérarques les plus puissants. Mais la faveur du chef du
Kremlin l'emportait sur toute autre considération.

J'étais à Paris en 1977 au moment où l'on inaugura
les nouveaux bâtiments du boulevard Lannes dont la
construction avait commencé en 1972 : le « bunker »,
comme on n'a pas tardé à le surnommer. Certes, il faut
faire la part des choses, l'architecture occidentale, à
l'époque, n'était pas particulièrement élégante. Les
édifices de Lannes, cependant, allaient au-delà de la
laideur ou du ridicule : c'était – et c'est toujours – un
édifice surdimensionné (cent mètres sur trente-cinq),
un bric-à-brac de piliers de béton, d'escaliers monumentaux qui ne mènent nulle part…

Fut-il un symbole de l'évolution du Kremlin dans
ces années 1970 ? En tout cas, la prétention y côtoyait
le mauvais goût : des lustres trop lourds accrochés à
des plafonds trop bas, des tableaux mal finis ou même
des tapisseries en fibres synthétiques. Si la magnifique
résidence de l'ambassadeur héritée de l'époque des
tsars[1] fleurait encore une odeur de grande puissance,
boulevard Lannes, on sombrait dans le déclin. Isolée
du 16e arrondissement bourgeois par une voie à grande
circulation, au bord du périphérique et du bois de Bou-
logne, alors voué à la prostitution la plus sordide, la

---

1. L'hôtel d'Estrées, rue de Grenelle.

nouvelle ambassade avait d'ailleurs moins pour fonction de représenter une grande puissance que de rassembler le personnel soviétique de Paris sur un seul site où il était plus facile de le surveiller.

Les seize mille mètres carrés du « bunker » n'étaient pas tous consacrés au métier diplomatique proprement dit, loin de là. À la « zone de service » célèbre pour son entrée « officielle » dominée par une statue massive de Lénine en marbre blanc et sa salle de réception de cinq cents mètres carrés, s'opposait en effet une « zone d'habitation », avec ses magasins, sa salle de sport, son école, son garage, son cinéma. Chaque entrée et chaque sortie, de l'ambassade à la ville ou d'une zone à l'autre au sein du bâtiment, étaient supervisées par un officier des gardes-frontières. La vie quotidienne soviétique y avait été reconstituée de façon hyperréaliste : files d'attente devant les magasins, achats octroyés en fonction du grade du diplomate, festivités patriotiques, intrigues et jalousies… Mais cette quarantaine ne pouvait pas être totale, surtout pour les conseillers de l'ambassade dont je faisais partie. J'étais bel et bien en poste à Paris et ne me privais pas d'y flâner des journées entières…

De retour à Moscou pour travailler au ministère des Affaires étrangères, je me liai d'amitié avec la future éminence grise de Gorbatchev[1].

---

1. Alexandre Yakovlev a suivi le chemin classique des hommes de sa génération. Officier des fusiliers marins pendant la Deuxième Guerre mondiale, il fut blessé et garda une légère claudication. Il gravit très vite les échelons pour devenir le personnage clef de la propagande du Kremlin. Au début des années 1970, Yakovlev fit preuve d'audace en dénonçant l'influence exercée sur l'appareil par les nationalistes russes d'extrême droite. La sanction fut immédiate. Il fut aussitôt démis de ses fonctions et envoyé dans un exil « doré » comme ambassadeur au Canada où il demeura de 1972 à 1983.

Une rencontre fatidique

Les relations entre les deux hommes prirent une autre tournure en 1983, lors de la visite de Gorbatchev au Canada. Celui-ci, à l'époque chargé de l'Agriculture, venait y solliciter l'expérience occidentale dans ce domaine.

Une panne d'avion provoqua un conciliabule impromptu qui allait se transformer en une véritable alliance politique. En effet, le jet du ministre canadien de l'Agriculture étant en retard, Yakovlev et Gorbatchev battaient la semelle en bordure de la piste d'atterrissage. Vêtus de manteaux gris et chapeautés de feutres, le visage rougi par un vent glacial, ils marchaient et ponctuaient leur conversation de grands gestes. Les gardes du corps, destinés non seulement à protéger les dignitaires soviétiques, mais aussi à informer le KGB de ce qu'ils auraient pu entendre, se tenaient à distance respectable car il n'y avait pas de danger sur la piste.

Les minutes passèrent. Dix, vingt, puis une heure… Soit le temps de tout se dire et de prononcer des mots fatidiques qui allaient devenir les symboles de la politique réformiste[1].

---

1. « Perestroïka » et « glasnost ».

Le diagnostic des deux hommes était sévère : l'URSS allait à la catastrophe. Il fallait radicalement changer de cap. Dès lors, le futur tsar et son inspirateur devinrent inséparables.

Je ne puis me résoudre, cependant, à présenter Alexandre Yakovlev comme une simple éminence grise. En revanche, il entre naturellement dans notre récit car je le comparerais plutôt à l'un de ces vieux sages de la Russie traditionnelle, les *starets*, qui apparaîtront au fil des pages. Dostoïevski décrivait ainsi ces hommes en quête de spiritualité absolue qui vivaient souvent en dehors de la hiérarchie ecclésiastique. « Celui qui prend la volonté d'autrui entre ses mains et le guide vers la lumière. »

Sous la houlette de cet homme, je revins en France en qualité de conseiller diplomatique chargé d'expliquer la glasnost. J'organisai la venue d'Andreï Sakharov à Paris après son retour d'exil… le retour de Noureïev en Russie… J'étais grisé.

« Nous allons prendre le donjon pour détruire le château », me confia un matin Yakovlev. Autrement dit, prendre le Kremlin pour abolir la dictature. Je fus emballé ! Nous voulions rejoindre l'Europe, en finir avec le totalitarisme. Enfin, pouvoir nous regarder dans un miroir.

Cependant, tout restait ambigu ; Gorbatchev hésitait encore à engager des réformes inévitables, notamment dans le domaine de l'économie. J'ai alors commencé à m'interroger sur ses réticences[1]…

---

1. C'est d'ailleurs pour cette raison qu'en 1990 j'ai quitté la diplomatie pour participer à la création du Mouvement des réformes démocratiques, dont je fus le porte-parole pendant la résistance au putsch paléo-communiste d'août 1991.

La dame du Transsibérien

En juin 1987, pour oublier toutes ces tracasseries, je décidai de prendre des vacances en voyageant par le Transsibérien. Sans doute inconsciemment éprouvais-je le besoin de renouer avec la Russie de mes racines avant de changer radicalement de cap.

La première nuit, il me fut impossible de trouver le sommeil. Il était tard.

Après être resté un long moment aux aguets, je sentis une vibration parcourir le sol puis j'entendis bientôt un bruit distinct qui prenait de l'ampleur. C'était le martèlement précipité des roues. Le train lancé à vive allure grondait, haletait, impérieux, menaçant, laissant à peine à mon esprit le temps d'imaginer ses compartiments d'autrefois rehaussés de boiseries et tendus de velours, ses voitures-restaurants, ses wagons-lits, salons de coiffure, salles de bains…

De Moscou à Vladivostok, le Transsibérien parcourt 9 299 kilomètres. Les travaux de la ligne ont couru tout au long du XXᵉ siècle, souvent menés par des forçats sibériens – droits communs et politiques confondus –, dans des conditions climatiques et humaines indescriptibles. C'est la ligne de chemin de fer la plus longue du monde. Elle traverse l'Oural, longe le désert de Gobi et s'enfonce dans les montagnes de l'Amour[1].

Le Transsibérien ne passe pas moins de sept fuseaux horaires et s'arrête une vingtaine de minutes environ toutes les trois heures.

Dans ce train légendaire, je fis la connaissance d'une dame étonnante, une Française pas comme les autres, angevine de pure souche. Elle était très âgée. Sa stature n'était guère imposante mais son allure attirait immédiatement le regard. D'ailleurs, sur le quai de la gare, tous les yeux étaient tournés vers cette belle vieille dame. Un monsieur fort élégant était agenouillé à ses pieds et lui baisait la main…

Les gens se demandaient souvent pourquoi cette Française si érudite disait curieusement « dans le jardin je vais aller », inversant l'ordre de cette phrase, à la russe. Sans doute ignoraient-ils que ces mots ainsi assemblés évoquaient les notes d'une valse interrompue…

« L'amour ne meurt jamais », répétait-elle souvent.

Longtemps auparavant, Catherine – tel était son prénom – avait vécu en Russie avec ses parents, professeurs de langues vivantes chez un grand-duc.

Dans cet étrange pays, au gré d'une croisière, elle avait rencontré l'homme de sa vie. Un bonheur de courte durée car celui-ci allait bientôt être tué sur le front de la Première Guerre mondiale. Elle garda cependant intact toute sa vie le souvenir de ce prince charmant.

Cette femme hors du commun croyait à la réunion des destins et à la magie des contrées lointaines. Ayant

---

1. Il existe également deux autres tracés ayant un tronçon commun avec le Transsibérien : le Moscou-Pékin via Oulan-Bator (le Transmongolien), et le Moscou-Pékin via Harbin (le Transmandchourien).

quitté la Russie au moment de la révolution de 1917, elle se décida soixante-dix ans plus tard à faire une sorte de pèlerinage sur les lieux mythiques de sa jeunesse.

Dans son esprit, lieux et destinées étaient indissociables : le Transsibérien et la Volga ; le Kremlin et Saint-Pétersbourg, les monastères et les ermitages cachés dans la taïga. Tous défilaient dans sa tête comme dans le théâtre italien : les grands aventuriers et les hommes d'État ; les amoureux passionnés et les artistes qui n'y partirent pas seulement à la recherche de la fortune mais aussi à la quête d'eux-mêmes.

Au fil de ce périple dans le Transsibérien, comme dans les contes des mille et une nuits, Catherine me raconta sa vie tumultueuse et riche, révéla ses avatars. Récit de sa vie ou évocation plus large de la Russie ? En tout cas, à chaque arrêt correspondait un épisode à part, une halte dans les allées les plus obscures de l'âme slave.

« Pourquoi tous ces êtres si différents et en même temps si semblables sont-ils allés en Russie ? », s'interrogeait mon interlocutrice. Elle était persuadée qu'il y avait un dénominateur commun entre ces personnages, et, tout naturellement, s'était placée dans leur sillage.

En souvenir de cette grande dame, j'ai décidé de traverser les siècles et les steppes en réunissant les destins des hommes et des lieux qu'elle m'a racontés. Ce livre s'inspire fidèlement de témoignages et d'archives, en particulier du journal intime de Catherine L., notre guide à travers la Russie insolite[1].

---

1. Restant discrète à propos de certains épisodes de sa vie tourmentée, elle m'a permis de l'utiliser à condition de pas dévoiler sa véritable identité pour le moment.

Pourtant, son récit est conforme à cette réalité historique cachée, si souvent déformée au XXe siècle. Ainsi, à travers les champs et les chemins sinueux de la spiritualité russe, les sages et les prophètes d'hier nous ramènent vers l'aube du XXIe siècle.

Le coup de foudre

C'était au tout début de l'automne 1906, le vapeur *Pouchkine* filait sur la Volga. Un soleil timide avait fait son apparition. Une mouette solitaire accompagnait le bateau de son vol vagabond, tantôt elle suivait la poupe en gîtant, tantôt elle allait se fondre au loin, comme si elle se sentait perdue dans l'étendue vide où errait le fleuve immense.

Le bateau aussi était presque désert. Deux uniques passagers du pont supérieur, toujours ensemble dans leurs promenades, discutaient avec animation. Le couple s'était rencontré quelques jours plus tôt à la table du capitaine. Le comte Michel Micherski était un homme d'une trentaine d'années, grand, fort, remarquable à l'air de gravité triste de ses traits, et parfois même de toute son allure. Pourtant, derrière cette ombrageuse apparence se cachait un vrai tempérament. D'emblée il avait été bouleversé par cette jeune Française qui osait voyager seule depuis la disparition récente de ses parents. Petite, Catherine semblait à la fois si fragile et volontaire. Une lourde tresse blond vénitien tombait sur ses reins. Si elle maîtrisait parfaitement le russe, Michel préférait lui parler français.

Le bateau était décoré de bois précieux dans le style Art moderne, à la mode à l'époque. Un samovar fumait dans un minuscule réduit qui faisait office de cuisine afin que l'homme de service puisse offrir du thé à tout moment. Charmée par ce confort, Catherine voulut inspecter les troisièmes classes. Bien qu'il réprouvât la curiosité de sa compagne, Michel la suivit de couloir en couloir jusqu'à la partie la plus déshéritée du bateau. Ils s'arrêtèrent dans une cale encombrée de colis pouilleux, d'où émergeaient des voyageurs semblables eux-mêmes à des paquets de haillons. Femmes avachies, un fichu sur la tête, les mains croisées sur le ventre, gosses croûteux, ivres de fatigue, moujiks aux cheveux jaune paille, à la peau tannée, barbouillée de crasse et de sueur et aux yeux battus. Une âcre odeur humaine les fit battre en retraite. Revenue sur le pont supérieur, Catherine confessa à Michel la gêne qu'elle avait éprouvée à constater une fois de plus la brutale cohabitation de la richesse et de la misère en Russie.

Le bateau faisait cap vers la capitale commerciale du pays, Nijni-Novgorod, où toutes les races de la Russie se confondaient dans l'agitation du négoce.

Pour les voyageurs français de l'époque, cette ville campée sur les rives de la Volga, était déjà un mythe. Si Théophile Gautier s'était écrié : « Comment peut-on vivre sans avoir visité Nijni-Novgorod ? », Alexandre Dumas, avant lui, avait éprouvé la même crainte de ne pouvoir rejoindre la ville et sa foire légendaire, entre Occident et Orient.

Michel entreprit d'expliquer à Catherine en quoi consistait la foire de Nijni-Novgorod.

Depuis 1641, la principale foire de la région se tenait dans le voisinage du couvent de Saint-Macaire, à soixante-dix kilomètres de Nijni-Novgorod, sur les terres d'un propriétaire foncier qui touchait les redevances des marchands. Mais, en 1816, un incendie ayant détruit les baraques, le tsar Alexandre Ier, désireux de créer de nouvelles ressources, avait ordonné de transférer la foire sur les rives de la Volga. Or, l'endroit était sans cesse submergé par des inondations. Pour remédier à cet inconvénient, le gouvernement entreprit des travaux gigantesques, qui durèrent jusqu'en 1822. Le sol fut surélevé de quatre mètres et soutenu par des voûtes en pierres de taille ; un immense cloaque pratiqué en dessous se déversait dans la Volga.

Le succès de cette foire s'expliquait par une situation avantageuse, à l'intersection de deux grandes voies fluviales. Là se mariaient les commerces de l'Orient et de l'Occident. Bien que ces précisions eussent préparé Catherine à l'idée d'un plongeon vertigineux dans la foule, elle fut étonnée, le lendemain, en abordant cette ville extraordinaire.

Le couple prit place dans un fiacre pour visiter rapidement l'antique cité, ses couvents, ses cathédrales, ses églises, son parc. Puis, du haut d'une colline, il contempla le paysage étrange de cette foire installée sur le triangle de terre que la Volga et l'Oka découpaient en se rencontrant. Au premier plan dormait une flotte de navires aux proues larges et carrées, hérissés d'une forêt de mâts. Plus loin, au milieu du courant, des bateaux de silhouette plus allongée, attachés les uns aux autres, formaient de véritables îlots couronnés de flèches et de cordages. Et, derrière une étendue d'eau calme, s'alignaient encore des coques disparates, des bâches cabossées, des voiles flasques. Une foule de débardeurs grouillait dans un bain de buée bleuâtre.

Ces barques, ces chalands, ces jonques avaient apporté le thé de Chine, les fers de l'Oural, les cachemires de Perse, les fourrures de Sibérie et les poissons secs de la mer Caspienne.

Au-delà des toits verts du bazar, une autre zone d'eau s'étalait, brillante, telle une coulée de mercure – la Volga. L'horizon était immense comme au bord de la mer. « Tout ce que j'avais vu jusque-là, souligna Catherine, n'était qu'images et idées, de pays, de rivières, de monde. Là, tout était grandeur nature, à la mesure du Créateur. »

Dans l'air chaud, parfumé d'une odeur de poisson, de goudron, montait un bourdonnement de voix indistinctes. Tous les dialectes de la Russie et de l'Asie se heurtaient en ce lieu haut en couleurs. Michel ordonna au cocher de poursuivre sa route. Le fiacre descendit un raidillon et s'engagea sur le pont de planches.

Le couple mit pied à terre au plus épais de la cohue. La foire se composait d'un quartier intérieur et d'un quartier extérieur. Le quartier intérieur était formé de halles à un ou deux étages, construites pour la plupart en pierre, au bord de larges rues qui se coupaient à angle droit. Trois mille magasins ouvraient là leurs étalages de bijouterie, d'orfèvrerie, de soierie, d'horlogerie et de bibelots divers.

Sans laisser à Catherine le temps de s'arrêter parmi les échoppes, Michel la conduisit sur un terrain situé à l'ouest du débarcadère de Sibérie, royaume des dépôts de thé. Les balles de thé, entassées sur une grande hauteur, étaient recouvertes de toiles imperméables. Le vendeur habitait à proximité de son trésor, dans une cabane construite avec des nattes. Michel expliqua à Catherine que le thé qui venait de Chine par le Transsibérien ou voie de terre (le thé de caravane) passait pour être supérieur au thé qui venait par la mer. Mais, en amateur éclairé, il précisa qu'en réalité, le thé de caravane ne suivait pas constamment la route terrestre depuis la frontière chinoise : c'étaient des bateaux qui le transportaient sur la Volga. Ce thé, appelé aussi thé Russe ou encore thé de Cuir, était enfermé dans de petites caisses, elles-mêmes cousues dans des peaux dont le poil était tourné en dedans, afin d'en préserver tout l'arôme.

Le couple fut convié par les Caucasiens à le déguster, préparé à leur manière, agrémenté de lait, de beurre ou encore de sel et de poivre.

Le lendemain de cette excursion, Michel se montra plus pressant encore. Si la jeune fille n'encourageait pas son soupirant, elle ne le repoussait pas non plus. Elle le trouvait émouvant et si drôle quand il roulait les « r ». Mais Catherine ne céda point. Le troisième jour de la traversée, il lui avait dit à plusieurs reprises : « Si vous ne venez pas dans ma cabine, j'irai jusqu'à la vôtre. » Impressionnée par cette menace, Catherine ferma sa porte à double tour ce soir-là. Songeant à son fougueux compagnon, le visage illuminé par une étrange légèreté, elle regarda par le hublot l'interminable balai des hordes de gueux marchant péniblement sur le rivage du fleuve. Un câble les reliait au mât du bateau qu'ils avaient pris en remorque. L'extrémité de ce câble était garnie de sangles en cuir, distribuées par paires, et soutenant, chacune, un court bâton. Les haleurs étaient attelés aux sangles et appuyaient de tout leur poids sur le bâton placé à la hauteur de leur ceinture. Le navire étant de médiocre importance, un rang de haleurs suffisait à le mouvoir. Une mélopée sourde et rudement scandée accompagnait leur effort. Ils avançaient tous ensemble le pied droit. Mais leur fardeau était si lourd qu'ils ne pouvaient avancer de même le pied gauche et se contentaient de le ramener au niveau de l'autre. Un mouvement du buste en avant, une puissante inclinaison de l'épaule, et de nouveau, tous les pieds droits se déplaçaient dans la boue du chemin de halage. Le rythme monotone du chant réglait la marche si rigoureusement qu'il était impossible à un haleur de ralentir le pas sans gêner tous les autres.

Le chant des haleurs s'était tu. Catherine descendit alors prendre du lait chaud. Il était tard déjà. Pour ne pas risquer de rencontrer son sigisbée, elle remonta l'escalier sur la pointe des pieds à la lueur de la veilleuse, les yeux rivés sur le sol pour ne pas chuter. Soudain sa tête buta dans quelque chose. Un baiser ardent fit taire son cri tandis qu'elle se sentait enlevée par des bras puissants. Michel, entièrement nu, emmena sa captive dans sa cabine sans qu'elle eût la moindre envie de résister. Il la déposa délicatement sur le lit et lui signifia très tendrement qu'il ne l'obligeait aucunement à rester si tel n'était pas son désir. Mais, gagnée par cet amour fulgurant, Catherine ne songea pas à s'échapper. Les mots qu'ils échangèrent à cet instant sont restés gravés dans sa mémoire.

– Tu crois en Dieu ? demanda Michel en pointant son index vers le plafond.

– Oui, répondit Catherine.

– Eh bien c'est Lui qui t'a envoyée pour être ma femme…

Inséparables, ils l'étaient devenus dès le début ; ils resteraient désormais soudés à jamais. « Tout s'était passé d'une manière si rapide, si vertigineuse, surtout

pour les mœurs de l'époque… », me racontait mon
interlocutrice, calée dans l'angle du compartiment du
Transsibérien.

Le voyage terminé, Michel emmena Catherine dans
sa demeure moscovite. Puisqu'elle allait être maîtresse
des lieux, autant qu'elle se familiarise le plus vite possible ; comme s'il savait qu'il n'y avait pas une minute
à perdre. Pendant la visite de la galerie des portraits,
Micherski se campa sous un tableau représentant un
monastère sous la neige.

« Pour adopter mon pays, dit-il en caressant les reins
de sa compagne, tu dois tout d'abord le comprendre.
Tout le monde va au Kremlin ou à Saint-Pétersbourg,
mais moi je vais t'emmener à la Sainte-Trinité ; ce lieu
attire invariablement tous ceux qui veulent entrer dans
cet univers étrange de la Russie authentique, et nous
nous y marierons… »

Le monastère de la Sainte-Trinité

Le monastère se trouvant à une soixantaine de kilomètres de Moscou, le couple prit place dans une inconfortable *kibitka*, cette voiture de bois et d'osier qui vous traduisait dans tous les os les moindres aspérités du chemin avec une fidélité cruelle ; on sautait et l'on retombait sur son séant secoué comme un épouvantail. Le cocher ne s'inquiétait guère des amoureux, son affaire était d'aller, la leur, de se tenir.

L'horizon était dégagé à perte de vue avec un ciel léger, vaste, si profond. La fraîcheur des vergers remplis d'une brume violette que trouaient çà et là les éclats lumineux du soleil matinal enivrait les pèlerins. Qu'importaient les cahots, par cette journée superbe, bercés par la note claire et monotone de la clochette qui tintait au cou du cheval, les jeunes voyageurs semblaient absorbés par la même rêverie. Le soleil éclairait les allées d'érables roux et la route, aplanie après les pluies, paraissait frotté d'huile et brillait comme les rails du Transsibérien sous ses rayons obliques. Les prés encore un peu humides et dégarnis exhalaient un parfum délicat d'écorce, le silence frais du matin n'était brisé que par le chant des merles.

Après la traversée des remparts par la Porte Sainte, au bout de l'allée bordée d'arbres, apparurent aux yeux éblouis de Catherine les bulbes bleus piqués d'étoiles d'or couronnant la blanche cathédrale de l'Assomption. Tous les bâtiments étaient peints de couleurs éclatantes. Le rouge et le blanc rivalisaient avec les jaunes et les verts les plus vifs. Dans un coin du jardin, un moine parlait avec des pèlerins, sur le sol traînaient des nattes, des tas de frusques. Dans un four creusé dans la terre se préparait une appétissante bouillie de millet garnie de lard ; le soir, on y mettrait à chauffer le samovar.

Sur chaque mur doré de la cathédrale, des multitudes de saints semblaient danser à la lueur de milliers de bougies.

Plus tard, dans la nuit, quand les feux s'éteignirent au village et que déjà, haut dans le ciel, scintillaient les Pléiades, Michel conta à Catherine l'histoire de la conversion de la Russie par le grand prince Vladimir, en 998.

Avant de choisir une religion, Vladimir avait fait venir auprès de lui des représentants des principaux cultes. Connu pour son épicurisme, il avait été tenté par le paradis de Mahomet, mais l'interdiction de s'enivrer, ne cadrant pas avec la tradition russe, le rebuta !

Intéressé par le judaïsme, il refusa la circoncision.

Quant aux catholiques, leur soumission à Rome irritait également le souverain :

– Nos pères, déjà, refusaient de recevoir leur baptême du pape !

En revanche, la religion décrite par le moine grécobulgare séduisit le grand-prince pour la beauté de ses rites. Ses messagers envoyés à Constantinople lui décrivirent ainsi leur éblouissement : « Nous ne savions pas si nous étions au paradis ou sur terre. Car sur terre, nous n'avions pas rencontré une telle splendeur. »

Puis, l'orthodoxie était une foi tolérante qui n'interdisait ni de boire, ni de manger, ni d'aimer, ni de guerroyer, ni de conquérir de nouvelles terres. Cette religion conviendrait donc à son peuple. Rusé, Vladimir envahit les possessions byzantines en Crimée d'où il dicta ses conditions : puisqu'il avait épousé la princesse Sophie, sœur des empereurs de Byzance, Basile et Constantin, plus question de vassalité en échange de sa conversion.

Le baptême de la Russie orthodoxe fut donc célébré cette année-là et Vladimir[1] fut baptisé avec ses proches.

Comme partout ailleurs, les églises chrétiennes furent souvent construites à l'emplacement des anciens lieux sacrés et les dieux d'autrefois n'en continuèrent pas moins d'exister furtivement[2].

Ainsi la vénération et la déification païennes de la nature demeurèrent dans l'âme populaire. Des régions entières vécurent mille ans dans la cohabitation du paganisme et du christianisme. Les anciens sorciers côtoyaient les saints : les thaumaturges guérissaient, les sorciers jetaient des sorts ou les conjuraient.

---

1. Surnommé le Beau soleil, il est resté dans l'histoire comme le Grand ou le Saint.

2. Le dieu Volos, par exemple, dont la puissance indomptable, selon la tradition, se manifestait tour à tour dans la fécondité et la destruction du monde, se transforma en « saint Vlassi le Thaumaturge, serviteur de Dieu ». Peroun, le dieu de la foudre, fut remplacé par le prophète Élie déclenchant la tempête.

L'énigme des icônes de Roublev

Le monastère Saint-Serge allait demeurer pour Catherine le meilleur sésame pour ouvrir les portes de la Russie. « Au milieu du XIVe siècle, en ces temps de déchirement, de querelles et de zizanie permanentes, en ces temps de grande sauvagerie et d'invasions mongoles, Serge de Radonège avait ressenti la brûlure du monde », entonna-t-elle.

Depuis 1240, les Mongols de la Horde d'Or dominaient la Moscovie. À cette époque, en marchant vers le nord-ouest, les Mongols s'étaient approchés de Moscou, croyant atteindre Novgorod où ils espéraient trouver cette « ville pleine de trésors » dont leur parlaient leurs espions. De la hauteur des Monts des Moineaux, le neveu de Gengis Khan avait vu le Kremlin. S'il ne prévoyait pas d'y trouver un riche butin, ce chef mongol expérimenté comprit immédiatement l'importance stratégique de la ville. Sa décision fut prompte. Ses cent vingt mille guerriers attaquèrent les trois mille défenseurs du Kremlin…

Désormais la possession du titre de grand-prince russe dépendait du bon vouloir du khan. Les Mongols s'approprièrent les meilleures terres, exigèrent le paiement d'impôts sans cesse plus élevés. Suscitant des révoltes qu'ils réprimèrent avec dureté, ils ravagèrent le pays, semant la terreur sur leur passage. Le grand-prince russe, le jeune Dimitri, était alors trop occupé à combattre les Lituaniens sur sa frontière nord pour s'opposer à la Horde d'Or et tout le pays était désolé, anéanti. Les Russes ne nourrissaient plus aucun espoir, tant survivre était parfois pire que mourir.

Dans une clairière, quelques petites maisons de bois étaient disposées autour d'une modeste chapelle. Chacune abritait une âme. La vie dans cet ermitage était rude, d'une austérité extrême, proche de la nature et des animaux. Les moines refusaient toute aumône et disposaient seulement de la portion de blé nécessaire pour cuire leur pain durant l'hiver.

Né en 1314 dans une famille de boyards, le guide spirituel de ces moines, prénommé Serge, avait reçu une éducation digne de son rang. Attiré très tôt par la vie monastique, il attendit que ses parents aient quitté ce monde pour se retirer dans la solitude. Il se dépouilla alors de toutes ses richesses et alla chercher dans une forêt[1] le lieu le plus propice à l'accomplissement de son vœu. Comme il chevauchait à travers bois, la lumière lui apparut dans la neige et le mena jusqu'à une source. Perdu au cœur de la forêt, loin des hommes et de leurs folies, l'endroit convenait parfaitement à ce que recherchait Serge. Animé par le sentiment d'obéir à la volonté de Dieu, il entreprit d'y construire de ses propres mains sa cellule et renonça définitivement au monde.

Ainsi devint-il le premier des *starets*, autrement dit des guides spirituels intercesseurs entre les hommes et Dieu. Le *starets* est choisi par les moines ou les laïcs

---

1. Radonège.

comme maître spirituel. Il peut être moine ou ermite, sans occuper une fonction particulière dans un monastère. Il s'agit d'une catégorie d'individus bien spécifique dans la vie religieuse russe. Originellement on appelait ainsi les moines, et plus particulièrement les moines anachorètes. À partir du XVe siècle, le terme fut utilisé pour désigner certains ermites qui, par une vie extrêmement pieuse, par la pratique de la prière et du jeûne, apparaissent tels des élus de Dieu, lequel leur a donné le pouvoir de prophétiser et de guérir.

Pour la conscience populaire, le *starets* est un très vieil homme, fort d'une grande expérience et qui, du fait de son grand âge, est détaché des choses terrestres[1].

Leurs « exploits » ascétiques étaient souvent tenus secrets. La règle du monastère interdisait que ces richesses de l'esprit fussent propagées à l'extérieur pour éviter des tentations séculières. Les chroniques affirment que Serge possédait, entre autres, le don d'ubiquité et pouvait, par exemple, converser à distance avec un ami passant à des kilomètres du monastère de la Sainte-Trinité.

On vint le voir de tout le pays et sa notoriété de sage et de prophète fut telle que le patriarche de l'Église russe lui offrit d'être métropolite. Serge refusa cette proposition, n'aspirant qu'à conserver la fonction et la place que Dieu, disait-il, « lui avait assignées ».

---

1. Dans le dictionnaire de la langue russe, la définition s'apparente d'ailleurs à « l'ancien ». Ainsi, au début du XXe siècle, Raspoutine, appelé *starets* par la tsarine, était-il gêné de sa relative jeunesse. Il avait quelques années de moins que le tsar. Il se vieillissait donc volontairement, ce que rendait possible son visage de paysan ridé, prématurément vieilli.

Serge demeure aussi le symbole de ce que les Russes appellent *podvijnik*, traduisible par : adepte du mouvement héroïque. Ces moines ou ces ermites ont peut-être contribué, davantage encore que les chefs du Kremlin, au développement de l'Empire, en installant leurs monastères dans les immenses plaines vierges de la Russie. D'ailleurs les monastères sont appelés *pustin*, ce qui signifie « le désert ». Ces pionniers des conquêtes russes n'étaient pas seulement guidés par l'union mystique avec Dieu, ils étaient, comme ils le disaient, « imprégnés de Son énergie ».

La quête initiée par Serge se répandit à travers toute la Moscovie. À cette époque, le nord-ouest du pays se couvrit de monastères. En cent ans à peine, plus de cent cinquante de ces lieux de prière furent édifiés. Ils sont le témoignage d'un gigantesque élan de spiritualité, d'une ferveur populaire dont on connaît peu d'exemples à travers l'histoire[1].

Après la mort de Serge, en 1392, sur l'emplacement de la petite église en bois des origines, fut édifiée, en 1422, la cathédrale de la Trinité où reposent ses cendres.

C'est là que son disciple, Andreï Roublev[2], exécuta, avec des bleus et des rouges inimitables, les plus belles icônes de la fameuse iconostase et devint le plus célèbre peintre d'icônes de tous les temps. Les quel-

---

1. Comme le monastère Saint-Cyrille, sur le lac Blanc, en 1397, ou encore le monastère Savva et Sosima dans les îles Solovetsk en 1436, cent ans après la fondation de la maison mère de la Sainte-Trinité.

2. Il vécut approximativement de 1370 à 1430.

ques œuvres dont nous sommes sûrs qu'elles sont de lui témoignent des qualités de composition et de lyrisme du maître[1].

Les icônes sont composées selon un rite précis, comme un accomplissement au cours duquel l'artiste est en prière perpétuelle. Le chef-d'œuvre de Roublev, *La Sainte Trinité*, est imprégné de cette mystérieuse spiritualité. La composition simple et harmonieuse obéit à un mouvement presque imperceptible. L'impression de paix, de lumière, y exprime l'esprit de saint Serge.

Les orthodoxes prient généralement les yeux ouverts rivés sur les icônes. Prier, pour les Russes, c'est méditer en couleurs avec « l'âme et le corps » pour se transcender soi-même en figure spirituelle. Ainsi peuvent-ils transmettre la lumière divine entrée en eux. Le mot « saint », *sviatoï*, signifiant en russe « lumière », les moines représentent en quelque sorte des icônes vivantes.

Dans cette tradition qui puise ses sources dans l'Égypte ancienne, l'image est plus importante que la parole. Dans la religion orthodoxe, la beauté des rites joue un rôle primordial. « La beauté sauvera le monde », dit le prince Muichkine, héros de *L'Idiot* de Dostoïevski, souvent présenté comme une sorte de Christ des Temps modernes. Selon ce concept, les questions doctrinales étant résolues par les pairs de l'Église, seule la beauté des rites prime, servant de ciment à une communauté. Ces gestes immuables constituent

---

1. Et particulièrement ses œuvres maîtresses représentant la Sainte Trinité de l'Ancien Testament et son Sauveur (voir les illustrations).

les points de repère. Les bouleversements violents survenus dans l'histoire de l'Église orthodoxe russe ont presque toujours été liés à des querelles sur le rituel.

Tandis que Catherine me parlait de saint Serge comme si elle était russe, nous arrivâmes à Iekaterinbourg, porte de l'Asie au pied de l'Oural.

Ses habitants l'appellent encore Sverdlovsk, du nom du commissaire du peuple qui ordonna, dans la nuit du 16 au 17 juillet 1918, l'exécution du tsar Nicolas II et de sa famille. Là, le train freina. Nous passâmes devant une petite isba commémorative, à l'emplacement de la maison Ipatiev où furent assassinés les Romanov.

Au sud, les contreforts de l'Altaï se profilèrent dans un horizon bleu pâle. Le train roulait lentement, les noms des stations prenaient alors des accents chamaniques – Taïchet, Toidoun, Zima, Irkoutsk[1], la ville aux isbas colorées comme les toiles de Kandinski de bleus, d'oranges, d'ocres, de verts, de roses.

Que de passions étouffées ou réprimées ! Que d'histoires extraordinaires entendues dans ce compartiment du Transsibérien !

Durant longtemps, la Sibérie fut au bout du monde, isolée du reste de la Russie. Au cours de la deuxième décennie du XVIIᵉ siècle, de nouvelles populations vinrent s'installer dans ce difficile univers. Ils étaient les enfants de cette sanglante période appelée Temps des Troubles (1584-1613), qui avait déferlé sur la terre

---

1. La voie tracée par Pierre le Grand et Catherine II, qui donnaient aux « pionniers de la conquête de la Sibérie » une vache, un cheval, trois cents roubles et les envoyaient conquérir ces contrées. Irkoutsk, refuge des décembristes, de Michel Strogoff.

russe avec ses révoltes et son État déliquescent, et dont l'accession au trône de la dynastie des Romanov avait marqué la fin. Craignant la colère des nouveaux tsars, les récents insurgés avaient fui en Sibérie et le long du bassin de la Volga.

Gogol ou la hantise

En Russie, les monarques peuvent devenir ermites, les fols en Christ gravir les marches conduisant au trône et les écrivains prétendre au rôle de prophète. Si les frontières demeurent floues entre la religion, la littérature, la politique et l'érotisme, cette étonnante symbiose fut souvent éclairée à travers les siècles par la quête incessante de la spiritualité.

Au XIXe siècle, ce déchirement fut surtout ressenti par les écrivains. Ceux-ci voulant exprimer toutes les angoisses de la civilisation russe ne jouèrent d'ailleurs pas un rôle spécifiquement littéraire.

Selon Catherine, tel fut le cas de trois génies de la littérature russe : Gogol, Dostoïevski et Tolstoï.

Enfant de la campagne ukrainienne, Nicolas Gogol (1809-1852) exploita avec humour les ressources du folklore de son pays natal. Sa première œuvre était un recueil nourri de contes populaires. Dans ses récits postérieurs, son humour devint angoisse et désillusion. *Tarass Boulba* décrit la lutte héroïque des Cosaques contre les Polonais, au XVIIe siècle. Sous la plume de Gogol, la morne réalité de la vie quotidienne se transforme en épopée fantastique. Il maintient les ressorts

comiques de la narration, mais son œuvre traduit surtout la gravité d'une pensée qui sonde les profondeurs
inquiétantes de l'âme. Après *Le Revizor*, portrait grinçant des fonctionnaires russes, il parcourut l'Europe
et écrivit son œuvre majeure, *Les Âmes mortes*. Cet
ouvrage ouvrit la voie à une littérature bouffonne,
empruntée plus tard par des écrivains comme Dostoïevski. Paradoxalement, Gogol n'était pas russe
mais ukrainien, fils de Cosaque. Comme le remarquait
Melchior de Voguë, « cette simple indication n'a pas
besoin de commentaires ; elle éclaire le plus particulier
de l'homme, elle dessine à l'avance le trait saillant que
nous relèverons dans son caractère : une bonne humeur
maligne avec un dessous de mélancolie ».

Pour déchiffrer l'énigme de cet écrivain, il faut
connaître son pays natal, l'Ukraine, avec ses jours lumineux, ses steppes enchantées de fleurs et de verdure, ses
nuits douces dans un ciel étoilé éclairant l'inquiétude
des horizons sans fin. Cet environnement eut chez lui
une incidence plus sentimentale que sensuelle. En effet,
d'après ses amis, Gogol ne connut pas les plaisirs de la
chair. Cela explique peut-être pourquoi les biographes
n'ont trouvé dans sa vie intime aucune trace du passage
d'une femme ; et l'on comprend ensuite l'absence de la
femme dans son œuvre[1].

Gogol quitta son Ukraine natale le 6 décembre 1828,
après avoir célébré saint Nicolas, son saint patron et
celui des voyageurs. Désormais, la troïka allait devenir
le symbole de son œuvre. Son périple, en effet, était
destiné à ne pas s'achever. Il ne s'installa jamais vraiment quelque part, ni à Saint-Pétersbourg, ni même en

---

1. En ce sens, il fut l'antithèse de Tolstoï.

Palestine où il avait trouvé un réconfort à ses angoisses spirituelles.

Traçant de nouveaux chemins dans cette Russie insolite, Gogol considérait le Mal comme un être réel d'essence mystique, comme un phénomène éternel dans lequel se concentrait la négation de Dieu et de l'infini.

« Tapez-lui sur la gueule, à cette canaille, et ne vous troublez de rien… Nous en faisons un géant », disait cet écrivain qui aimait son travail autant qu'il le haïssait.

Vers 1840, l'écriture de son œuvre emblématique, *Les Âmes mortes*, fut un véritable cauchemar. Tout lui venait de façon si difficile qu'il éprouvait même de la répulsion à écrire. Semblant combattre le Mal jusque dans son œuvre, il écrivait : « Aucun de mes lecteurs n'a su qu'en riant de mes héros, il riait de moi-même… je chargeais mes héros de ma propre indignité. »

Pendant notre mémorable conversation dans le Transsibérien, Catherine revenait constamment aux personnages de Gogol, les considérant aussi comme un sésame pour ouvrir la porte de l'univers russe.

En effet, réaliste et fantastique, Gogol chercha son salut dans la destruction des puissances du Mal qui l'assaillaient et l'envahissaient chaque jour davantage. Ressentant des signes de la fin des temps, comme beaucoup d'intellectuels russes, il vivait dans la crainte de l'apocalypse[1]. Pourtant, dans ses pires moments de détresse, il persistait à croire à l'indispensable régénération de l'artiste, afin de ne pas aboutir à une vaine agitation, mais à la sérénité.

---

1. En particulier après de graves crises, morales et métaphysiques, en 1836 et 1840.

Gogol se sentait voué à l'accomplissement d'un grand « sacrifice » : « J'aime le Bien, je le cherche et je m'en consume, mais je n'aime pas mes horreurs… je me bats avec elles et continuerai à me battre et je les chasserai, et Dieu m'y aidera. J'ai désiré servir mon pays… Et je ne me suis réconcilié avec mon travail d'écrivain qu'après avoir senti que je pouvais le servir de cette manière. »

Ainsi, dans la pure tradition de cette insolite Russie, le poète céda-t-il la place au prophète. Gogol se pencha avec toute la rigueur morale sur ces questions qui, de toute éternité, hantèrent l'homme : où est le Bien et où est le Mal ? Qu'est-ce qui est permis, qu'est-ce qui est interdit ?

Après avoir foulé tant de routes de l'Italie à la Palestine, l'écrivain constata : « Un sénile épouvantail au visage mélancolique apparut devant moi, me faisant tressaillir et hurler pour la Russie entière. Frères, j'ai peur, l'âme se glace d'horreur au seul pressentiment de la grandeur d'outre-tombe. »

Pieux, il se croyait cependant incapable de pénétrer jusqu'au fond de l'âme. Prétendant n'avoir pas su construire l'œuvre de sa vie, *Les Âmes mortes*, il se pencha sur les ouvrages des vieux maîtres : saint Jean Chrysostome et d'autres Pères grecs, les auteurs de l'Église orthodoxe russe ; il admirait l'*Imitation de Jésus-Christ*, et étudia l'*Odyssée* et *La Divine Comédie*. C'était à ce niveau qu'il voulait s'élever : narrer les aventures d'un homme au cours d'un long voyage, comme Homère. Un voyage en trois étapes, donc, comme Dante, trois parties. Gogol écrivait alors[1] :

---

1. À Mme Smirnov.

« … Je n'aime pas les ouvrages que j'ai écrits et publiés jusqu'à présent, et surtout pas *Les Âmes mortes*. La suite sera différente. Pour l'instant c'est encore un mystère qui devra se révéler subitement dans les tomes suivants. »

À Paris, à Francfort, à Hambourg ou Ostende, il changea de médecin, de maladie, de cure, de visions, tentant d'écrire cette deuxième partie des *Âmes mortes*. Mais son pays tel qu'il l'avait dépeint refusait de coïncider avec ses nouvelles idées, et il abreuvait de lettres ses amis russes pour les supplier de lui faire connaître une Russie conforme à ses désirs. Cherchant à comprendre ce qui se passait en lui, il rédigea une *Confession d'un auteur* qui ne devait être publiée qu'après sa mort par un ami responsable du titre : le manuscrit n'en portait pas.

Pourtant, Gogol n'a jamais rien composé d'égal à la première partie des *Âmes mortes*. Toute son œuvre était derrière lui mais il l'ignorait. S'efforçant de se prouver qu'il pouvait mieux faire, il s'épuisait à dépeindre une réalité qui devait être le reflet de son imagination[1].

De plus en plus, Gogol parlait de Dieu et craignait le Diable. Il se lia alors avec le père Matthieu, un pope fanatique qui paraissait sorti des pages du premier tome des *Âmes mortes* pour forcer l'écrivain à faire pénitence et abjurer la littérature. Hésitant, Gogol écrivit au prêtre : « Je ne sais si j'abandonnerai la littérature

---

1. Dans les quelques fragments retrouvés de la deuxième partie – le purgatoire –, les trois personnages positifs, les « Âmes nobles », sont un propriétaire foncier, excellent homme d'affaires remuant l'argent à la pelle, un vertueux millionnaire et le gouverneur général, un prince, partisan de la justice militaire.

parce que j'ignore si c'est la volonté de Dieu. » Et d'argumenter : « Un auteur ne peut-il présenter, dans le cadre d'une histoire attrayante, des exemples frappants d'êtres humains meilleurs que ceux que peignent les autres écrivains ? » Et de poursuivre en se défendant : « Je n'aurais jamais songé à écrire s'il n'y avait eu de nos jours en circulation un si grand nombre de romans et de nouvelles dont la plupart sont immoraux et d'un attrait coupable… »

Désirant depuis des mois se rendre en Palestine, il rédigea une prière de protection et l'envoya à sa mère afin qu'elle la fasse réciter par le pope du village. À Nazareth un jour de pluie, il s'abrita sans bien savoir où il se trouvait, « exactement, écrivit-il dans une lettre, comme si j'avais attendu à une station de relais, quelque part en Russie ».

Depuis dix-sept ans déjà, Gogol travaillait aux *Âmes mortes* : « Le temps ne suffit à rien, absolument comme si le Malin me le volait. » Dans la nuit du 11 au 12 février 1852, il pria jusqu'à 3 heures du matin, réveilla un jeune domestique pour qu'il allume le poêle de son cabinet de travail, puis traversa son appartement un bougeoir à la main, en se signant dans chaque pièce. Avec sa bougie, il mit alors le feu à une liasse de cahiers et s'installa sur une chaise, attendant que soit brûlée la nouvelle et dernière version de la deuxième partie des *Âmes mortes*. Les manuscrits consumés, il se signa de nouveau et pleura. Il dira le lendemain avoir agi sous l'influence du Malin. Neuf jours plus tard, le 21 février, alité, délirant, il demanda : « L'échelle… vite l'échelle ! »

Ce furent ses derniers mots.

Tout jeune, il avait déclaré :

« Je sais qu'après moi, mon nom ne sera plus… »
Tout son être pressentait la croissance gigantesque des
fruits dont nous avons semé les graines pendant nos
vies sans en comprendre les conséquences épouvantables.

Quelques jours avant sa mort, Tolstoï lui avait rendu
visite et lui avait parlé de choses anodines. Gogol lui
répliqua alors : « Comment pouvez-vous parler de cela
en un si terrible moment ? » Il était étendu sur un large
divan, les yeux grands ouverts, tournés vers le mur,
rappelant à son visiteur le « fantôme », le « spectre »
qu'il décrivait jouant avec des éclats de l'arc-en-ciel.
« Mais enfin quoi, je suis partout, sans masque, sans
costume magnifique, omniprésent et éternel… »

Sa disparition fit peu de bruit. La faveur impériale
avait oublié Gogol. On blâma même le gouverneur de
Moscou qui avait revêtu les cordons de ses ordres et
accompagné le cercueil. Cependant, il demeure non
seulement un des plus grands écrivains de son pays
mais aussi un des plus spirituels.

Dostoïevski ou l'angoisse

Gogol marqua le règne de Nicolas Ier qui tétanisa la Russie de 1825 à 1855. La principale préoccupation du tsar était d'éliminer toute possibilité de contamination des idées de l'Occident dans toutes les couches de la société, donc une surveillance permanente de la pensée : censure, interdiction de voyager à l'étranger sans autorisation personnelle du tsar, russification intense par la langue et la religion, codification des lois existantes excluant toute réforme, extension de l'influence slavophile qui prétendait exprimer « l'âme de la Russie authentique ». Une véritable fermeture du pays à l'Occident s'était opérée après les journées de juillet 1830 en France et surtout après les révolutions de 1848 en Europe. Ce resserrement du nationalisme russe stoppa l'évolution occidentaliste amorcée au XVIIIe siècle. La conséquence en fut la défaite de la Russie qui conclut la Guerre de Crimée en 1856.

Mais, paradoxalement, on assista au développement de la pensée politique qui vivait sa période métaphysique où la réflexion l'emportait sur l'action ; l'éclosion connue de la littérature russe en même temps que de l'intelligentsia.

Une fois encore non pas un tsar mais un écrivain devint le personnage fétiche de la Russie insolite : Dostoïevski.

Il naquit en 1821 à Moscou, par une destinée implacable, à l'hôpital des pauvres où ses yeux s'ouvrirent sur les formes les plus envenimées du malheur, un spectacle dont ils ne devaient jamais se détourner. Son père avait de nombreux enfants, la vie était rude. Après des premières études dans une pension, Dostoïevski fut admis à l'École des ingénieurs militaires de Saint-Pétersbourg. Mais il ne garda pas longtemps ses insignes d'ingénieur. Sous l'influence de Pouchkine et de Gogol il donna sa démission un an plus tard, pour se consacrer exclusivement aux professions littéraires. À la mort de son père, le maigre patrimoine dispersé entre les enfants disparut vite et le jeune Fedor dut supplier les journaux et les libraires pour trouver quelque traduction. En vain. La misère le rattrapait.

De caractère irritable et instable, déjà malade, victime de ses nerfs ébranlés et épileptique, il se croyait tourmenté par tous les maux. L'âme à fleur de peau, indompté, Fedor Dostoïevski observait les bassesses de la vie avec compassion. Dans son premier roman, *Les Pauvres Gens*, il avait déjà inscrit toute la nature de cette couche sociale. Tout y était : sa sensibilité maladive, son besoin de pitié et de dévouement, son désenchantement, son orgueil farouche.

Vers 1840 se formèrent des cercles d'étudiants. Ces jeunes gens se réunissaient pour lire et discuter Fourier, Louis Blanc, Proudhon. Vers 1847, ces cercles s'ouvrirent à des publicistes, à des officiers ; ils se relièrent entre eux sous la direction d'un ancien étudiant, l'auteur du *Dictionnaire des termes étrangers*[1].

Deux courants se dessinèrent alors parmi les affiliés ; les uns se bornaient à rêver l'émancipation des serfs et une constitution libérale. Les autres devinrent les nihilistes, réclamant la ruine radicale du régime pour faire triompher le socialisme et l'athéisme. L'auteur des *Pauvres Gens* fut bientôt assidu à ses réunions. Il comptait parmi les modérés car pour lui il ne pouvait émaner que spiritualité et compassion d'une théorie politique. Et le jugement prononcé contre lui par la suite ne relevait que des charges bien insignifiantes : sa participation « à des entretiens sur la sévérité de la censure ». Dostoïevski fut coupable d'avoir lu, lors d'une réunion, la lettre qu'un critique littéraire avait adressée à Gogol. En fait, Dostoïevski, s'il était intéressé par leurs idées, portait un jugement plutôt critique sur les socialistes. C'était un cercle assez éclectique, et la rigueur extrême de la répression ne fut due qu'à l'irritabilité accrue du gouvernement.

Le 23 avril 1849 à 5 heures du matin, trente-quatre suspects furent arrêtés. Les deux frères Dostoïevski étaient du nombre. Les prévenus furent conduits à la citadelle et mis au secret dans les casemates du lugubre ravelin Alexis, lieu hanté par un passé macabre. Ils y restèrent huit mois en attendant leur interrogatoire.

Dostoïevski écrira plus tard à son frère relâché faute de preuves suffisantes : « Pendant cinq mois j'ai vécu de ma propre substance, c'est-à-dire de mon seul cerveau et de rien d'autre… Penser perpétuellement et

---

1. L'agitateur Petrachevski.

seulement penser, sans aucune impression extérieure pour renouveler et soutenir la pensée, c'est pesant... J'étais comme sous une machine à faire le vide, d'où on retirait tout l'air respirable. »

L'un des prisonniers nota dans ses souvenirs la seule consolation dont ils bénéficièrent de la part d'un jeune soldat de la garnison, de faction dans le corridor qui, de temps en temps, entrouvrait le judas et chuchotait : « Vous vous ennuyez, n'est-ce pas ? Souffrez avec patience. Le Christ aussi a souffert. »

Le 22 décembre, on vint chercher les prévenus, sans les instruire du jugement rendu contre eux en leur absence par la cour militaire. Ils n'étaient plus que vingt et un ; les autres avaient été relaxés. On les conduisit sur une place où un échafaud était dressé. Tandis qu'on les groupait sur la plate-forme, Dostoïevski communiqua à l'un d'eux[1] le plan d'une nouvelle à laquelle il avait travaillé dans sa prison. Par un froid de − 21 °C, les criminels d'État durent quitter leurs habits et écouter en chemise la lecture du jugement qui dura une demi-heure. Comme le greffier commençait, Dostoïevski dit à son voisin : « Est-il possible que nous soyons exécutés ? » Cette idée se présentait alors pour la première fois à son esprit. Son voisin répondit d'un geste, en lui montrant une charrette chargée d'objets dissimulés sous une bâche, qui semblaient être des cercueils. La lecture finit sur ces mots : « ... sont condamnés à la peine de mort et seront fusillés ». Le greffier descendit de l'échafaud, un prêtre y monta, la croix entre les mains, et exhorta les condamnés à se confesser. Un seul homme, un mar-

---

1. Monbelli.

chand, se rendit à cette invitation ; les autres se contentèrent de baiser la croix. On attacha au poteau deux des principaux conjurés. L'officier fit charger les armes à la compagnie rangée en face et prononça les premiers commandements. Comme les soldats abaissaient leurs fusils, un pavillon blanc fut hissé devant eux ; alors seulement, les vingt et un apprirent que l'empereur avait réformé le jugement militaire et commué leur peine en déportation. On détacha les chefs ; l'un d'eux fut frappé de folie et ne retrouva jamais ses facultés.

À l'inverse du pauvre homme, Dostoïevski affirmait qu'il serait immanquablement devenu fou dans la vie normale, si cette épreuve et celles qui suivirent lui avaient été épargnées. Dans toutes ses œuvres ultérieures, il ramènera le récit ou le rêve d'une exécution capitale, et il s'acharnera à l'étude psychologique du condamné qui va mourir avec une intensité particulière où l'on sent le cauchemar qui hantait son esprit.

L'arrêt impérial, moins rigoureux pour l'écrivain que pour les autres, réduisait sa peine à quatre ans de travaux forcés, suivis de l'inscription au service comme simple soldat, avec perte de la noblesse, des droits civils. Les condamnés montèrent séance tenante dans les traîneaux, le convoi s'achemina vers la Sibérie.

En 1850, Fedor Dostoïevski entrait dans *La Maison des morts* d'où il reviendra pour devenir l'auteur des *Possédés*, des *Frères Karamazov* et de *L'Idiot*.

L'époque changeait de visage.

À Tobolsk, après une dernière nuit passée en commun, ils se dirent adieu ; on les ferra, on leur rasa la tête, on les dirigea vers des destinations différentes.

« Dès que venait le crépuscule, je tombais par degrés dans cet état d'âme qui s'empare de moi si souvent, la nuit, depuis que je suis malade, et que j'appellerai frayeur mystique. C'est une crainte accablante de quelque chose que je ne sais définir ni concevoir, qui n'existe pas dans l'ordre des choses, mais qui peut-être va se réaliser soudain, à cette minute même, apparaître et se dresser devant moi, comme un fait inexorable, horrible, difforme. »

En 1854, Dostoïevski retrouva une liberté bien relative en entrant comme simple soldat dans un régiment de Sibérie. Deux ans après, en 1856, le règne d'Alexandre II apporta le pardon. Promu d'abord officier et réintégré dans ses droits civils, Dostoïevski fut bientôt autorisé à donner sa démission. Il lui fallut encore de longues démarches pour obtenir la grâce de retourner en Europe, et surtout la permission d'imprimer.

Pendant ses quatre ans d'exil en Sibérie, Dostoïevski s'était rapproché de la religion. Il n'avait alors qu'un ouvrage en sa possession : les Évangiles qu'il lisait chaque nuit, sous la lanterne du dortoir. Il apprit aussi à d'autres à le lire. Et, après le travail du jour, tandis que ses compagnons de fers demandaient au sommeil la réparation de leurs forces physiques, Dostoïevski implorait des Évangiles un bienfait plus nécessaire encore à ses yeux, la réfection des forces morales, le soutien de l'âme.

Angoissé, malade et rongé par la passion du jeu, l'écrivain devint de plus en plus sensible au mysticisme et aux traditions russes, tout en restant populiste et démocrate de conviction.

Enfin, en 1859, après dix années d'exil, Dostoïevski rentra dans la capitale frémissant d'impatience et d'espoir. Il n'était pas seul car il avait épousé là-bas la veuve d'un de ses anciens complices. Cependant, cet amour était malheureux car la jeune femme avait ailleurs un attachement plus vif, et peu s'en était fallu qu'elle ne s'engageât avec un autre homme. Après les douloureuses circonstances qui l'avaient conduit aux travaux forcés en Sibérie, il revenait avec le besoin de chercher le bonheur dans la souffrance. Jusqu'à 1865, il se laissa absorber par les travaux du journalisme.

L'abolition du servage en février 1861 fut la première réforme du tsar Alexandre II. Cette réforme, attendue depuis longtemps, fut suivie de la réorganisation de l'Administration et du système judiciaire puisque la Russie ne comptait plus que des hommes libres.

Une suite d'années lamentables commença pour l'écrivain. Il fut d'abord obligé de cesser d'imprimer son second journal, écrasé sous le poids des dettes que laissait l'entreprise ; il avait perdu coup sur coup sa femme et son frère Michel, associé à ses travaux. Pour échapper à ses créanciers l'écrivain partit pour l'étranger, traîna en Allemagne et en Italie une misérable vie ; malade, sans cesse arrêté dans son travail par des crises d'épilepsie, il ne revint sur les bords de la Neva que pour solliciter quelques avances de ses éditeurs. Tout ce qu'il avait vu en Occident l'avait laissé assez désabusé ; une seule chose l'avait affecté, une exécution capitale vue à Lyon ; cette scène lui remit en mémoire « sa vraie fausse exécution » et il le fera d'ailleurs raconter à satiété par les personnages de ses futurs romans. Durant cette période tourmentée, de 1865 à 1871, il composa trois grands romans, *Crime et châtiment, Souvenirs de la maison des morts* (récit autobiographique où il évoque le cauchemar de la déportation et la dégradation morale des condamnés) et *L'Idiot*, où il raconte son simulacre d'exécution. Vinrent ensuite *Le Joueur, Les Possédés, Les Frères Karamazov*, qui achevèrent d'asseoir sa notoriété et incarnèrent les recherches de l'esprit dans une sorte de vertige.

Dostoïevski offre un tableau de la société russe au lendemain des réformes des années 1830, à une époque où tout craque, où la famille se disloque, où les mœurs se corrompent et « où les frontières du Bien et du Mal sont effacées ». Dans cette œuvre, Dostoïevski ne se borne pas à raconter l'histoire d'un fait divers à rebondissements et à complications psychologiques, d'une erreur judiciaire, il nous introduit au cœur même d'un drame familial, où tout est passion, force, sensualité, déchirement, orgueil. L'auteur ne se contente pas de décrire des scènes d'orgie, des cauchemars, des miracles, ou de révéler avec humanisme la misère et la fierté des humbles…

Selon la tradition russe, l'homme sert d'enjeu à une lutte impitoyable entre Dieu et le Diable, entre le Bien et le Mal. Catherine dit pendant notre voyage en Transsibérien que Dostoïevski suggère mais n'impose pas sa solution – chacun agit selon sa conscience. Quant à lui, sa réponse est claire, la beauté et la vérité ne peuvent se réaliser que dans la liberté spirituelle avec le Christ.

Voyage chez Tolstoï

Gogol, Dostoïevski et Tolstoï…

Tout séparait ces trois êtres, même si leurs chemins se sont croisés en ces contrées inspirées, notamment au monastère Optina Poustine. La légende de ce lieu remonte au XIVe siècle quand un féroce bandit, Opta, s'y convertit soudainement. Mais ce fut seulement au début du XIXe siècle que des *starets* forgèrent la réputation d'Optina à travers le pays[1].

À son tour Tolstoï allait ouvrir des voies nouvelles à la Russie insolite. Jeune aristocrate menant une vie légère et dissolue, il partit combattre au Caucase et en Crimée. Il en rapporta une aversion pour la guerre et un intérêt profond pour la nature humaine[2]. Après deux années à l'étranger, il s'installa dans la grande propriété familiale de Iasnaïa Poliana, où il fonda une école villageoise pour améliorer le sort des paysans. Peu à l'aise dans les cercles intellectuels, il cherchait le réconfort moral au sein de la vie familiale. C'est à cette époque

---

1. L'un d'eux, Seraphin de Sarov, a laissé derrière lui une prophétie selon laquelle la Russie allait traverser cent ans de période révolutionnaire avant de retrouver le chemin du Christ.

2. Récits de Sébastopol.

qu'il écrivit *Guerre et Paix* (1869), puis *Anna Karénine* (1877), une peinture des mœurs et de la société russe, qui lui valurent une renommée internationale. Critique du matérialisme et de l'individualisme du monde moderne, Tolstoï prônait les vertus simples de la vie rurale, principale source de la civilisation russe.

Pendant notre mémorable voyage à bord du Transsibérien, Catherine souligna le triple symbole représenté par Tolstoï : « Tout d'abord celui de la recherche de la spiritualité puis celui de l'amour et, enfin, un signe annonciateur de tragédies. » Elle se remémora alors sa visite à Iasnaïa Poliana au mois de juin 1907, en compagnie de son mari.

En traversant les champs rougeoyants de coquelicots, Catherine imaginait la demeure de l'écrivain comme un château fort. Mais, lorsque l'attelage s'engagea dans la grande allée bordée de bouleaux, elle découvrit une charmante gentilhommière flanquée de deux petites tours rondes coiffées de vert.

Dans le vestibule trônait une horloge anglaise du XVIIIe siècle. Un fils aîné du comte accueillit les visiteurs puis les laissa en attente, le temps d'aller prévenir son père de leur arrivée. Soudain, une violente discussion se fit entendre : Tolstoï et sa femme étaient en train de se disputer dans la salle à manger. C'était une vaste pièce avec des tableaux de famille, un samovar d'argent et un piano noir, où tout le monde se retrouvait, les enfants, les amis, les familiers, les invités. Le délicieux fumet d'un gigot à l'ail fit espérer aux visiteurs une réconciliation rapide. Enfin la comtesse Tolstoï parut, quelque peu décontenancée. C'était une femme encore belle, aux grands yeux noirs, et dont la voix tranchante avait un accent presque mâle.

« Ah ! mes amis, dit-elle seulement. (Puis, prenant Catherine par le bras, elle poursuivit :) Mon mari est un peu souffrant et je ne sais s'il déjeunera avec nous. »

Se détournant, l'épouse du grand écrivain choisit quelques livres sur une étagère et se retira. Mais de nouveau, des exclamations et des sanglots interrompant la voix courroucée de Tolstoï se firent entendre. La scène se déplaçait, des portes claquaient. La voix du comte se radoucit alors, il y eut quelques minutes de silence, puis la porte s'ouvrit et on vit paraître le grand maître. Il semblait à la fois las et exaspéré, ses mains tremblaient légèrement. À la vue du jeune couple, son visage s'illumina. Son regard devint étrangement perçant sous ses sourcils touffus.

« Voilà donc celle qui a dompté le cœur de mon cher Michel ! s'exclama-t-il d'une voix forte où l'admiration se mêlait à l'ironie. Déjeunons ! Ensuite nous irons nous promener – après la sieste, évidemment ! »

Vers 3 heures de l'après-midi, la cloche du domaine sonna. Tolstoï se tenait sur le perron, martelant le sol de sa canne. Autour de la maison, une allée de noisetiers prolongeait la façade nord. Devant son péristyle se dressait un orme centenaire appelé « l'arbre des pauvres », sous lequel, chaque jour, paysans, pèlerins ou mendiants attendaient le comte pour lui demander aide et avis. Le vaste parc s'étendait jusqu'à une rivière ; il était composé d'une succession de petits bois coupés de pièces d'eau. Non loin de la maison, au bout de la plantation de sapins, dans une allée étroite, les promeneurs s'assirent quelques instants sur le banc favori de l'écrivain fait en perches de bouleaux.

Malgré son âge – il avait plus de quatre-vingts ans –, Tolstoï débordait de force et n'hésitait pas l'hiver à plonger dans l'eau glacée. L'été, on le voyait jouer au tennis avec ses enfants et courir lestement après les balles. Quelques années auparavant, il avait eu la curiosité d'apprendre à monter à bicyclette. À soixante-dix ans, il patinait agilement sur la glace, à quatre-vingts ans, il faisait encore siffler la cravache au-dessus de sa jument, lorsque après vingt kilomètres d'un violent galop, elle s'arrêtait ou regimbait. Il vivait le plus souvent pieds nus et était végétarien. D'ailleurs ce jour-là, il n'avait pas touché à l'excellent gigot dont avaient bénéficié ses visiteurs.

Il marchait à côté de ses jeunes invités à grandes enjambées, à travers cette campagne dont il connaissait tous les secrets. « Là, il y a la mémoire de la famille exprimée par mes ancêtres, exprimée en moi par mon caractère. Il y a la mémoire universelle, divine, spirituelle. C'est celle que je connais depuis le début, et d'où je proviens », dit-il.

De temps à autre, il mordillait une herbe ou arrachait une fleur dont il sentait le parfum puis la laissait tomber négligemment, au hasard des gestes dont il ponctuait ses paroles.

Il parla de la nature, de la Russie, de Dieu, de la mort… Cette large figure aux pommettes saillantes, aux oreilles énormes sous les mèches blanches agitées par le vent, aux narines dilatées, humait le printemps avec sensualité. Il marchait vêtu de sa blouse paysanne, sa longue barbe flottant, l'œil aigu et terriblement présent.

Avec l'œuvre de Tolstoï, Catherine reviendra souvent à cette rencontre, poursuivant ainsi une sorte de voyage imaginaire à travers la Russie.

Dès sa jeunesse, l'écrivain s'était dit habité par quatre sentiments : l'amour, le repentir, le désir de se marier et l'attachement à la nature. Sa propriété de Iasnaïa Poliana où furent réunis ces préceptes devint le symbole de ses tourments. En effet, si tout respirait la civilisation la plus douce dans la maison du maître, l'écrivain, troublé par la luxure, fuyait souvent ces lieux feutrés pour aller se cacher dans la campagne.

Tolstoï ne cessait de s'interroger sur le péché et en particulier le péché de chair. Un irrésistible torrent l'emportait alors et sa faiblesse triomphait de ses résolutions ou de ses suppliques au ciel. « Je suis tourmenté par la lubricité, mais pas autant que par l'habitude », avouait-il dans son journal.

« Comment peut-il écrire de telles choses ? » se lamenta sa femme quand il lui offrit en dot son journal intime où étaient narrés tous ses ébats. La jeune femme en fut brisée. On peut penser que son geste fut guidé par la franchise exceptionnelle à laquelle il ne faillit jamais, ni envers lui-même ni envers ses proches. Tolstoï eut neuf enfants légitimes, et – sans doute – quelques bâtards. Il bénéficia d'une vigueur sans faille jusqu'à un âge avancé. Sa femme, exténuée par les grossesses successives et mortifiée par la perte d'un certain nombre de ses petits en bas âge, haïssait le comportement lubrique de son époux qu'elle qualifiait d'« anormal ».

Avant de prendre congé de ses jeunes invités, Tolstoï commença à parler de la nécessité de répondre à « un appel profond » en se référant à son récit *Le Père Serge*[1].

---

1. Un jeune et brillant officier renonce soudain au monde par amour-propre. Moine, puis ordonné prêtre sous le nom de père

Alors Catherine comprit que le père Serge était « un double du moi profond » de Tolstoï (l'idéal auquel il aspirait). En triomphant de l'amour physique – « cette écharde dans la chair » source de souffrances –, l'homme pouvait s'engager dans la voie du perfectionnement moral, en brisant son orgueil dans un élan spirituel.

« Le cours moral est dans le dépouillement total de soi », conclut Tolstoï.

Après cet après-midi inoubliable, Catherine et son mari gagnèrent un village situé à une trentaine de kilomètres. Le couple y passa une semaine à vivre comme des paysans parmi les paysans, dormant sans literie et partageant avec leurs hôtes leur maigre nourriture. Près de leur cabane, ils entendaient des voix et des rires, et parfois aussi le piétinement d'une danse. Le temps, clément, rendait cette vie primitive pleine de charme.

À la nuit tombante, lorsque tout se couvrait de rosée, Catherine et Michel respiraient à pleins poumons cette bonne odeur de seigle qui se dégageait du chaume neuf et des vannures, puis, le cœur content, ils rentraient pour le souper en longeant la pommeraie. Les voix du village et les grincements des portails se répercutaient, incisifs, dans le crépuscule encore frais. Au fond du verger obscur se déroulait un spectacle fantasmago-

---

Serge, il vit dans la solitude et le silence. Peu à peu il acquiert une renommée qui flatte son orgueil. Transigeant avec sa vie intérieure, il accepte les visites et la vénération des fidèles. Possédant le pouvoir d'un homme de Dieu, guérissant les malades, le père Serge prend conscience de sa chute. Il lutte et finit par triompher des tentations de la chair et de l'orgueil. Il fuit et mène la vie d'un errant. Arrêté comme vagabond, il est déporté en Sibérie. Anonyme serviteur de Dieu, il accepte un travail humble, enseigne aux enfants et soigne les malades.

rique. Comme échappée d'une fournaise infernale, une gigantesque flamme rouge déchirait les ténèbres ; autour du feu des formes semblant découpées dans du bois noir projetaient sur les pommiers leurs ombres géantes ; tantôt une main d'une longueur démesurée se plaquait sur un arbre, tantôt deux jambes. « Il y avait un tel calme, une telle poésie dans la vie laborieuse de ces gens, une telle puissance d'âme », mentionna Catherine dans son journal. « Tolstoï, ajoutait-elle, avait raison de conseiller : va jusqu'au peuple et apprends la leçon qu'il te donne. »

Mais la jeune femme tomba soudain malade. Et dans le village, point de médecin. On fit donc appeler un vieux voisin. Après l'avoir examinée, le paysan hocha la tête. Son visage enfoui sous les rides n'avait aucune expression. Il fixa ses yeux clairs cachés dans ses sourcils blancs sur la malade et dit :

– La dame a une longue vie devant elle, je vais lui préparer de quoi la poursuivre.

Puis le vieux sorcier disparut pendant deux jours. Il ramassa dans les champs, dans les cours et dans les trous à ordures une pleine mesure de vieux os de bêtes de toutes sortes ; il les lava, les brisa en petits morceaux avec une pierre et les jeta dans une grande marmite ; il coiffa celle-ci d'un couvercle avec un trou et retourna le tout au-dessus d'un vase qu'il avait enfoncé en terre. Il enduisit soigneusement le fond de la marmite d'une couche épaisse de terre glaise et la couvrit de bûches qu'il laissa brûler pendant plus de vingt-quatre heures. Le lendemain, il déterra le pot dans lequel avait coulé par le trou du couvercle environ un litre d'un liquide épais, rougeâtre, huileux et sentant comme la viande fraîche ; les os restés dans la marmite, de noirs et pourris qu'ils étaient, avaient pris une couleur aussi blanche et transparente que la nacre ou les perles.

Cinq fois par jour Catherine se frictionna les jambes avec ce liquide. Le premier jour, elle sentit remuer ses orteils ; le troisième jour, elle pouvait plier les jambes, et le cinquième, elle se tenait debout et marchait dans la cour appuyée sur un bâton. En une semaine, ses jambes étaient redevenues normales. Le voyage pouvait continuer.

Le lendemain, Catherine et son mari embarquèrent à bord du *Gontcharov* pour remonter la Volga, en souvenir des instants magiques de leur coup de foudre. Le voyage commença le 25 juin pour s'achever le 2 juillet à Iaroslav. Autour du débarcadère s'étendait une sorte de campement misérable, hanté par les mendiants, les marins et les marchands tartares. Les uns offraient des boîtes de caviar, d'autres des babouches de cuir, de l'eau, du lait caillé, des poulets froids, des cœurs de porc.

Le steamer fit entendre sa sirène, vibrant, soufflant et transformant l'eau sale en écume blanche.

Catherine, comme le bateau qui l'emportait, avait rompu ses attaches avec le monde réel. Le vent du fleuve avait dégagé le ciel et chassé le mauvais souvenir de sa paralysie. Sa volonté, son identité, son intelligence même semblaient s'être fondues à la lente puissance de la Volga. Bercé constamment par un chant intérieur, le couple vivait de paysage en paysage, de sourire en sourire, de rencontre en rencontre. Leur regard suivait la vague frissonnante qui partait du navire et s'évanouissait sur la rive. Là-bas, il y avait encore des villages, des dunes, des églises, des paysans.

Après trois jours de navigation, la steppe se referma, le fleuve lécha un village, arrondit une boucle harmonieuse, et les premiers toits verts de Kostroma apparurent. Des bateaux à vapeur haletaient, frappant l'eau de leurs aubes géantes et, autour d'eux, les barques dansaient, telles des coquilles de noix. Plus loin, à tour de rôle, glissaient des chalands poussifs, traînés par de petits remorqueurs.

Ainsi, chaque année, Catherine et son mari retournèrent-ils sur les bords de la Volga où, en 1913, ils purent assister aux festivités du tricentenaire de la dynastie des Romanov.

Cet anniversaire commémorait l'impétueux élan de patriotisme qui, au printemps 1613, avait sauvé la Russie après la période du Temps des Troubles. Le tsar Nicolas II et son épouse Alexandra Fedorovna avaient prescrit un long programme de fêtes splendides. Ainsi affirmaient-ils aux yeux de leur peuple comme aux yeux du monde l'importance de l'œuvre accomplie par les Romanov. Pendant que l'escadrille impériale descendait ou remontait la Volga, les moujiks, par centaines de mille, se pressaient, agenouillés sur les rives, avec prêtres, croix, étendards, bannières et icônes. Et tous, chantant des hymnes les mains tendues vers le ciel dans une commune extase, bénissaient leurs souverains. Michel était enchanté mais Catherine décelait déjà derrière ces réjouissances les signes annonciateurs d'une tragédie.

Deux Françaises dans les neiges

Pendant « ses années russes », Catherine avait connu une autre Française avec qui elle avait appris à se méfier des trompe-l'œil des décors historiques de la Russie. Elle s'appelait Inès et était son aînée d'une dizaine d'années. Ensemble elles découvrirent la volupté des neiges et la flamboyante architecture russe. Mais, si les deux jeunes femmes furent proches, l'essentiel, toutefois, les séparait. Catherine demeurera à jamais marquée par la quête spirituelle tandis qu'Inès, rebelle, s'affirmera exclusivement dans l'action.

Arrivée en Russie avec sa mère à la fin du XIXᵉ siècle, Inès se rendait souvent à la propriété des Armand, de riches industriels français russifiés, où elle enseignait le français et la musique. Les Armand avaient été vite conquis par son esprit vif et son caractère impétueux. Aussi brillante qu'appliquée, la jeune fille avait deux passions, la musique et la littérature ; elle parlait le français, le russe et l'anglais. Lorsqu'elle eut dix-neuf ans, Alexandre, l'aîné des fils Armand, demanda sa main.

Comme Catherine, cette Cendrillon venue de Paris devint subitement une des dames les plus respectées de la haute bourgeoisie moscovite. Chaque soir, son mari attentionné l'accompagnait dans les fêtes et les bals ou au théâtre, en particulier en hiver, quand les colonnes solennelles de l'entrée du Bolchoï étaient couvertes de givre. Le gel, la tempête, les tourbillons de neige dansant dans la lumière laiteuse des lampadaires, rien ne semblait la tirer de ses pensées, pas plus que les traîneaux à deux chevaux avec leurs grelots qui se rangeaient à tour de rôle devant le péristyle. Des gendarmes criaient des ordres d'une voix enrouée. Les cochers juraient en tirant sur leurs rênes. Des nuages de vapeur montaient de la croupe des chevaux. Dans les lueurs hésitantes des lanternes de voitures, des valets s'affairaient pour aider à descendre quelques notables aux favoris blancs ou quelques jeunes femmes.

Inès aimait jeter dans les bras du portier son manteau de fourrure couvert de neige. Coiffée d'un haut chignon, elle foulait le tapis rouge du pas alerte d'une habituée pour entrer dans la salle chaude et remplie de monde avec ses lustres étincelants, ses dorures et le pourpre de ses sièges. Son port droit et gracieux attirait tous les regards. Mais peu à peu, Inès commença à s'ennuyer dans cette tour d'ivoire, comme elle le confia plus tard : « Il m'est arrivé de me sentir bien seule dans ce milieu. C'est que j'étais malgré tout une étrangère entrée dans la famille par la petite porte, et encore, avec un statut à part. »

Quatre enfants étaient nés, deux garçons et deux filles. Mais la maternité ne suffisait pas à Inès qui ne comptait pas étouffer sa personnalité et ne voulait pas ressembler à l'héroïne de *Guerre et Paix* : « Après la naissance de ses enfants, Natacha devint une véritable femelle », écrivait Tolstoï.

Inès avait pris la résolution de ne jamais être simplement une femelle et de rester femme quoi qu'il arrive. Cette décision prit d'abord une allure bien innocente.

À cette époque, Catherine enseignait le français aux enfants d'Inès, avec qui elle s'était liée d'amitié. Aussi participaient-elles activement aux œuvres de charité en faveur des orphelins des familles des ouvriers du Transsibérien (il y avait dans ce gigantesque chantier beaucoup d'accidents mortels). Inès finança alors la construction d'une école et fonda même une société pour l'amélioration de la condition de la femme. Ce combat allait l'attirer dans une spirale dont ses amis ne soupçonnaient pas encore l'ampleur. Ainsi devint-elle une des figures phare du mouvement féministe.

Ces convictions se forgèrent à l'âge de vingt-six ans. Elle tenta bien de s'en ouvrir à ses proches mais son mari se contentait de répondre à ses propos par un sourire condescendant. Durant l'été, il s'absenta souvent. Il partait à 8 heures pour son bureau et revenait le soir à 7 heures. Il parlait à peine à sa femme avant de s'endormir et repartait le lendemain, pour les mêmes horaires.

Catherine, quant à elle, sentait sa nouvelle amie basculer vers un idéal qui semblait de jour en jour s'éloigner du sien. Restait Vladimir, le jeune beau-frère d'Inès, qui l'admirait depuis l'âge de six ans. Il en avait maintenant dix-sept. Dans la famille, il passait pour avoir un caractère calme, un esprit noble, toujours prêt à se sacrifier. Peu de gens savaient alors qu'il était déjà un révolutionnaire clandestin.

Durant leurs promenades, Inès et Vladimir eurent tout le loisir d'évoquer la révolution, le féminisme et l'amour libre. Sur la terrasse donnant sur un petit lac aux rives fangeuses semées de cabines de bain, le thé n'avait pas encore été desservi. Inès lavait des baies pour faire des confitures, tout en comparant les idéaux mystiques de Tolstoï et de Gogol. Vladimir ne quittait pas des yeux ses bras recouverts jusqu'au coude d'un élégant déshabillé de soie. Leurs propos brisaient l'ambiance feutrée de cette somptueuse propriété. Le parfum délicat des fleurs blanches enivrait Inès. Elle avait enfin trouvé un homme qui la comprenait.

Les amants ne cachèrent pas longtemps leur liaison, d'autant que la jeune femme allait avoir un enfant de Vladimir. Le mari malheureux ne les blâma pas mais il réagit néanmoins d'une manière intransigeante : l'enfant porterait son propre nom et Vladimir devrait terminer ses études avant de faire des projets.

Mais le destin en décida autrement car Inès et Vladimir devinrent des militants convaincus de l'aile radicale de la social-démocratie. En janvier 1905, ils étaient aux côtés de la population pour demander justice au tsar devant le palais d'Hiver.

Entre 1907 et 1909, le couple fut arrêté plusieurs fois et même exilé au bord de la mer Blanche, avant de s'enfuir via la Finlande en Suisse. Mais en 1909 survint un drame. Vladimir, atteint d'une phtisie galopante, avait caché la gravité de sa maladie à sa maîtresse, songeant que le climat sec et ensoleillé et le service irréprochable des sanatoriums suisses allaient lui rendre la santé. Trop tard.

Le jeune homme étendu sur une chaise longue, face au Mont Blanc, s'éteignit doucement dans les bras d'Inès. Le jour même, elle écrivait : « Sa mort est pour moi une perte irréparable. Mon bonheur était lié à lui et sans ce bonheur la vie est difficilement vivable. » Et dans une autre lettre : « Le décalage entre les intérêts personnels et les intérêts communs est une grande déchirure pour les intellectuels. Il faut choisir entre l'un et l'autre et c'est un dilemme impossible. Quel que soit le choix, on est toujours perdant. »

Inès trancha vite. Elle s'engagea sur un chemin cette fois radicalement opposé à celui de Catherine en entreprenant de devenir une révolutionnaire professionnelle. Sa situation personnelle était cependant ambiguë car elle n'était ni divorcée de son mari, ni vraiment veuve de son amant. Cette adepte de l'amour libre partit, via Paris, pour Bruxelles où elle se plongea dans les études. Un an plus tard, en 1910, elle sortait diplômée d'économie politique avec les félicitations du jury de l'Université libre de Belgique.

Inès avait trente-six ans. Elle se sentait profondément russe mais surtout naturellement parisienne. Enfant, elle avait aimé la capitale française d'après la Commune, elle allait donc s'y installer de nouveau, avec dans ses bagages son livre de chevet, celui qui l'avait incitée à rejoindre les rangs bolcheviques. Son auteur, se faisait appeler Lénine, en souvenir de son exil sur les bords du fleuve Lena. L'homme et ses convictions allaient bientôt faire battre le cœur de la jeune femme.

Cet intellectuel radical n'était guère réceptif à l'ambiance parisienne de l'époque. Durant les années 1910, le symbole du Paris artistique était Diaghilev, un autre Russe, fondateur des célèbres Ballets. Les envolées de Nijinski sur la scène du théâtre du Châtelet subjuguaient le public de la capitale française, mais Lénine n'assistait jamais à ces spectacles et restait insensible à la magie des décors, qui, avec leurs couleurs choquantes, ne présentaient à ses yeux, aucun intérêt. Une seule chose lui importait alors : former des cadres pour son Parti. À cette époque, Inès et les Lénine vivaient à Paris en voisins rue Marie-Rose, eux au 4, elle au 2. La jeune femme avait déjà commencé à travailler pour le leader bolchevique, répondant aux lettres et faisant des traductions. Souvent, elle se mettait au piano. Lénine aimait l'entendre jouer, surtout la *Pathétique* de Beethoven, même si, disait-il, « cela agit sur les nerfs, et donne l'envie de proférer de charmantes bêtises ».

Lénine et Inès partageaient aussi un goût pour la bicyclette et partaient pour les environs de Paris admirer les paysages printaniers. Ce fut d'ailleurs au gré d'une randonnée que Lénine découvrit Longjumeau, une bourgade située sur les bords de l'Yvette, là où, en mai 1911, allait s'ouvrir la première école destinée aux responsables du Parti bolchevique[1]. Chacun y avait son rôle. Lénine enseignait la politique générale, Inès, qui avait largement participé au financement du projet, donnait des cours d'économie.

Étaient-ils déjà amants ? Tout le monde s'était aperçu que Lénine ne quittait pas Mme Armand des yeux. Ils étaient pourtant si différents ; Lénine incarnait la rigueur jusqu'à son vêtement. Ses costumes trois pièces et ses cravates à pois contrastaient avec les extravagantes tenues d'Inès. Toujours bien coiffée, elle portait souvent, en dépit des moqueries de Lénine, des chapeaux à plume qui la faisaient paraître encore plus grande. Fut-ce un véritable coup de foudre ? Au début, Inès s'en cachait, affirmant qu'elle aimait surtout ses

---

1. Venus de tous les coins de Russie, les élèves devaient y suivre une formation intensive (pratiquement tous les futurs leaders soviétiques y séjournèrent).

talents d'orateur. Se remémorant ces moments forts, elle lui écrira plus tard :

« Quant à toi, à l'époque, tu m'avais terriblement impressionnée. J'avais une folle envie de t'approcher mais j'aurais préféré mourir sur place plutôt que de pousser la porte de ton bureau… Ce n'est que pendant l'été à Longjumeau et à l'automne suivant, quand j'ai fait ces traductions pour toi, que je me suis peu à peu habituée à ta présence. J'adorais t'écouter, surtout t'observer tandis que tu parlais. D'abord ton visage devient si expressif dès que tu prends la parole et puis tu étais tellement absorbé par ce que tu disais que tu ne me remarquais pas en train de t'observer. »

La manière dont ils vivaient ressemblait plus à une vie d'étudiants qu'à celle d'une famille. La femme de Lénine habitait évidemment avec lui. Fut-elle jalouse, refoulait-elle ce sentiment ? Inès était la plus fidèle traductrice de son mari, sa plus proche collaboratrice et souvent même son porte-parole. Dans ce milieu, la façon d'envisager l'amour était en rupture totale avec les traditions bourgeoises : le travail primait sur les affaires personnelles et la jalousie était d'office prohibée puisque les hommes et les femmes étaient censés être libérés des « chaînes des préjugés ».

Difficile d'imaginer caractères plus différents. L'épouse de Lénine était un personnage effacé au visage fané avant l'heure, Inès était au contraire épanouie et plus belle que jamais. Ses yeux brillants et ses gestes assurés mettaient en valeur ses toilettes et sa magnifique chevelure toujours à la dernière mode. Lénine aussi avait changé. Autrefois, avec son chapeau melon et sa silhouette trapue, il faisait penser à un commis voyageur. Maintenant, une casquette posée sur le côté, la moustache bien peignée et un sourire malicieux accroché aux lèvres, il était bizarrement devenu une sorte d'« artiste » de la révolution.

Est-ce sous l'influence d'Inès que Lénine avait été initié à la loge maçonnique de l'Union de Belleville[1] pendant son séjour à Paris entre 1910 et 1912, comme l'affirment la plupart des dictionnaires spécialisés en la matière ? Aucune preuve formelle n'a pu en être apportée en raison de la dispersion des archives de cet atelier. Il demeure incontestable, toutefois, qu'un des meilleurs amis de Lénine et d'Inès durant cette période était un certain Monteus, membre éminent de la loge de Belleville[2].

---

1. Appartenant au Grand Orient de France.
2. Par ailleurs, la dépouille mortelle de Lénine, momifiée et exposée sur la place Rouge, reposait sur un drapeau de la Commune de Paris frappé d'inscriptions maçonniques.

L'amour refoulé

Catherine revit brièvement Inès au mois de juillet 1912, quand celle-ci fut arrêtée déguisée en paysanne, à Saint-Pétersbourg où elle s'était rendue clandestinement. La famille Armand avait alors payé l'exorbitante caution, permettant ainsi à la jeune femme de s'enfuir de nouveau à l'étranger sans attendre son jugement.

Dans les années 1912-1913, à Paris, le caractère d'Inès devint mélancolique. Ses sautes d'humeur troublèrent même ses enfants. Elle passait son temps en promenades solitaires. En décembre 1913, elle écrivait à Lénine, alors en Galicie[1] : « En me retrouvant sur ces lieux si familiers, j'ai compris clairement, comme jamais auparavant, la place gigantesque que tu as tenue dans ma vie quand nous étions ensemble à Paris. Tout ce que j'y avais fait était relié par mille fils de mes pensées pour toi. Pourtant à cette époque je n'étais pas tout à fait amoureuse de toi mais je t'aimais fort bien déjà en ce temps-là. Je pourrais aujourd'hui comme alors me passer très bien de tes baisers si je pouvais seulement te voir… »

---

1. Lettres citées d'après les Archives de la Fédération de la Russie.

Inès se sentait de plus en plus isolée. Sa nouvelle amie, Tamara[1], une jeune émigrée russe, venait de se donner la mort. Dans une lettre datée de 1913, toujours adressée à Lénine, Inès reconnut qu'elle avait brisé son amie : « Je n'ai pas su comprendre que Tamara était une fleur belle, douce mais fragile, une fleur pour qui la vie était déjà assez cruelle, une fleur qu'il fallait caresser et soigner, qu'il fallait élever avec infiniment d'attention. Je crains de n'avoir fait qu'aider la Providence à lui porter ce coup fatal. Je l'aimais pourtant, je l'aimais tellement, je t'assure. »

Lénine ne montra aucune sollicitude envers sa maîtresse et ne réagit même pas à cette lettre où affleurait pourtant un secret besoin de compassion. Ce manque de compréhension et cette froideur laissèrent Inès entre frustration et abandon.

Déjà, avant son départ pour la Galicie, l'attitude pragmatique de Lénine avait été ambiguë. Tout d'abord il lui avait demandé de lui renvoyer toutes ses lettres. Sans doute voulait-il simplement détruire les preuves matérielles de leur liaison et peut-être également quelques écrits sur ses relations politiques. De plus, Lénine

---

1. Leur amitié avait pourtant été houleuse. Inès, si douce avec Lénine, jugeait la jeune fille sans complaisance, la reprenait à tout propos, lui reprochait le moindre geste déplacé. Elle le reconnut plus tard : « Nous nous aimions et nous avions beau souffrir, nos querelles n'en devenaient que plus acharnées. » Tamara prétendait qu'un vrai social-démocrate devait savoir renoncer à tout, à l'amour, à la famille et ne vivre que pour « son idéal ». Mais Inès était évidemment opposée à toute forme d'ascétisme et les belles paroles de son amie semblaient faire écho à celles des intellectuels russes dont les discours ne coïncidaient pas souvent avec les actes. « Leurs idées, disait-elle, sont toujours parfaites, mais leurs actions sont souvent mesquines, pour ne pas dire pire. »

qui tutoyait tendrement Inès pendant leur passion parisienne recommençait à la vouvoyer. Désormais ses missives ressemblaient à des rapports entre un officier traitant et son honorable correspondant des services secrets.

Face à cet éloignement, Inès se sentait pitoyable, trahie, encombrante. Quand elle écrivait à Catherine, elle se demandait pourquoi Lénine s'était si rapidement laissé approcher, pourquoi il en avait fait son amie, son adepte inconditionnelle, presque son esclave. Pourquoi une femme amoureuse devait-elle se contenter d'un bonheur rare et toujours imprévu ? Pourquoi maintenant la vouvoyait-il ?

De guerre lasse, Inès finit par accomplir sa propre rééducation amoureuse et devint plus distante. Il lui arriva même de laisser son amant sans nouvelles pendant presque un mois, lorsqu'il était à Berne, en Suisse. Cette fois-ci, le leader des bolcheviques perdit son sang-froid. Demandant sans cesse au concierge de l'hôtel s'il avait du courrier, il écrivit trois lettres à Inès en deux semaines. « L'idée m'est venue à vrai dire que, peut-être, vous étiez fâchée, qui sait, de ce que je ne sois pas allé vous accompagner le jour de votre départ [ils s'étaient vus en Suisse]. Mea culpa, mea maxima culpa ! Mais non, loin de moi cette pensée, je la chasse, je l'ai déjà chassée !… » Puis : « C'est la deuxième carte postale que je vous écris »… Et : « C'est déjà la troisième, cette fois en français, pour que la tâche soit plus facile aux censeurs s'ils sont la cause du retard des lettres »… « À ce qu'il semble, vous n'écrivez à personne ! Je vais demander de vos nouvelles à nos amis pour savoir si vous n'êtes pas malade »… « Tout à vous. Votre Basile. » Pourquoi Basile ? Basile ne

correspondait à aucun de ses noms de code. Vraisem-
blablement, c'était ainsi qu'Inès appelait son amant
dans l'intimité. D'ailleurs cette lettre n'était-elle pas
destinée à rétablir des relations plus étroites ?

Ainsi Inès et Lénine se retrouvèrent-ils de nouveau
régulièrement en Suisse. Rendez-vous amoureux,
certes, mais les missions d'Inès n'étaient pas imagi-
naires. Elle fut une véritable militante révolutionnaire
clandestine. Lénine lui demanda même de gérer les
comptes du Parti dans les banques étrangères en cas
de force majeure : « J'envisage donc de te confier les
fonds du Parti que tu devras transporter avec toi dans
un sac fabriqué à cet effet, car les banques refuseront
de verser de l'argent pendant la guerre. » Inès était
aussi une des rares personnes avec qui Lénine aimait à
comparer ses analyses.

Ils s'écrivaient de nouveau d'une manière régulière
et le vouvoiement avait alors disparu. Si leurs lettres, en
tout cas celles qui sont restées dans les archives, étaient
moins visiblement marquées par un sentiment d'amour
affiché, elles n'en témoignaient pas moins d'une complète confiance et d'une affection mutuelle.

Lorsqu'ils en avaient le loisir, ils faisaient de longues
promenades dans les montagnes suisses, tantôt lumi-
neuses, tantôt sombres comme les chemins tortueux
de leur vie. Inès se laissait quelquefois aller au découragement, constatant que l'amour était peut-être « plus
important que le reste ».

À l'époque, Catherine était plongée dans la vie culturelle russe, qui n'était pas seulement brillante, mais
s'inscrivait, chose presque sans précédent, dans un
apolitisme désinvolte, en contradiction flagrante avec
les théories de Lénine. C'était l'époque des poètes qui

prônaient l'art pour l'art, la primauté de l'esthétique sur la morale, l'époque de Diaghilev et de Stravinsky. Un groupe d'écrivains de Saint-Pétersbourg avait dénoncé l'intelligentsia révolutionnaire dans un manifeste collectif[1], au nom de la plus haute culture et de la plus complète liberté. Chaque mercredi se rassemblaient en une sorte de banquet platonicien écrivains et artistes, intellectuels et philosophes pour disputer, de minuit aux premières clartés de l'aube, de symbolisme, d'« anarchie mystique », de mystères helléniques, de théâtre collectif. On y parlait aussi belles-lettres, philosophie, art, croyance, politique dans une ambiance intime et amicale où la tolérance était de mise. Le vin, mais aussi la gaieté aidant, on s'enivrait d'idées, de bons mots.

---

1. *Vekhi Jalons*, dont faisait partie Michel Micherski, le mari de Catherine.

Alexandra Fedorovna
ou la quête de la Russie

Pendant notre mémorable conversation dans le Transsibérien, Catherine revenait constamment à deux principales égéries politiques de cette bouleversante époque : l'impératrice Alexandra Fedorovna, épouse de Nicolas II, et Inès Armand. En effet toutes les deux d'origine étrangère avaient adopté la Russie avec passion, consacrant leur existence à leur homme.

Alexandra Fedorovna, demeure, pour Catherine, le symbole de la Russie.

À son actif, une vie personnelle réussie. Elle aimait son mari et lui donnait d'excellents conseils pour le choix de ses collaborateurs : d'abord le comte Serguei Witte, puis Piotr Stolypine. Sous leur impulsion, la Russie connut un développement extrêmement rapide et une vie culturelle brillante. Ce fut l'Âge d'argent en littérature, celui des symbolistes et des premiers cubistes en peinture, l'époque des Ballets russes en musique et en danse. Les reproches qu'on lui attribue sont les deux guerres, l'une perdue en 1904 contre le Japon, l'autre, trop coûteuse en vies russes, la guerre de 1914, ainsi que deux révolutions en 1905 et en 1917.

Quant à Inès Armand – avec ses certitudes bolcheviques – elle a toujours pensé qu'Alexandra avait joué
un rôle fatal dans le couple impérial et ne possédait pas
les qualités nécessaires pour occuper ces hautes fonctions. D'après elle, sa fragilité physique et son caractère introverti l'avaient rendue inapte à jouer un rôle
politique bénéfique à la Russie en temps de crise.

En revanche Catherine était persuadée qu'une image
plus favorable de la dernière tsarine s'imposerait dans
les esprits, à mesure que l'idéologie communiste se
dessécherait. D'ailleurs les archives confirment l'exceptionnel courage d'Alexandra durant sa captivité.

En se convertissant à l'orthodoxie, Alexandra avait
embrassé d'un coup toutes les traditions de la Russie
insolite : des fols en Christ aux prophètes, des vieux
sages aux premiers martyrs de l'Église orthodoxe.
Cette conversion fut d'abord un véritable choc, mais sa
foi en sortit renforcée.

Tout commença comme dans un conte de fées.
L'héritier des Romanov, le tsarévitch Niki, rencontra
l'adorable Alix de Hesse-Darmstadt, la petite-fille pré-
férée de la reine Victoria et la cousine de Guillaume II,
au cours d'un mariage princier à Saint-Pétersbourg.
Tous les fastes de la Russie impériale les entouraient.
Les vêtements des dames de la Cour étincelaient de
dentelles d'argent et de pierreries. Les costumes, les
chapeaux et les épées des élégants courtisans étaient
parsemés de diamants et autres joyaux. Le tsarévitch
avait seize ans et sa princesse douze. Cette rencontre
provoqua un véritable coup de foudre. Le jeune homme
dut attendre cinq longues années avant de surmonter
la réticence de sa famille face à la perspective de son
mariage. Le père du tsarévitch, Alexandre III, et son

épouse Maria Fedorovna auraient préféré pour bru une jeune fille portant un nom plus prestigieux que celui des Hesse[1].

Mais un complot familial aida le jeune Niki, très épris d'Alix, à triompher. La reine Victoria, l'épouse du prince de Galles (la sœur de l'impératrice Maria Fedorovna), Guillaume II, cousin du tsarévitch comme sa bien-aimée, enfin Ella, la sœur aînée d'Alix, épouse de l'un des oncles du tsar, se liguèrent pour obtenir le triple consentement d'Alix, d'Alexandre III et de sa femme. Cependant, un handicap inattendu apparut au dernier moment. La jeune princesse refusa de se convertir à l'orthodoxie. Il fallut trois jours de négociations intenses pour obtenir son consentement. Finalement, Alix s'abandonna à son destin. Le 23 avril 1894, elle s'engageait avec Niki pour la vie, « le visage illuminé par une joie tranquille », comme disait le tsar. Soudain, la timide Alix changea. Chaque jour elle se montrait plus amoureuse. La future tsarine était rayonnante. Elle fit visiter Cobourg à son fiancé et l'emmena faire de longues promenades dans ses endroits préférés.

La princesse était très belle. Auréolée de ses cheveux aux magnifiques reflets dorés, elle déroutait ses interlocuteurs en fixant ses grands yeux gris sur quelque chose qu'elle semblait être la seule à voir. Elle rougissait facilement et souriait rarement. Nicolas n'avait presque pas changé depuis leur première rencontre, son visage gardait la même expression rêveuse. Sa barbe et sa moustache « couleur tabac blond » semblaient

---

1. Ils songeaient à Hélène d'Orléans, fille du comte de Paris, c'est-à-dire d'un parent de Louis XVI, ou encore à Marguerite de Prusse.

toujours aussi soyeuses. Il n'était pas grand mais solidement bâti. Et ses yeux bleus, qui viraient au vert, faisaient encore rougir la jeune fille. Les séjours d'Alix à la cour de Russie, avant son mariage, ne furent guère engageants. Elle y fit pâle figure. Certains la trouvèrent gauche, « mal fagotée », d'autres la virent hautaine, orgueilleuse et méprisante. Ne parlant pas le russe et connaissant à peine le français, ses conversations se limitaient à l'usage de l'anglais. En réalité, Alix était paralysée par la timidité.

Le mariage fut fixé à l'été suivant. Mais la disparition du tsar bouleversa ces plans. La première apparition en public de la future tsarine fut derrière le cercueil d'Alexandre III. « Mauvais présage », murmura la rumeur selon la tradition de la Russie insolite. Le protocole aurait voulu que le couple observe un deuil de deux ans avant de songer à se marier. Attendre aussi longtemps était impossible pour les amoureux. Aussi la cérémonie fut-elle fixée au 9 décembre, jour de l'anniversaire de l'impératrice Maria Fedorovna.

Huit jours après son avènement, Nicolas épousait Alix que l'Église orthodoxe avait baptisée Alexandra Fedorovna. À l'aube, la mère du marié et les grandes-duchesses Xénia et Olga, sœurs de Nicolas, revêtirent Alexandra du costume nuptial traditionnel. Serrée dans cette lourde robe en brocart d'argent, à demi recouverte par le manteau de drap d'or bordé d'hermine à longue traîne, la tsarine sentait déjà le poids de sa nouvelle vie.

Les cloches des cathédrales du Kremlin annoncèrent l'union du couple comblé. « Jamais je n'ai vu deux êtres plus épris l'un de l'autre ni plus heureux », assurait le futur George V d'Angleterre, leur cousin.

Alexandra fut réconfortée par les acclamations de la foule en liesse. Elle se sentait presque déjà aimée.

Le règne de Nicolas II et d'Alexandra commença sous de sinistres auspices. À l'occasion de son couronnement, l'empereur offrit une grande fête à son peuple près de Moscou. 300 000 personnes purent profiter des distractions gratuites et des présents du tsar. Mais par une négligence des pouvoirs publics, elle se déroulait sur un grand terrain vague servant de lieu d'entraînement à la garnison de Moscou[1] où des trous, des tranchées, des fossés, avaient été laissés béants. Et quand la distribution des cadeaux commença, la bousculade fut telle que beaucoup tombèrent dans ces fossés. Selon les chiffres officiels, 1 389 personnes trouvèrent la mort, et 1 003 furent blessées. Le jeune couple impérial en fut atterré. Nicolas nota dans son journal : « Tout allait jusqu'à présent comme dans du beurre, mais aujourd'hui un grand péché a été commis… quelque 1 300 personnes ont été piétinées… » La mère du tsar recommanda à son fils un châtiment exemplaire pour les responsables du drame et en premier lieu le gouverneur général de Moscou. Mais Alexandra intercéda en faveur de ce dernier. Et Nicolas obéit à son épouse.

L'esquisse du sourire qui errait volontiers sur les lèvres du tsar disparut. Nicolas Ier avait hérité par sa mère, Maria Fedorovna, princesse Dagmar de Danemark, du sang d'Hamlet, prince de Jutland. Soumis aux caprices d'une volonté irrégulière, le dernier tsar de toutes les Russies évoquait par son caractère l'ombre du héros shakespearien.

---

1. À la Khodynka.

Mais Alexandra allait veiller sur son époux, exerçant sur lui une influence sans partage. Déjà, alors qu'elle veillait la dépouille d'Alexandre III, elle avait conseillé à Nicolas : « Désormais on doit tout te dire, on doit te consulter sur tout. Ne laisse pas oublier qui tu es. » La jeune et rayonnante impératrice ne perdit par pour autant sa timidité maladive. Elle parlait avec hésitation et son visage se couvrait souvent de plaques rouges. En dehors du cercle familial intime, Alexandra n'était guère appréciée. Sa belle-mère, en revanche, toujours aimable, souriante et joliment habillée, suscitait l'admiration de la Cour qui se regroupa autour d'elle. L'impératrice douairière n'avait jamais franchement montré bonne figure à cette bru qu'elle ne trouvait pas « assez bien » pour son fils, et la nouvelle tsarine avait toujours souffert de sa froideur à son égard. Une rivalité s'instaura de fait entre les deux femmes. Elle devait concerner également les affaires politiques. Alors que Maria Fedorovna souhaitait l'avènement d'un système parlementaire, Alexandra se faisait la gardienne de l'autocratie absolue.

Le mariage de Nicolas et d'Alexandra avait été si rapidement arrangé qu'aucune demeure n'avait été préparée pour les recevoir. Ils s'installèrent donc temporairement au palais Anitchkov où l'impératrice douairière avait jadis donné libre cours à sa passion pour la danse. Chaque jour, le couple impérial déjeunait avec Maria Fedorovna, puis Nicolas retournait dans son bureau. Alexandra passait ses journées à attendre ses apparitions. La jeune mariée confiait dans son journal : « Je me sens absolument seule. Je ne puis encore me persuader que je suis mariée. C'est comme si j'étais seulement en visite. » Elle redoutait aussi un attentat contre le tsar. N'oublions pas que depuis plus de vingt ans se livrait une guerre entre l'autocratie et les organisations terroristes, son époux n'était donc pas à l'abri d'une agression. Nicolas et Alexandra s'installèrent finalement dans le palais Alexandre[1].

En novembre 1895, la tsarine mit au monde, dans de terribles souffrances, une petite fille qui reçut le nom d'Olga. Certes, on choisit pour l'enfant une gouvernante, mais Alexandra avait décrété qu'elle nourrirait son bébé, le baignerait et l'habillerait elle-même. Révolution à la Cour… En 1896 eut lieu son couronnement. Le peuple fut ébloui par la beauté de sa nouvelle souveraine qui, pour l'occasion, arborait une robe brodée de fils d'argent, ornée de dix mille perles. Pendant l'été, le tsar emmena son épouse et sa fille rendre visite aux membres régnants de leur famille à travers l'Europe. Ainsi, ils s'arrêtèrent à Vienne chez l'empereur François-Joseph et l'impératrice Sissi, séjournèrent à Copenhague chez les grands-parents de Nicolas, le roi Christian IX et la reine Louise. Alexandra retrouva avec bonheur sa grand-mère, la reine Victoria, au château de Balmoral, en compagnie du futur Edouard VII. Leur passage à Paris les 5 et 6 octobre coïncida avec les dates anniversaires des journées tragiques pour Louis XVI et Marie-Antoinette. Durant ce séjour, Alexandra crut qu'on avait empoisonné son mari, indisposé après un dîner. Elle crut aussi qu'on avait tiré sur ses fenêtres. Ces phobies ne relevaient pas d'une simple paranoïa. L'impératrice semblait posséder une prescience de son destin. Elle révéla ce sentiment à son mari lorsqu'ils apparurent le soir à ce même balcon de la galerie des

---

1. Situé en retrait du palais Catherine, à Tsarskoïe Selo.

Batailles à Versailles, où Marie-Antoinette s'était tenue autrefois seule face aux émeutiers. Les images du passé avaient surgi en elle comme dans un songe.

Ces inquiétudes ne furent guère prises au sérieux par la Cour russe qui voyait en la nouvelle tsarine un personnage tout simplement maniaco-dépressif frôlant la psychose. De retour à Saint-Pétersbourg, la jeune femme s'aperçut qu'elle était enceinte. Au mois de mai 1897, elle accouchait d'une petite fille qui fut prénommée Tatiana. Alexandra avait de nouveau un prétexte pour fuir la Cour et passait le plus clair de son temps dans la nursery à s'occuper de ses deux filles. Durant l'hiver suivant, elle présida quelques bals et réceptions au côté de son époux. L'impératrice semblait plus assurée dans son rôle et moins guindée, mais son intransigeance morale, sa conception de l'existence de « petite-bourgeoise bien-pensante » étaient bien loin des idées révolutionnaires des féministes lancées par Inès Armand.

Les impératrices russes du XIXe siècle, toutes d'origine étrangère, apparaissaient toujours comme le symbole de l'autocratie, rigides et immuables. Elles étaient condamnées à un rôle passif. On attendait d'elles un ou plusieurs héritiers, une tenue digne et irréprochable servant de modèle à une Cour pas toujours puritaine. Elles devaient être des épouses soumises, tendres et compréhensives, des mères attentives. Mais Alexandra voulait faire plus : elle prétendait à un rôle de gardienne sans faille des traditions de la Russie et de la foi orthodoxe.

Foncièrement sincère, elle avait du mal à dissimuler ce qu'elle pensait de cette Cour frivole, hypocrite et avide. Attachée avant tout à sa famille et à la religion elle ne supportait ni l'esprit cancanier ni la licence. Désormais, l'impératrice allait d'ailleurs considérer toute opinion différente de la sienne comme un acte d'hostilité contre son mari et la dynastie des Romanov.

En 1898, enceinte pour la troisième fois, l'impératrice dut garder le lit. Le soir, Nicolas lui lisait *Guerre et paix*. Tolstoï avait beau être un redoutable pourfendeur du régime impérial, elle partageait sa vision de la Russie éternelle et sa philosophie de la nature. La petite fille née au mois de juin 1899 fut prénommée Maria, comme l'exaltée et mystique héroïne de *Guerre et paix* dont Alexandra se sentait si proche. Certes, elle était heureuse avec ses trois filles, mais elle se désolait de ne pas avoir donné un héritier à Nicolas. Plus que jamais elle vivait recluse dans ses appartements privés tandis que sa belle-mère et la Cour lui reprochaient ouvertement de compromettre l'avenir de la dynastie.

Face à cette hostilité, la tsarine chercha le réconfort dans le mysticisme, dans les traditions de la Russie insolite. Voulant trouver un guide spirituel, elle commença à se rendre régulièrement dans les monastères. Dans son désarroi, elle recourut même aux procédés en vogue dans les salons : cartomancie, voyance, tables tournantes et guérisseur. Aussi vit-on arriver à Saint-Pétersbourg un certain Philippe, spécialisé dans la guérison physique et spirituelle des malades par la « prière et l'imposition des mains ». La rencontre de ce Français avec le couple impérial eut lieu en septembre 1901 à Compiègne. La Cour de Russie avait déjà entendu vanter les extraordinaires pouvoirs du guérisseur par le fameux Papus, auteur de nombreux traités ésotériques très populaires à Saint-Pétersbourg. Lors de leur visite en France, Nicolas et Alexandra passèrent une soirée entière avec le mage. Pendant ce temps, le représentant des services secrets russes à Paris[1] le dépeignait, dans ses rapports, comme un « charlatan et un brigand ». Et la presse révolutionnaire de dénoncer : « Tandis que le pays traverse une crise profonde et pénible, dans les labyrinthes de son palais, le tsar russe attend la révélation d'un occultiste international qu'on lui a fourré entre les pattes. » Quant à la Cour, elle était également opposée au « charlatan français » ! L'indignation fut telle que Philippe ne put effectuer de nouveaux séjours à Saint-Pétersbourg. De son vrai nom, l'homme s'appelait Nazier-Vachot. Originaire de Lyon, il était voyant et guérisseur. Il prétendait communiquer avec les morts et vivre à la frontière des deux mondes.

À son propos, un grand-duc[2] nota dans son journal : « Un homme d'une cinquantaine d'années, petit, aux cheveux et à la moustache noirs, avec un effroyable accent du sud de la France. Il parlait de l'effondrement de la religion en France et plus généralement en Occident… Quand nous nous sommes séparés, il a voulu me baiser la main, et j'ai eu bien du mal à la lui arracher. »

Ayant appris les ennuis de Philippe avec la justice, Nicolas pria – sans succès – le ministre français des Affaires étrangères, Delcassé, de lui délivrer un diplôme au « faiseur de miracles ». Mais avec ou sans diplôme, Alexandra souhaitait sa présence à Saint-Pétersbourg. Ayant jaugé sa ferveur religieuse, Philippe s'arrangea pour marier habilement magie et saintes écritures. Pour Alexandra, il apparut d'emblée comme un homme de

---

1. Ratchkovski, de *L'Okhrana*.
2. Konstantin Konstantinovitch.

Dieu envoyé pour venir en aide à la dynastie. Il sut aussi satisfaire sa soif de surnaturel, n'hésitant pas à recourir aux recettes traditionnelles des grands voyageurs qui partirent à la recherche de la Russie insolite au XVIIIe siècle, comme Casanova ou Cagliostro.

En Russie, le guérisseur reçut le titre de médecin militaire et le grade de colonel. Il convainquit l'impératrice de ne plus jamais recourir à l'occultisme et de s'en remettre uniquement à Dieu.

Le tsar, gagné par la foi passionnée de son épouse, finit par partager son exaltation.

Face à l'engouement du tsar et de la tsarine pour ce « charlatan », l'indignation se répandit dans le pays. La Cour observait, moqueuse, le mage parisien, consciente qu'il n'était qu'un joujou entre les mains des groupes rivaux de l'entourage du tsar. Et, tandis qu'un autre témoin[1] consignait dans son journal : « Philippe a promis à la tsarine qu'elle aurait un garçon et non une fille », le ventre d'Alexandra prit des rondeurs prometteuses. Hélas, il s'agissait d'une grossesse nerveuse. Ceci n'ébranla pas pour autant la confiance du couple. La société grondait et les rumeurs les plus folles circulaient. Ainsi racontait-on que le prince Youssoupov[2], se promenant au bord de la mer lors d'un séjour en Crimée, rencontra la grande-duchesse Militsa de Monténégro en compagnie d'un homme. Il la salua, mais elle ne répondit pas. La revoyant le lendemain, il demanda à la jeune femme pourquoi elle n'avait pas répondu à son salut.

---

1. A. Polovtsev, membre honoraire du Conseil d'État.
2. Le père du futur assassin de Raspoutine.

« Mais, vous ne pouviez pas me voir, lui aurait-elle répondu, puisque j'étais avec le docteur Philippe. Quand il a son chapeau, il est invisible ainsi que les gens qui se trouvent avec lui. »

Tel était le genre d'histoires colportées par la Cour quand il ne s'agissait pas de grasses plaisanteries : Philippe « dormait dans la chambre du couple impérial, où il faisait de la sorcellerie afin que la tsarine donne naissance à un héritier… » Le clergé prit ombrage de l'influence que cet étranger, catholique romain, exerçait sur le couple impérial. Celui-ci dut alors se séparer de Philippe. Jusqu'à sa mort en 1905, Philippe entretint une correspondance assidue avec celle qui, dans ses lettres, l'appelait « Cher ami ».

Durant cet hiver, une sanglante vague d'attentats coûta notamment la vie au ministre de l'Intérieur et au gouverneur de Finlande. La tsarine s'inquiéta alors de l'agitation ouvrière dans les usines, des désordres paysans et de la contestation dans les milieux libéraux. À cette époque, des torpilleurs japonais attaquèrent par surprise la flotte russe ancrée dans la rade de Port-Arthur. Malgré les rumeurs alarmistes, Alexandra ne voulait pas croire à l'imminence d'un conflit avec le Japon à propos de la Corée, seule région à échapper encore en Asie du Nord-Est à l'expansionnisme russe vers le Pacifique. Elle soutenait les efforts de paix de son mari parce qu'elle considérait la guerre comme un mal absolu.

La jeune femme s'occupa aussitôt de l'organisation sanitaire et des trains qui évacueraient les blessés. Elle fit également transformer le palais Catherine et le palais d'Hiver en hôpitaux ; y fit ouvrir des pièces destinées à la confection de la charpie. Puis elle se consacra aux blessés rapatriés du front et travailla des heures entières avec les dames de la Cour à découper des bandes de tissu destinées à panser les plaies. Au début de l'année 1904, en pleine tourmente, naquit Alexis, l'héritier tant désiré. Alexandra se sentit enfin légitimée devant la dynastie et tout l'Empire. Mais la fatalité voulut qu'en épousant Alexandra, Nicolas II unisse l'hérédité lourdement chargée des Romanov à celle de la Maison de Hesse. Alexandra portait en effet dans son sang la funeste diathèse du mal de Hesse, l'hémophilie, maladie transmise par les femmes et ne frappant que les hommes. Alors que l'enfant avait six semaines, elle vit du sang couler de son nombril… Les hémorragies du tsarévitch durèrent trois jours. L'impératrice ne quitta pas un instant le berceau, hantée par de funestes souvenirs[1].

Dès lors, Alexandra n'allait plus avoir un instant de répit. Quand vint l'été, l'impératrice eut à souffrir d'œdèmes aux jambes et d'une faiblesse cardiaque. Nicolas promena alors sa chère Alexandra dans un fauteuil roulant pour qu'elle ne se fatigue pas. Elle était constamment à l'écoute des soucis de son mari et exigeait d'être au courant de tout ce qu'il avait l'intention de décider. Souvent, elle lui soufflait la réponse.

Le 6 janvier 1905, Saint-Pétersbourg fut paralysée par les grèves. Sur les instances de son oncle le grand-duc Vladimir, Nicolas renonça à recevoir une

---

1. Elle se remémorait la fin tragique de son frère Frédéric qui s'était vidé de son sang après une chute, dans les bras de sa mère. Son neveu Henry, fils aîné de sa sœur, était mort à quatre ans dans des conditions identiques, son frère était atteint du même mal ; son oncle Léopold avait disparu lui aussi en pleine jeunesse.

délégation de grévistes. Inès Armand était avec les manifestants…

L'impératrice n'apprit que tard dans la soirée la tragédie de ce sombre « Dimanche sanglant » où les troupes cosaques fauchèrent l'humble foule qui se rendait chez le tsar avec icônes et bannières, pour implorer justice. Les durs du régime les utilisèrent alors comme prétexte pour éliminer les éléments réformateurs au sein du pouvoir, en imposant ce slogan : « Ne ménagez pas les cartouches ! »

Le 4 février, Alexandra apprit l'assassinat du grand-duc Serge, son beau-frère, à l'intérieur même du Kremlin. Elle s'indigna de la vulnérabilité du gouvernement impérial, à la merci des groupuscules terroristes insaisissables, et s'alarma de l'impuissance de la police à déjouer les attentats. Durant l'été 1905, l'empereur signa un manifeste impérial annonçant la création d'une Douma consultative. Cette décision fut lourde de conséquences et une des rares à ne pas être influencée par sa femme. Impératrice depuis dix ans, Alexandra éprouvait en effet pour l'autocratie un attachement viscéral. Elle voyait dans le serment qu'elle avait prêté lors de son couronnement une mission divine, un dépôt sacré que Nicolas devait transmettre. « Tu n'as pas le droit d'abandonner à tes sujets la moindre parcelle de l'autorité que la Providence t'a donnée sur eux. Tu n'es pas plus libre de renoncer à l'autocratie que d'abjurer la foi orthodoxe », s'insurgea-t-elle avant que son mari ne cède aux pressions du grand-duc Nicolas et ne signe le manifeste.

Elle se retrouvait dès lors tsarine d'un Empire constitutionnel. Déchiré par la guerre civile et les troubles révolutionnaires, l'Empire s'embrasait et Alexandra souffrait de son impuissance. Elle jugeait aussi effroyables les atrocités de la révolution que la répression.

Une autre décision capitale allait être prise, cette fois-ci sous son influence directe. En quelques semaines, l'armée brisa les insurrections et rétablit l'ordre. L'impératrice, atterrée par le zèle répressif du président du Conseil Witte, suggéra à son époux d'en changer. Aussi proposa-t-elle de nommer Stolypine au poste de Premier ministre[1]. Pour elle, il était urgent de trouver de nouvelles têtes, énergiques et fidèles.

À la fin de cette année terrible, les troubles cardiaques d'Alexandra empirèrent. Elle ne sortait pratiquement plus et passait le plus clair de son temps à surveiller les premiers pas d'Alexis. Loin du tumulte, le tsarévitch grandit sous la protection de sa nourrice et du matelot Derevenko. Malgré une surveillance assidue, l'enfant tombait ou se blessait. Rien ne pouvait alors arrêter l'hémorragie. Le petit Alexis souffrait terriblement, s'affaiblissait et gémissait parfois des journées entières. Alexandra était torturée par son impuissance à apaiser ses douleurs. Épuisée nerveusement autant que physiquement, elle n'attachait pas d'importance à sa propre santé. Elle se bornait à éviter les efforts physiques et restait souvent allongée dans son boudoir

---

1. Brillant administrateur, ancien gouverneur de Saratov, ministre de l'Intérieur, puis Premier ministre, Stolypine était mal aimé de ses contemporains. La gauche le haïssait, le considérant comme l'homme de la terreur massive, la droite le soupçonnait d'ouvrir la voie des réformes visant à saper les bases mêmes de l'Empire. Cependant aujourd'hui, Stolypine est considéré comme l'homme d'État russe le plus remarquable du XXe siècle, qui par ses réformes aurait rendu la révolution inutile et ainsi prévenu une catastrophe nationale.

mauve (couleur qu'elle affectionnait particulièrement),
se contraignant malgré tout à assumer ses obligations
d'impératrice. Depuis quelques années déjà, Alexandra
s'était attaché Ania[1].

L'attachement d'Ania à l'impératrice était lié à un
étrange rêve. À seize ans, gravement malade, elle avait
vu apparaître Alexandra lui tendant la main et avait
été guérie à l'instant même. La tsarine, l'ayant appris,
émit le désir de rencontrer la jeune fille. Elles se lièrent
d'amitié et Ania gagna la confiance de la souveraine.
Au milieu de l'océan d'intrigues et d'hypocrisie où elle
était plongée, Alexandra discernait en elle des sentiments purs et désintéressés. L'impératrice aimait chanter et jouer du piano avec son amie, mais la maladie
lui coupait le souffle et bleuissait ses mains, la privant
peu à peu de cette joie. Le soir, elle lisait ou travaillait
à quelque tapisserie ou broderie en compagnie d'Ania,
tandis que Nicolas jouait au billard.

À l'heure du thé, l'impératrice et son époux se
rendaient de temps à autre avec Ania chez la grande-
duchesse du Monténégro. En novembre 1905, peu
après la disparition de Philippe, la grande-duchesse
leur avait présenté un « homme de Dieu », sur la
recommandation du recteur de l'Institut de théologie de
Saint-Pétersbourg : Grigori Raspoutine. Installé dans
un modeste appartement de la capitale avec sa femme
et ses trois enfants, ce Sibérien menait une existence
discrète.

L'impératrice, comme tous ses contemporains, fut
aussitôt subjuguée par son regard. Un regard insaisis-
sable qui vous transperçait comme une lame. Selon les

---

1. Vyroubova, la fille du chambellan Taniéiev.

rapports du chef de la police[1], il suivit à cette époque des études complètes chez un célèbre hypnotiseur de la capitale. L'ambassadeur de France Maurice Paléologue en témoigna : « Il avait un regard à la fois pénétrant et rassurant, naïf et malin, fixe et lointain. Mais lorsque son discours s'enhardissait, un magnétisme incontestable s'échappait de ses pupilles. »

Au cours du XXe siècle des milliers de livres ont été écrits sur Raspoutine dans un but essentiellement lucratif, prétendant découvrir une nouvelle vérité sur ce personnage mythique.

Catherine, elle, faisait peu de cas de son appartenance supposée aux sectes, de ses liens présumés avec les maçons ou des ragots concernant ses débauches. Il représentait pour notre héroïne un phénomène de société comme il en avait toujours existé et comme il en existerait encore. Elle écrivait dans son journal : « Il avait des yeux bleus transparents comme une eau de source dans laquelle on avait envie d'entrer, comme attiré par une force étrange. Il a apposé ses mains sur ma tête et j'ai ressenti comme une espèce de décharge dans tout le corps, puis une grande sérénité. Je ne pense pas qu'il était mauvais ou un suppôt de Satan. Non, je pense même que c'était un saint homme, mais il était sibérien… »

Les croyances de Raspoutine étaient sans aucun doute assez éloignées de la foi conventionnelle. À vrai dire, un tel personnage exprimant les croyances viscérales du peuple était attendu par l'élite de Saint-Pétersbourg. Si ce n'avait pas été lui, un autre aurait joué ce rôle pré-

---

1. Beletski.

destiné par la configuration des traditions culturelles
du pays[1].

Parti de Sibérie besace au dos, Raspoutine couvrit
des kilomètres sur les routes sans fin de la Russie, qué-
mandant un peu de nourriture et un gîte pour la nuit.
Ainsi alla-t-il de village en village, d'église en église,
de monastère en monastère.

Quand il revint de son premier périple, le jeune
homme n'était plus le même. « Mon âme a changé »,
confirmait-il. En effet, Raspoutine avait renoncé à sa
vie désordonnée. Il s'était mis à jeûner et avait installé dans sa maison un petit oratoire pour prier avec
ses parents et amis. Au cours de ces réunions, chacun
s'appelait frère ou sœur. Les mots utilisés pour exprimer sa foi étaient simples, à la portée de tous (il devait
plus tard écrire de nombreuses prières témoignant d'un
certain talent littéraire).

« Une des astuces du Diable, écrivait Gogol, consiste
à nous convaincre qu'il n'existe pas. » Raspoutine était
lui aussi persuadé que le Démon rôdait en permanence
autour de lui. « Satan, écrivit-il, apparaît sous la forme
d'un miséreux qui chuchote au pèlerin mort de fatigue
et de soif qu'il reste encore de longues verstes à parcourir jusqu'au prochain village. Je faisais alors le signe de
croix ou entonnais le psaume du chérubin, et aussitôt
le village surgissait devant mes yeux. » Ou encore :
« Le son de la cloche réjouit le cœur. Mais au voyageur
fatigué le Diable parlait de la chair. »

---

1. Il s'agit d'ailleurs d'un phénomène analysé par Michel Fou-
cault à propos d'autres situations et d'autres époques.

Il conserva d'ailleurs toujours cette façon de s'adresser au Diable, de le menacer et, par des cantiques, de faire appel à Dieu pour qu'il l'aide dans sa lutte. « Ennemi rusé, le Démon veut reprendre en son pouvoir l'âme vouée à Dieu. Et pour cela il est aidé par les gens. Tous observent celui qui cherche le salut comme s'il était une espèce de brigand, et tous se moquent de lui », précisait-il dans son autobiographie.

S'appuyant sur les preuves apportées par un archevêque, la police secrète affirma que Raspoutine appartenait à la secte des flagellateurs[1] décrite dans le précédent chapitre. Le tsar en fut donc informé. Cela n'affecta cependant en rien la confiance qu'il accordait à son ami. Celui-ci, d'ailleurs, a toujours nié son appartenance à cette confrérie. Certes, Raspoutine connaissait leurs pratiques, et dans ses « œuvres », nous trouvons beaucoup d'idées propres à la secte[2] : « J'ai eu à fréquenter les évêques, j'ai beaucoup parlé avec eux… Leur enseignement reste insignifiant… Le savoir ne vaut rien pour la piété. La lettre leur a brouillé l'esprit et entravé les pieds, et ils ne peuvent suivre les traces du Sauveur. »

Selon Raspoutine, pour cette raison, ils ne pouvaient être d'aucun secours pour ceux qui avaient besoin de nourriture spirituelle. Bien plus : « Actuellement, ceux qui peuvent donner des conseils sont pourchassés dans les coins perdus[3]. »

---

1. *Khlistis.*
2. En premier lieu une certaine prudence à l'égard de renseignement livresque dispensé par les hiérarques de l'Église.
3. Les « navires » et les « flottilles » des *khlistis*, dispersés à travers toute la Russie, maintenaient entre eux des contacts, d'un « navire » à l'autre.

Là peut-être se cache la solution de l'énigme que constitue la première moitié de cette vie agitée du pèlerin expérimenté. Ce fut dans la « Russie cachée », à travers les sectes, que Raspoutine entama son voyage vers son destin. Ce fut là qu'il apprit le secret mystique – l'aptitude à nourrir en soi le Christ[1].

On ne saurait donc pénétrer la nature de ce Sibérien sans tenir compte des influences religieuses qu'il a subies et des traditions de son pays. Un expert digne de foi, professeur de l'orthodoxie à Sarajevo, le confirma dans les années 1930, suite à une enquête confidentielle effectuée dans la région de Tobolsk[2]. Il relata l'histoire d'une famille de pauvres paysans, rencontrée lors d'un de ses voyages en Sibérie, à qui Raspoutine dut d'assister à une assemblée des *Khlistis*. Il avait frappé à la porte d'une humble maison pour demander de la nourriture, comme beaucoup de pèlerins l'avaient fait chez lui et comme lui-même le referait bien des fois. Les gens qui lui ouvrirent étaient désespérés, parce que leur fille était malade et paraissait perdue. Il pria à son chevet jusqu'à ce que l'enfant réagisse et passe la période critique de la maladie. Au cours du repas de célébration qui suivit, les hôtes lui demandèrent quelles étaient ses croyances religieuses, puis voulurent savoir s'il avait fait vœu de chasteté, comme il était fréquent chez les saints hommes. Le vagabond Raspoutine ayant répondu qu'il n'estimait pas que la continence était importante pour la spiritualité de l'âme, la mère de l'enfant malade s'enhardit et le pria de dire s'il appartenait à la secte

---

1. Rodzianko, *The Reign of Rasputin*.

2. B. Svardtsov cité d'après Maevski, *La Tragédie de la Russie impériale*, Madrid, 1963.

car elle craignait d'avoir trop parlé (seul, le chef pouvait passer outre l'obligation de ne rien divulguer à un étranger et expliquer leur philosophie et leurs rites). La gratitude de cette femme après l'amélioration de l'état de sa fille, qu'elle tenait pour miraculeuse, et la sincérité avec laquelle Raspoutine se préoccupait de la secte l'incitèrent à présenter ce pèlerin peu ordinaire à celui qui les guidait. Non sans une certaine impatience, il se mit en route le soir même avec les parents de l'enfant qu'il venait d'aider à guérir. Et voilà qu'enfin il participait à un culte perpétué depuis des siècles, en dépit des interdictions et de brutales persécutions.

Raspoutine lui-même raconta à Saint-Pétersbourg comment, au cours de l'un de ses pèlerinages, il avait perçu le chant harmonieux d'un oiseau, perché dans un arbre. Levant les yeux, il comprit que l'oiseau donnait une aubade à la femelle de son choix. La beauté de la mélodie semblait venir de l'envie de séduire dont était pris l'oiseau. Il eut l'impression d'avoir trouvé une solution à son terrible dilemme. Si l'oiseau, mû par le désir, chantait d'une voix céleste, quel mal y avait-il à céder à son impulsion ? Telle fut donc la réponse à ses prières, un signe venu de la nature, de l'univers créé par Dieu. Plein de joie, après cette révélation, il s'aventura à travers bois, attiré par des rires. Arrivé dans une clairière, il découvrit trois jeunes femmes qui se baignaient nues dans un petit étang. Sans hésitation, il se déshabilla, les rejoignit et les honora toutes les trois sur l'herbe de la berge. Rien ne le rendit plus heureux que de céder aux principaux élans de sa nature sans se sentir coupable. D'ailleurs le lendemain, sa joie fut à son comble quand il s'aperçut qu'il priait avec plus de facilité et de douceur que jamais. Dieu n'était pas fâché, alors. Il acceptait donc la satisfaction des désirs qu'il avait donnés à l'homme, et les nier empêchait la libre expression de la nature spirituelle.

Tout était exubérant chez cet homme hors du commun qui semblait sortir des tripes mêmes de cette Russie insolite. Ses hautes bottes, ses pantalons bouffants trop larges d'où sortait une chemise brodée à col montant boutonnée sur le côté. Sa longue barbe noire mêlée à une tignasse désordonnée.

« Raspoutine était partout, Raspoutine était tout », nota encore Catherine dans son journal.

Raspoutine séduisait par sa rusticité. Il appela le tsar « Petit Père » et son épouse « Petite Mère ». D'humeur joviale et communicative, il les entretint d'emblée comme s'ils avaient été ses égaux. D'abord déconcerté par cette sincérité abrupte, le couple impérial en fut conquis. Alexandra, orthodoxe convaincue et soucieuse d'être proche des racines paysannes dans lesquelles elle voyait l'âme russe, le reconnut comme un authentique *starets*. « *Le starets* [citons encore une fois Dostoïevski] est celui qui s'empare de votre âme et de votre volonté et les fait siennes. En faisant choix d'un *starets*, vous renoncez à votre volonté, vous la lui donnez en complète obéissance, en plein renoncement… »

En décembre 1907, le tsarévitch Alexis tomba en jouant dans le parc et fut ramené inanimé au palais. Une grosse boule violacée saillait de sa jambe. Une fois de plus, aucun médecin ne parvenait à soulager ses terribles douleurs. Désemparée, l'impératrice supplia Raspoutine de venir au chevet du tsarévitch. Seul Raspoutine avait le don d'apaiser l'enfant, tantôt par la prière, tantôt par la force magnétique prodigieuse qui émanait de lui, héritée des méthodes traditionnelles des chamans guérisseurs de Sibérie. Ses visites au palais, peu fréquentes au début, étaient tenues strictement secrètes car les souverains n'ignoraient pas qu'on ne leur pardonnerait jamais de recevoir chez eux un paysan, fût-il « homme de Dieu ». Alexandra avait trente-six ans. Toujours très belle, elle était cependant à bout de forces. Son médecin, le docteur Botkine, constata qu'elle s'était usé le cœur. Il lui prescrivit de garder le lit pendant trois mois. Botkine gardait espoir d'un rétablissement total malgré l'extrême faiblesse de sa patiente, dont le regard fixe exprimait une indicible détresse. La disparition, deux mois plus tard, de son confesseur Jean de Cronstadt ne fit qu'accroître la désolation et la solitude de l'impératrice. Dès lors, Raspoutine allait être régulièrement reçu par le couple impérial. Durant quelque temps, les salons n'associè-rent pas le nom de Raspoutine à celui de l'impératrice, même si sa conduite extravagante suscitait déjà la critique. De jour en jour, Raspoutine se rendit indis-pensable. S'il ne parvint pas à guérir le tsarévitch, il le soulagea toujours. Un soir, l'enfant se plaignit d'une terrible douleur à l'oreille. L'impératrice téléphona au *starets* qui lui promit l'apaisement de son fils. Quand elle revint dans la chambre du petit, Alexandra le trouva endormi et calme. Il s'était senti mieux dès que sa mère était entrée en contact téléphonique avec le Sibérien. Personne n'étant au courant de la maladie du tsarévitch, l'entourage des souverains commença à se demander la raison de l'engouement de l'impératrice pour ce « débauché ». On prétendit évidemment qu'ils étaient amants et qu'Ania Vyroubova tenait la chandelle ! Une lettre, publiée dans un livre d'Illico, un ecclésiastique proche de Raspoutine devenu son adversaire farouche, fut utilisée pour fustiger la tsarine. « Mon bien-aimé et maître inoubliable, sauveur et guide, combien je me languis de toi. Je suis toujours sereine quand tu es près de moi, ô mon maître. Je baise tes mains et je pose ma tête sur ton épaule robuste. Que de légèreté, que d'aisance à cet instant j'éprouve ! Un seul désir alors me vient : m'endormir, m'endormir pour l'Éternité au creux de tes bras. Où t'es-tu envolé ? Une telle douleur, une telle angoisse enserrent mon cœur… Ta bien-aimée pour l'Éternité. » Ce témoignage demeure cependant douteux car l'original n'a jamais été retrouvé.

Raspoutine, de son côté, aimait laisser planer le doute à propos des relations qu'il entretenait avec la tsarine. Alors qu'il dînait dans un restaurant de la capitale, en compagnie de deux dames et deux directeurs de la presse à scandale, il déclara haut et fort, afin de se faire entendre : « Je fais ce que je veux d'elle. Elle est obéissante ! » Ensuite, il aurait, dit-on, exhibé son sexe et, dans cette tenue, continué à parler avec les danseuses tziganes. Cette attitude provocatrice rappelle quelque peu la conduite traditionnelle de ces fols en Christ qui erraient à travers le pays et étaient considérés comme la conscience personnifiée du peuple. Les agents de la police secrète rapportaient tous les faits et gestes du Sibérien. L'un de ces rapports fut communiqué à l'impératrice. Il mentionnait un scandale provoqué par lui dans les bains en compagnie de prostituées. Ce soir-là Raspoutine se trouvait en réalité au palais Alexandre. La tsarine en déduisit alors que tous ces rapports étaient mensongers et crut même à un coup monté par la police secrète. L'énigme des prédictions de Raspoutine continue encore à faire couler beaucoup d'encre. Dès le début de leurs relations, il avait déclaré solennellement à Nicolas : « Tant que je serai vivant, ton trône et tes proches n'auront rien à craindre… »

Cette année-là, Alexandra se rendit en Crimée, à Livadia, dans son Nouveau Palais. Construit en deux ans, il était de style italien, entièrement blanc. La chambre du couple impérial donnait sur la mer, une multitude de fleurs y embaumaient. La cure avait fait du bien à l'impératrice et elle avait recommencé à marcher. Elle se sentit également revivre ; son fils s'épanouissait et la population semblait dans d'excellentes dispositions à l'égard des souverains. Les filles avaient grandi. Olga, l'aînée, allait avoir seize ans. Elle était sensible et rêveuse, intelligente et cultivée, douée pour la musique. Mais la tourmente allait bientôt assombrir ce court moment de répit. De nouveau, la calomnie frappait le couple impérial. Des quatrains et des caricatures se répandirent dans la capitale montrant Raspoutine et ses deux maîtresses, Alexandra et Ania Vyroubova, l'impératrice en Allemande hystérique, soumise à l'Antéchrist, au Diable lui-même. L'affaire était grave. Et la police eut beau traquer, ordonner, rien n'y fit. La cabale contre Raspoutine servait de fer de lance à cette entreprise de destruction.

Quelques mois plus tard, Alexis se blessa en sautant d'une barque. La chute entraîna la plus grave crise qu'il ait jamais eue. Les médecins n'osaient pas tenter d'opération et Raspoutine était en Sibérie. Se devant à ses invités puisqu'elle recevait pour l'ouverture de la chasse, Alexandra vécut un calvaire. Dès qu'elle le pouvait, elle se faufilait furtivement au chevet de son fils, puis revenait dans les salons, dissimulant au mieux son angoisse sous un sourire triste. À la fin du mois d'octobre, le rythme cardiaque d'Alexis s'affaiblit au point qu'il reçut les derniers sacrements. Nicolas, Alexandra et leurs filles prièrent à son chevet. Ne voulant pas croire à une issue fatale, Alexandra envoya Ania télégraphier à Raspoutine. La réponse fut prompte. « Aie confiance, le mal ne l'emportera pas. Que les médecins ne le fassent pas souffrir. »

En quelques heures la fièvre tomba et la tumeur diminua, l'enfant était sauvé. Il mit néanmoins des mois à se remettre et dut porter un appareil orthopédique pour redresser sa jambe. La famille impériale partit de nouveau en Crimée au printemps 1914. Les fleurs des arbres fruitiers, les jasmins, les glycines embaumaient les terrasses du Nouveau Palais. Là-bas, loin des commérages de la capitale, la vie était douce. Alexis avait recommencé à courir et à s'amuser. Au mois de juin, peu après l'attentat de Sarajevo, Raspoutine fut poignardé par une femme en Sibérie. N'ayant sans doute pas oublié la prophétie du sauveur de son fils, Alexandra pria de longues heures pour son rétablissement.

L'impératrice rassembla ses forces au mois de juillet pour recevoir le président français Raymond Poincaré. En effet, Alexis s'étant encore blessé en montant à bord du yacht impérial *L'Étendard*, elle avait dû le veiller et, malgré les rumeurs alarmistes, Alexandra espérait une fois encore que la guerre n'aurait pas lieu. Après l'ultimatum de l'Autriche à la Serbie, Nicolas passa ses jours et ses nuits dans son bureau, tandis que, de Sibérie, Raspoutine lui soufflait que cette guerre serait un désastre pour son pays et sa famille… Dans la soirée du 1er juillet, le tsar livide entra dans le boudoir mauve de sa femme :

« C'est tout de même arrivé, l'Allemagne nous déclare la guerre… » L'impératrice était furieuse contre Guillaume II et accusait les Hohenzollern d'avoir semé, par ambition et orgueil démesurés, la zizanie en Europe.

Cependant, Alexandra était devenue une vraie Russe. Elle s'engagea totalement dans cette guerre aux côtés de Nicolas, déterminée à se battre jusqu'à l'anéantissement de l'Empire allemand. Devant l'obstination des souverains, Raspoutine, rentré à Saint-Pétersbourg, répéta ses prophéties insolites – cette guerre à outrance allait enfoncer la Russie dans le chaos et la plonger dans l'ombre pendant des décennies… L'impératrice fit de nouveau installer un hôpital dans le palais Catherine et mit des appartements à la disposition des parents blessés. Avec ses filles Olga et Tatiana, elle suivit une formation accélérée d'infirmière. Certains n'acceptaient de soins qu'en sa présence, tant elle avait le don de réconforter. Elle terminait sa journée par la prière commune pendant laquelle tout le monde chantait. Quand la santé d'Alexis le lui permettait, elle revenait après le dîner au chevet de ceux qui la réclamaient. Peu à peu les fronts tombèrent sous les feux ennemis. La tsarine, acclamée par le peuple lors de la déclaration de guerre, devint « la Boche ». Mais elle continua à sillonner le pays durant l'année 1914, surveillant les installations sanitaires et se dépensant sans compter. Au gré de ces petits voyages, elle retrouvait son cher Nicolas pour quelques heures ou une nuit.

En janvier 1915, le train venant de Petrograd dérailla. Se trouvant parmi les victimes, Ania Vyroubova fut considérée comme perdue. L'impératrice pria aussitôt Raspoutine de se rendre sur les lieux du drame. Le Sibérien s'agenouilla auprès de la blessée et lui passa les mains sur le visage. La jeune femme sentit une chaleur traverser son corps et dit : « Ce n'était donc pas mon heure… » Elle resta néanmoins infirme jusqu'à la fin de ses jours. Malgré le dévouement et la générosité de l'impératrice, la rumeur persistait à la fustiger et à partir du mois de juin on réclama sa tête et celle de Raspoutine. Pour elle, Raspoutine était envoyé par Dieu pour sauver l'Empire et ces attaques ne pouvaient entraîner que le malheur. En août, la Galicie et la Pologne tombaient aux mains des Allemands. Il était temps pour l'empereur d'imposer sa volonté aux ministres, aux généraux et au grand-duc Nicolas. « Montre-leur que tu es le maître. Ils doivent apprendre à trembler devant toi, souviens-toi que monsieur Philippe dit la même chose… », écrit Alexandra.

Elle n'avait guère de sympathie pour le grand-duc Nicolas (alors commandant en chef), d'abord parce qu'il détestait Raspoutine, ensuite parce qu'il n'obéissait pas aux ordres du tsar. Aussi incita-t-elle son mari à prendre le commandement des troupes à sa place. Alors que la calomnie poursuivait ses ravages, le couple demeurait indiciblement soudé, comme en témoigna le grand-duc Paul : « Ils sont admirables de vaillance. Jamais un mot de plainte ni de découragement. Ils ne cherchent qu'à se soutenir l'un l'autre. » La tsarine regarda avec fierté Nicolas annoncer fermement, sous un tollé général, qu'il partait pour le front. « Souviens-toi, la dernière nuit, à quel point nous nous sommes tendrement enlacés. Comme je vais attendre tes caresses ! », écrivit-elle au lendemain de son départ. Désormais, le pouvoir était entre ses mains. Soutenue par Raspoutine, elle combattait pour la gloire future de la Russie.

Le Sibérien, comme jadis Philippe, avait ancré en elle l'attachement à la tradition et à l'ordre. Monarchiste et populiste, Raspoutine aimait à sa façon la tsarine, voulait la sauver et sortir le pays de la guerre. Mais ce fut un pas de trop pour cette impératrice russe d'origine allemande. Un témoin déclara à l'époque : « Les ennemis les plus bas et les plus acharnés du pouvoir tsariste n'auraient pu trouver plus sûr moyen de discréditer la famille impériale. La Russie a connu des favoris qui, mettant à profit les bonnes dispositions du monarque à leur endroit, dirigeaient la politique du pays. Raspoutine, lui, "fait" parfois des ministres. Mais son vœu principal est d'aider le tsar et la tsarine, perdus dans un monde effrayant… » Pour l'heure, ce qu'Alexandra attendait du gouvernement était clair : mettre fin aux querelles intestines pour gagner la guerre et en finir avec les campagnes de diffamation. Aussi fit-elle valser quelques ministres hostiles à Raspoutine, ce qui entraîna un vaste mécontentement. Si la Cour considérait Raspoutine comme l'une des causes directes du délire politique de l'impératrice, la tsarine douairière songeait à faire enfermer sa bru dans un couvent : « Je crois que Dieu aura pitié de la Russie. Alexandra Fedorovna doit être écartée. Je ne sais pas comment cela doit se faire. Il se peut qu'elle devienne tout à fait folle, qu'elle entre dans un couvent ou qu'elle disparaisse. » De plus en plus persuadée que les généraux étaient des incapables, Alexandra écrivait à Nicolas : « … Le temps de l'indulgence et de la bonté est passé. Il faut les contraindre à s'incliner devant toi, à écouter tes ordres et à travailler comme tu le désires et avec qui tu veux… Pourquoi suis-je détestée ? Parce que l'on sait que j'ai une volonté ferme et que lorsque je suis convaincue qu'une chose est juste (et en outre bénie par Grigori), je ne change plus d'avis ; et cela ils ne peuvent le supporter. » Le 14 décembre 1916, elle écrivait encore : « Notre cher Ami t'a demandé de dissoudre la Douma... Sois donc Pierre le Grand, Ivan le Terrible, écrase-les tous sous tes pieds... Tu dois m'écouter, chasse la Douma... »

Entre 1910 et 1914, l'influence de Raspoutine sur le couple impérial ne cessa de se renforcer, jusque dans la nomination des ministres les plus importants. Les historiens « officiels » voulurent accréditer la version selon laquelle il tirait bénéfice de ses interventions. Rien n'atteste l'existence de pots-de-vin, et ses comptes bancaires pratiquement vides à sa mort ainsi que sa famille laissée sans ressources sont la preuve qu'il ne s'est pas enrichi au contact du tsar.

Alexandra, à l'instar de son époux, n'accorda jamais aucun crédit aux vilenies dont son « Ami » fut accusé : « N'a-t-on pas toujours vilipendé cet homme ? s'insurgeait-elle. J'en veux pour preuve les bruits qui ont accompagné ses premiers pas dans le monde. » L'impératrice faisait allusion aux rumeurs concernant les rapports de Raspoutine avec sa dame d'honneur et confidente[1].

Quand la Guerre mondiale éclata, Raspoutine était à son zénith.

Les deux années suivantes virent ainsi défiler plus de trente ministres. Certains aristocrates, comme le prince

---

1. Anna Viroubova, fille du chef de la chancellerie impériale. Ces rumeurs se sont révélées fausses car cette dernière était encore vierge, comme l'a confirmé la commission du gouvernement provisoire en 1917. Cette jeune femme fut associée au mythe de Raspoutine dès le début.

Youssoupov, inventèrent alors un complot international dont Raspoutine aurait été l'instrument et dont les inspirateurs étaient, selon eux, tantôt les Allemands, tantôt les milieux sionistes.

L'idée d'un complot mondial visant à détruire la Russie réapparaissait ainsi avec Raspoutine et les rumeurs dont il était l'objet. Et l'entourage du couple impérial de dénoncer en Raspoutine l'Antéchrist !

Cependant, ce ne fut pas un complot mondial qui accéléra la chute de l'Empire, mais celui d'un groupe d'aristocrates proches de Nicolas II.

Raspoutine savait que la guerre contre l'Allemagne serait calamiteuse pour la Russie. Le parti de la morale et du bon sens ne fut pas le seul à vouloir éliminer Raspoutine, le parti de la guerre prit une part décisive dans le complot. L'idée qu'il fallait en finir avec cet homme avait déjà germé dans bien des têtes.

Le prince Félix Youssoupov appartenait alors au camp le plus puissant des adversaires de Raspoutine.

Pour l'éliminer, il se mit en quête d'un tueur à gages mais, l'homme idéal demeurant introuvable, il décida d'accomplir lui-même le crime qui allait le rendre tristement célèbre. Afin d'approcher sa future victime, il utilisa les services d'une fervente admiratrice et secrétaire bénévole de Raspoutine[1].

Il fallut en finir. Youssoupov dévoila ses plans à son ami intime le grand-duc Dimitri, neveu de Nicolas Ier[2].

---

1. Maria Golovina.
2. Ainsi qu'à Soukhotine, officier en permission à Saint-Pétersbourg et homme de confiance. Pourichkevitch, un des dirigeants de la droite parlementaire, se joignit par la suite au trio.

Le 29 décembre 1916, Raspoutine fut convié au palais Youssoupov dont le prince avait choisi de transformer le sous-sol en salon d'apparat.

Le grand-duc Dimitri en personne aurait en fait achevé Raspoutine blessé par la main maladroite du prince, alors qu'on a toujours dit que Youssoupov lui-même s'en était chargé. Les autres conspirateurs l'auraient couvert pour ne pas entacher les mains du candidat possible au trône.

En tout état de cause, le corps de Raspoutine fut repêché le lendemain dans la Neva.

Pendant les sombres jours du début de l'hiver 1917, Alexandra se rendit tous les jours sur la tombe de « l'Ami ».

Et voilà qu'on accusait maintenant cette femme effondrée et atteinte physiquement d'entrer en relation avec « l'esprit de Raspoutine » par l'intermédiaire de son ministre de l'Intérieur[1] que l'on disait médium…

---

1. Protopopov.

Le naufrage

La Première Guerre mondiale anéantit le bonheur de bien des êtres : « Nous avons vieilli de cent ans », déclara Catherine.

Le désastre se noua en quelques semaines. En quelques mois, le meilleur d'une génération se sacrifia et le vertige envahit le reste de la société. À l'automne 1915, les deux tiers des soldats russes qui avaient été envoyés sur le front un an plus tôt furent tués, et les quatre cinquièmes des officiers disparus. À l'automne 1916, au bout de deux ans, on comptait près de deux millions de morts, plus que l'Allemagne et la France, respectivement, n'en subiront pendant quatre ans de conflit.

En 1916, le mari de Catherine se battait en Russie blanche, il fut présenté au QG des forces russes : « J'ai vu l'empereur, écrivit-il, petit, portant la barbe entière, noire, d'apparence physique maladive. Puis il m'a regardé un instant, sans rien dire. L'impression de majesté qu'il produisait ne venait pas de son physique, ni d'aucun apparat, puisqu'il portait un simple uniforme de colonel, mais de sa gravité, où l'on percevait la conscience de sa responsabilité, de sa divine mission. »

En cette terrible année, Catherine vit pour la dernière fois son mari. Il était rentré du front exténué, pestant contre l'incapacité des généraux de Saint-Pétersbourg à assurer un commandement efficace. Avant de partir, il avait confié son épouse à sa mère qui vivait recluse dans sa propriété proche de Saint-Pétersbourg. Catherine garda toute sa vie en elle le parfum de vieux chêne de cette maison remplie de meubles passés de génération en génération.

Durant ses quelques jours de permission, Michel, habituellement si volubile, demeurait silencieux. Un soir, alors que la nuit étoilée éclairait étrangement le jardin, il proposa à sa femme une promenade, prononçant ces mots à jamais gravés dans le cœur de Catherine comme l'expression sublime de l'amour et du désespoir : « Dans le jardin, allons… »

Vingt jours plus tard, un courrier militaire apportait la terrible nouvelle : Michel avait été tué sur le front…

Cette tragédie ayant soudé davantage encore Catherine à sa belle-mère, elle resta quelques mois dans la demeure familiale, jusqu'à la disparition de celle-ci.

Les paysages, chers à Catherine, ne parvenaient pas à apaiser sa détresse. Les jours passaient et il lui semblait qu'elle se fanait comme une fleur qui aurait fait son temps. Rien ne parvenait à la faire sortir de sa torpeur. Pour tenter de la distraire, sa belle-mère lui évoqua l'enfance de Michel, sa jeunesse, puis « animée par je ne sais quel instinct », écrit Catherine, elle entreprit de lui raconter ses conversations avec Elena Blavatskaïa qui venait parfois passer quelques jours dans la propriété. Plus connue sous le nom de Mme Blavatski, cette dame était une figure impressionnante de cette Russie insolite. Admirée par Einstein et Gandhi, elle s'était plongée corps et âme dans la recherche méta-physique et avait bâti une théorie à mi-chemin entre l'occulte et le mystique.

Une certaine quiétude semblait avoir gagné Cathe-rine. Il faisait encore doux en cette fin d'été. Une odeur de miel embaumait la véranda. Parfois, une hirondelle au cri strident entrait par les portes grandes ouvertes, faisait le tour de la pièce et repartait en flèche vers d'autres horizons. Après la sieste, Catherine servait du thé à sa belle-mère et s'installait en sa compagnie pour écouter ses passionnants récits, retrouvant dans ces tête-à-tête cette quête incessante pour l'invisible, cet instinct religieux jamais satisfait qui la pousseront sans cesse à évoluer.

Pour Catherine, un voile se déchirait. Une chose était sûre, elle allait partir, suivre la même initiation. Mais ce n'était pas le moment, sa belle-mère avait besoin d'elle. Elle écrivit tout de même à un éminent orientaliste, le peintre Rerikh, afin d'obtenir son aide[1]. La lettre dut être convaincante car celui-ci intervint en sa faveur auprès d'un moine tibétain qui accepta de la prendre pour élève. « La solution n'est pas à l'ex-térieur mais à l'intérieur », lui avait-il écrit en retour. Lorsque la réponse arriva quelques semaines plus tard, sa belle-mère avait succombé à une embolie. Catherine se retrouvait à nouveau seule au monde. Après s'être acquittée des tâches administratives, elle prépara son départ puis abandonna la demeure familiale après l'avoir confiée à l'intendant du domaine. Se remémo-

---

1. Ami de Serge Diaghilev, Rerikh quittera sa Russie natale pour le Tibet où il étudiera la spiritualité du bouddhisme tibétain. Il sera considéré comme un grand sage en Inde et comptera Nehru parmi ses amis.

rant la Volga et son fougueux Michel, elle s'engouffra dans le compartiment du Transsibérien. « J'avais la tête baignée de souvenirs, mentionna-t-elle dans son journal. Quelqu'un m'a demandé où j'allais, et, instinctivement, j'ai répondu en français : "Au Tibet je vais aller…" »

Une révélation

Partir vers de telles contrées en temps de guerre voisinait avec l'exploit. Cavalière d'exception, la jeune femme suivit la route de la soie, dépassa les minarets turquoise de Samarkand et de Boukhara, puis traversa les sables de l'Asie centrale. Son voyage dura de longs mois et fut très éprouvant. Il n'était pas rare de se trouver à court de vivres après des heures de marche dans la montagne et de se coucher le ventre vide. En Inde, Catherine fut particulièrement frappée par la complexité et la longueur des cérémonies nuptiales auxquelles elle assista. Plus tard, à Jubbulpore, elle fit halte pour une nuit, avec quelques compagnons de route, au bord d'un lac.

Après que les derniers rayons du soleil eurent disparu à l'horizon, un voile tomba sur le paysage, en faisant disparaître tous les contours. Leur dîner avalé, les voyageurs, allongés dans l'herbe haute et emmitouflés dans leurs couvertures, attendirent l'événement promis. Vers 10 heures, le rivage de l'île devint laiteux sous la lueur argentée de la pleine lune. Soudain le vent se leva et les roseaux émirent des sons doux et mélodieux, comme un orchestre en train de s'accorder. Puis une sorte de mélopée sauvage s'éleva dans la nuit, tantôt joyeuse, tantôt funèbre et triste. « Cette musique, expliqua le guide, est produite par les trous que font dans les roseaux les milliers de scarabées qui y vivent. Lorsque le vent s'y engouffre, chaque trou crée une note. On les appelle les "luths des dieux". »

Lorsque Catherine parvint au Tibet, le froid très vif la surprit. Pendant un moment elle suivit un sentier noyé de brouillard, puis, passé une crête, elle découvrit enfin au fond d'un plateau désert le petit ermitage du maître qu'elle recherchait. Son refuge creusé à même le roc était entouré par un muret de pierres sèches. Quand Catherine s'en approcha, la portière en poil de yak se souleva et un homme squelettique aux cheveux embroussaillés apparut. « Je savais que vous arriveriez aujourd'hui, peu avant le coucher du soleil », dit-il. Il conduisit alors la jeune femme dans une autre caverne située à quelques centaines de mètres de la sienne afin qu'elle y prenne un peu de repos. C'est là qu'elle allait vivre désormais.

Le lendemain, l'anachorète invita Catherine dans son ermitage. Un autel rudimentaire sur lequel étaient posées des statuettes votives et des petites lampes à huile occupait le fond de la grotte. Son interlocuteur était un des lettrés tibétains les plus savants. Il connaissait les aspects les plus subtils du bouddhisme et de ses traditions ésotériques pour les avoir étudiés pendant plus de dix-huit ans au palais des dalaï-lamas. « L'homme qui a renoncé à tout ce qu'on appelle les biens et les plaisirs du monde n'a pas besoin d'un autre décor, disait-il. Si je suis capable de demeurer dans cet ermitage jusqu'à ma mort sans être tenté de retourner dans le siècle, j'estimerai avoir atteint le but spirituel que je m'étais proposé il y a cinquante ans. »

Sous la conduite du lama, Catherine commença son initiation au bouddhisme tantrique.

« Ainsi, conclut-elle dans son journal, ai-je appris à lire sur les visages les pitoyables passions humaines. » Ces passions qui allaient la rattraper, malgré tout ce chemin parcouru.

La révolution

Ce ne fut pas seulement pour accomplir son devoir qu'en novembre 1916, Nicolas II assuma personnellement le commandement de troupes, mais aussi par désespoir. Au début de l'année 1917, la situation politique s'était encore détériorée. Les grèves devinrent de plus en plus fréquentes. Le 7 mars, Alexandra accompagna Nicolas II son mari à la gare. Il repartait pour le quartier général. Le lendemain, Petrograd se réveilla avec un froid de quarante-trois degrés au-dessous de zéro. Douze cents locomotives devinrent d'immuables blocs de glace. Cinquante mille wagons destinés à ravitailler la capitale furent paralysés. Hommes et femmes affamés se déversèrent dans la rue, se mettant en grève. Les soldats fraternisèrent avec les manifestants. Pendant ce temps, l'impératrice Alexandra Fedorovna soignait ses enfants qui, un à un, avaient contracté une forte rougeole. Loin du tumulte, elle ne prit conscience du danger que lorsque les gardes du palais lui racontèrent que les régiments se mutinaient et massacraient leurs officiers. Pourtant, elle se répétait sans cesse : « Jamais je ne croirai que la révolution est possible ! je suis sûre que l'agitation se limite à Petrograd... »

Elle télégraphia au tsar de rentrer d'urgence. Nicolas, qui venait d'avoir un malaise cardiaque, annonça son arrivée prochaine. Bientôt sommé d'abdiquer par le gouvernement provisoire créé par les membres de la Douma, l'empereur renonçait au trône pour lui et son fils. Nicolas Romanov fut autorisé à faire ses adieux à l'armée et à sa mère, puis envoyé à Kiev.

Le début de l'année 1917 fut aussi terrible pour le chef de l'opposition radicale, Lénine, qui n'avait pas du tout prévu le soulèvement de février.

En janvier, bloqué en Suisse, le leader bolchevique pensait encore que sa vie était gâchée, car « seules les prochaines générations connaîtraient le triomphe de la révolution russe ». Mais en mars, la nouvelle tombait. C'en était fini de l'exil, il était temps de rentrer en Russie ; un gouvernement provisoire avait pris le pouvoir. Dans cette conjoncture, l'Allemagne espérait que les agissements pacifistes de Lénine provoqueraient la sortie de la Russie de la guerre. Et en avril, Berlin mettait à la disposition du leader bolchevique le fameux wagon plombé par lequel il devait rentrer avec ses proches.

Une nouvelle vie allait commencer pour Lénine.

En août 1917, la débâcle des armées russes était totale devant l'avance allemande. À Petrograd, un télégramme envoyé par le soviet de la IXe armée résumait la panique : « L'offensive tourne à une catastrophe sans précédent qui menace de perdre la Russie révolutionnaire. » L'éphémère chef du gouvernement provisoire, Kerenski, s'étant porté garant de la sécurité du tsar et de sa famille qui étaient, depuis mars, en résidence surveillée près de Saint-Pétersbourg, jugea le recul bolchevique dangereux pour Nicolas II et décida de les transférer plus à l'est, en Sibérie. À son tour, le tsar suivit la route du Transsibérien sous la surveillance de trois cent vingt-sept hommes. À Tobolsk, le tsar et sa famille furent dirigés vers une bâtisse délabrée, l'ancienne demeure du préfet. Pendant ce temps les bolcheviks préparaient le coup d'État d'octobre. Alexandra écrivit à Ania, enfermée à la forteresse Pierre-et-Paul : « Dieu est très près de nous, nous sentons Son appui et nous sommes surpris de pouvoir endurer des événements et des séparations qui autrefois nous auraient tués. Bien que nous souffrions horriblement, la paix règne en nous. Je souffre surtout pour la Russie… Seulement je ne comprends plus rien, tout le monde a l'air d'être devenu fou… »

Absorbé par ces événements Lénine n'avait alors plus beaucoup de temps à consacrer à son amie Inès. Le nouveau gouvernement soviétique ayant quitté Petrograd pour Moscou, Lénine lui écrivait peu, mais lui téléphonait souvent. Inès non plus n'avait pratiquement plus de vie privée car elle occupait d'importants postes au Comité central du Parti et au Conseil économique.

L'époque était difficile, on faisait la queue des heures pour avoir un peu de bois, de charbon, de pétrole, car il n'y avait plus d'électricité. On brûlait ses derniers meubles, ou on en faisait du bois, qu'on vendait contre quelques pommes de terre gelées. Il fallait s'estimer heureux quand les magasins avaient quelque chose à offrir. Puis vint le moment où il n'y eut plus que des épluchures de pommes de terre. Pas question de prendre un tramway, une voiture. Il y avait belle lurette que les derniers chevaux avaient été mangés. Aussi fallait-il s'atteler aux chariots ou pousser une luge pour transporter les innombrables morts vers leur dernière demeure.

Quant à Inès, acquise à la cause léniniste, elle essayait d'ignorer ces difficultés, voyant même dans la création d'appartements communaux – cauchemar des Soviétiques pendant les trois quarts de siècle qui suivront – le moyen de libérer la femme des tâches ménagères, de la cuisine et de la garde des enfants. D'ailleurs, en 1918, ne songea-t-elle pas à une éventuelle réforme du mariage ? S'interrogeant sur l'institution même, sur sa raison d'être, elle se demandait si la famille était vraiment nécessaire à l'homme. Et ce tandis que les changements révolutionnaires continuaient, l'alphabet était simplifié, le vocabulaire épuré (ainsi « camarade » remplaçait-il « monsieur »). Si Lénine restait fidèle à la mode de la Belle Époque, col dur et cravate, lorgnon et gilet, d'autres chefs bolcheviques[1] arboraient des vestes à col boutonné et des jaquettes de cuir, des blouses paysannes, des casquettes ou des chapkas. D'autres, comme les futuristes, inventèrent « le costume prolétarien », une sorte de combinaison en toile et cuir, bardée de poches, préfigurant les parkas de la fin du XXᵉ siècle. Les musées furent fermés : place à « l'art dans la rue », aux happenings de la révolution. Des immeubles cubistes, en béton, en acier, en verre, jaillirent au milieu des centres-villes, rococos ou Art nouveau.

Dans cette ambiance, Lénine demeurait paradoxalement plutôt attaché au concept traditionnel de l'amour et Inès l'accompagnait toujours, du moins par la pen-

1. Notamment Trotski et Staline.

sée : « Dis-moi, s'il te plaît, écrivait-il, ce qui ne va pas. Nous vivons une époque effrayante…[1] »

Malgré ces petites attentions, Inès se sentait de plus en plus lasse. Sa solitude, le travail exténuant et surtout la réalité apocalyptique de la guerre civile l'avaient accablée. Son vague à l'âme, autrefois sensible en Suisse ou à Paris, s'était mué en une véritable dépression. Avait-elle conscience que les actions de son bien-aimé étaient loin des idéaux de leurs années parisiennes ?

Un cliché de cette époque la montre le regard désespéré. L'échec de son amour, le fiasco de la révolution poussèrent bientôt Inès à s'éloigner de cette lugubre existence moscovite pour se reposer enfin avec ses enfants. Elle songea bien sûr à la France mais Lénine lui proposa d'aller plutôt se reposer dans le Caucase. Il télégraphia personnellement à toutes les instances pour qu'Inès fût bien accueillie. Cependant, le magnifique paysage du Caucase et l'exubérance de ses couleurs ne parvinrent pas à redonner espoir à cette femme exténuée. Les sommets resplendissants de lumière échappaient à son regard. Elle soulignait sans cesse la noirceur de ces rochers imposants, mais ne mentionnait jamais les horizons immuablement beaux. Désormais elle préférait la solitude. En relisant les auteurs français, elle s'étonna de voir combien elle était alors loin de ses anciennes idées romantiques. Les dernières pages de son journal

---

1. Le plus amusant reste cependant ce petit billet glissé au beau milieu de nombreux papiers concernant la stratégie mondiale. Il témoigne de la tendresse et de l'attention particulières qu'accordait Lénine à cette femme : « Camarade Inès, j'ai téléphoné pour savoir quelle taille de galoches te convient, j'espère pouvoir m'en procurer. Écris-moi pour me dire comment est ta santé. Qu'est-ce que tu as ? Le médecin est-il venu te voir ? »

témoignent de sa détresse : « J'éprouve un désir sauvage d'être seule. Cela m'épuise même quand les gens qui m'entourent me parlent, à plus forte raison quand je dois parler moi-même. Ce sentiment de mort intérieure passera-t-il ?… Je suis aussi surprise par mon actuelle indifférence à la nature. Autrefois, elle m'émouvait… Il ne me reste des sentiments chaleureux que pour les enfants et Lénine. Pour tout le reste, c'est comme si mon cœur était mort. Comme si, ayant livré toute ma force, toute ma passion à Lénine et au travail… toutes les sources d'amour avaient tari en moi, toute ma sympathie pour les gens, que j'avais tant en réserve. Il ne m'en reste aucune, sauf pour Lénine et mes enfants, et quelques relations personnelles, mais seulement dans le travail. Et les gens sentent cette mort en moi, et ils me témoignent en retour l'indifférence ou même l'antipathie (alors qu'on m'adorait)… Je suis un cadavre vivant et c'est terrifiant.

« … Dans ma vie, dans mon passé, il me fallut plusieurs fois sacrifier mon bonheur et mon amour à la révolution. Et pourtant j'étais persuadée que l'amour était aussi important que les affaires politiques. Maintenant, je pense différemment. Comparé à la vie publique, l'amour n'a pas d'importance. La comparaison est même impossible. Il est vrai que l'amour tient encore une place considérable dans ma vie, il me fait souffrir cruellement, il occupe trop mes pensées. Mais si grande que soit ma douleur, je ne doute pas un seul instant, je comprends que l'amour, les sentiments personnels ne sont rien à côté des réalités de la lutte. »

Avec ces phrases bourrées de contradictions se terminait ce journal. Elle avait trouvé mille excuses pour expliquer la conduite de Lénine et avouait que l'amour pouvait encore la sauver.

Dans le Caucase, des bandes s'opposant à l'armée régulière étaient partout. Les Rouges n'avaient pas encore imposé leur loi dans cette région. La guerre civile et l'anarchie n'épargnaient ni les sanatoriums ni les centres hospitaliers. Inès n'y trouva ni le moindre confort ni la moindre commodité. Pendant les deux jours de voyage la menant dans le sanatorium promis, elle dut se passer de repas chauds et dormit tout habillée sur les banquettes des compartiments délaissés, dans le désordre inimaginable des chemins de fer et des gares. Elle ne mangea que des légumes et des fruits frais non lavés et attrapa le choléra. À travers son journal intime, on peut suivre la progression de sa maladie. Petit à petit ses pensées se brouillaient. Elle mélangeait les souvenirs du passé et les visions apocalyptiques du présent. Il lui semblait entendre les roulements d'un tambour mêlés à une complainte sans fin, une lamentation rauque et mélancolique disant le désespoir de la vie. Le jour de sa mort, elle fit une étonnante référence à l'histoire romaine : « Je suis faible à cet égard, absolument pas comme une matrone de la Rome antique prête à sacrifier ses enfants aux intérêts de la République. La guerre va durer longtemps puis il y aura la révolution mondiale. Nos vies en ce moment ne sont que sacrifice, il n'y a pas de vie personnelle parce que notre force est sans cesse utilisée par la cause commune. »

Inès n'était plus. Le leader de la révolution accueillit la dépouille de sa bien-aimée et accompagna le cercueil jusqu'à la place Rouge. Elle fut enterrée en héros au pied du mur du Kremlin.

Quelques années auparavant, Inès avait commencé à ressentir des doutes à l'égard de son amant. À l'époque elle aurait confié à ses amis : « Lénine est un hypnotiseur et je ne puis m'en détacher[1] ! »

Catherine, qui apprit la mort d'Inès à son retour du Tibet, commençait aussi à s'interroger sur la nature irrationnelle du nouveau régime. Elle tenait les bolcheviks pour des « intellectuels dévoyés » si bien décrits par Dostoïevski dans *Les Possédés*. En effet, la classe intellectuelle radicale – l'intelligentsia bolchevique – se concevait comme une nouvelle aristocratie ou une nouvelle Église, appelée à renverser puis à régénérer la société et l'État. De plus, abjurant la moralité ordinaire, ces « gourous » prétendaient s'octroyer tous les pouvoirs, y compris ceux de vie et de mort.

Force est de constater l'anticléricalisme viscéral de Lénine.

Cette haine de la religion avait des causes précises. Le jour où son frère aîné fut pendu en 1887 pour avoir participé à un attentat contre le tsar, le jeune Vladimir jura vengeance ! Il avait dix-sept ans. Trente ans plus tard, sa revanche à l'encontre de la monarchie comme des prêtres allait être terrifiante. La décision de tuer le tsar Nicolas II en juillet 1918 fut bel et bien la sienne. À ce moment-là, la situation n'était guère brillante pour les bolcheviks. Des bataillons blancs tchèques approchaient dangereusement d'Iekaterinbourg où les Romanov étaient prisonniers. Le danger de les voir libérer grandissant, Lénine ne voulut pas courir ce risque

---

1. Cité d'après le témoignage du dramaturge Ivanov dans le livre de Vassileva Kremlevskie, *Jeni*, Moscou, 1988.

et ordonna qu'on les tue sans autre forme de procès. Parallèlement, il s'attaquait à l'Église orthodoxe.

Ainsi commença une épuration religieuse impitoyable, sans précédent dans les temps modernes[1].

Selon les mots d'Inès Armand, « le communisme et la religion s'excluent mutuellement. Seule la police politique est capable d'infiltrer et de détruire de l'intérieur la puissance de l'Église orthodoxe ».

Et tandis que les Russes, le « peuple de Dieu », continuaient de croire, les objectifs de la police très secrète du Département spécial (la police politique) étaient de s'informer, infiltrer, manipuler pour tenter « d'orienter » et de susciter des schismes. Ainsi en 1922, débarrassée de la guerre civile, commença-t-elle à mettre de l'ordre dans la religion en impliquant le patriarche en titre Tikhon dans une fausse affaire des biens de l'Église et l'expédia-t-elle dans un camp[2]. Puis en 1927, après avoir passé plusieurs mois en prison, le métropolite Serguïï fut désigné par le Kremlin pour prendre la tête de l'Église officielle et signa avec les autorités soviétiques un accord inspiré, bien sûr, par les services secrets.

---

1. Partout dans le pays, la destruction des lieux de culte fut systématique, les prêtres et les moines massacrés ou déportés dans les camps, dont Lénine ordonna la création dès cette époque. Et pour que personne ne doute de ses objectifs, il fit du célèbre monastère de Solovki, fondé au xve siècle sur une île de la mer Blanche, son camp de concentration de référence.

2. L'un des disciples du patriarche martyr, Piotr Kroutitski, prit alors la tête de l'opposition religieuse en créant une Église clandestine. (Cette dernière, comme autrefois les premiers chrétiens de Rome, descendit dans les catacombes.) Par milliers, ces hommes renoncèrent à la lumière.

Staline ou le dieu païen

Catherine avait-elle raison ? Autrement dit, qu'y avait-il donc de commun entre le bolchevisme et l'irrationnel ?

Derrière tous ces artifices apparut bientôt la face cachée du projet du nouvel homme fort du Kremlin, Staline : une nouvelle « religion » ou un nouveau messianisme.

Ainsi après la mort de Lénine en 1924, Staline voulut-il faire de lui le dieu dont les paroles seraient le nouveau Verbe. Partout, dans les églises, dans les édifices publics, dans les maisons particulières, on décrocha les icônes pour les remplacer par des portraits du guide. Derrière un matérialisme de façade, la dictature bolchevique fut donc intimement liée à la pratique religieuse. Même si Staline avait quitté sans aucun diplôme le séminaire dans lequel il avait séjourné quatre ans, les études qu'il y fit marquèrent durablement sa mentalité.

Il accordait une importance primordiale aux symboles. Son désir de visualiser l'avenir et d'introduire ces images dans des millions de cerveaux, grâce à la propagande, s'apparentait à des pratiques magiques ancestrales. Cette apothéose marqua donc le point de départ d'un nouveau culte.

Plusieurs intellectuels de renom avaient été convoqués par Staline pour l'aider à mettre au point tout le système des symboles de cette « religion » païenne[1]. L'affrontement politique se transforma en un combat du Bien contre le Mal, de la lumière contre les ténèbres et la chasse aux sorcières commença, l'ennemi était partout.

Forte de ses expériences orientales, Catherine ne rentra pas en Russie devenue soviétique, d'autant qu'elle apprit que sa demeure avait été pillée et incendiée en 1918, et sa maison de Moscou réquisitionnée. Ce fut l'Orient-Express et non le Transsibérien qui la ramena à Paris.

Une neige fine tombait sur la boue gelée, tel du sucre glace saupoudré sur un grand gâteau. Les maisons qu'elle voyait défiler à travers les fenêtres du wagon devinrent immenses et d'un blanc bleuté. Demain serait un autre jour…

---

1. L'organisation rituelle des visites-pèlerinages acheva de constituer un cérémonial s'apparentant au culte traditionnel des reliques. Le mausolée de Lénine sur la place Rouge ; sa divinisation ; le Parti, appelé « l'Ordre des chevaliers porteurs d'épée » ; une inquisition représentée par sa police. C'est ce qu'exprima Staline quand il remercia, dans son discours du 27 décembre 1929, « le grand Parti de la classe ouvrière qui m'a engendré et m'a élevé à son image et ressemblance ».

Si le tsar n'était qu'un messager de la toute-puissance divine, le leader soviétique devenait l'émanation directe de la vérité absolue. Il n'était pas un ministre, il était le Messie en personne, détournant inconsciemment les conduites religieuses traditionnelles de l'Église, avec sa hiérarchie, son unanimité, ses procès d'inquisition.

La fuite en avant

L'immense verrière de la gare était obscurcie par le noir de fumée et les jets de vapeur qui fusaient au-dessus des quais comme l'haleine brûlante des monstres de métal. Ce puissant souffle représentait le duel de deux sociétés qui ne pouvaient pas se comprendre : celle d'aujourd'hui et celle de demain, car – écrivait Catherine dans son journal, « elles étaient situées sur des plans différents, comme le destin d'Inès Armand et le mien. Elles ne connaissaient pas de terrain commun, parce qu'en dehors d'elles-mêmes elles ne reconnaissaient rien. Il aurait pu y en avoir un, parce qu'il était supérieur, l'Église, mais ni l'une ni l'autre de ces sociétés ne voulait la reconnaître, et pour cela elles étaient condamnées l'une à périr et l'autre à ne pas réussir ».

Ce nouveau chapitre du roman de la Russie insolite allait encore être marqué par les deux extrêmes de l'Europe, qui se complètent et s'attirent.

Pour illustrer cet extraordinaire voyage dans le temps et l'espace, Catherine évoqua un symbole, le train. Cependant, le train rappelait surtout la tragédie, parce que ce fut un train qui ramena Lénine en 1917 et aussi parce que Trotski avait installé son quartier général dans un train blindé.

Bullit

La Russie était loin déjà. C'était une de ces journées d'avril 1920 où fleurissait un printemps inespéré,
parfumé de jacinthes. Il lui semblait que des milliers
de cloches invisibles saluaient son arrivée à Paris.
Le vacarme strident des klaxons éclatait comme une
rageuse symphonie. Avec ses cheveux pailletés de
reflets dorés, sa peau claire de fille du Nord, sa bouche
petite, légèrement sensuelle, Catherine était éblouissante. Au comble de la chance, elle fut accueillie par
un ami américain naguère rencontré en Russie.

Bullit n'était pas un diplomate comme les autres. En
avril 1919, chargé par le président américain Wilson de
mener des négociations avec Lénine, il s'était rendu en
Russie. Le leader bolchevique, assailli par les armées
blanches, fit à Bullit des propositions étonnantes et très
peu connues des historiens officiels[1].

Ainsi signifia-t-il que la Russie soviétique était prête
à renoncer au contrôle de seize territoires de l'ancien
Empire tsariste[2]. Lénine proposait en fin de compte de
limiter le pouvoir communiste aux régions de Moscou
et de Petrograd. En échange, il voulait participer aux
négociations de paix à Versailles et obtenir la reconnaissance de son gouvernement par les alliés. Le leader
bolchevique accueillit chaleureusement Bullit, ne l'appelant pas autrement que son « ami ».

---

1. S. Freud, W.C. Bullit, Thomas Woodrow Wilson : *The Bullit Mission to Russia. Testimony before the Commitee on Foreign
Relations of U.S. Senate of W.C. Bullit*, p. 253, 1919. Réédité par
Hyperion Press, 1977.
2. Dont la Pologne, la Finlande, trois républiques baltes, la
moitié de l'Ukraine, la Biélorussie occidentale, tout le Caucase, la
Crimée, l'Oural et la Sibérie.

À son retour, l'Américain fit son possible pour faire connaître les positions du Kremlin au président Wilson qui, en anticommuniste convaincu, préféra les ignorer. Bullit considéra ce mépris comme une erreur majeure de la diplomatie américaine et préféra quitter temporairement l'Administration.

Ce grand séducteur devant l'Éternel appartenait à une grande famille de Philadelphie, une de celles qu'on appelle aux États-Unis, « les aristocrates ». Du côté de son père, il descendait de huguenots français et du côté de sa mère, de juifs polonais.

Pendant les dix années qui allaient suivre, il allait mener une existence disparate, tantôt à Paris, tantôt à New York, tantôt avec Scott Fitzgerald ou avec Hemingway, tantôt avec sa femme[1], tantôt avec Catherine. Bullit devint un célèbre touche-à-tout. Directeur de la Paramount à Hollywood, il écrivit en 1926 un roman, cosigna un essai avec Sigmund Freud, sans pour autant abandonner l'idée d'un retour à la carrière diplomatique.

Catherine et Bullit avaient au moins un point commun : la même passion pour l'histoire de la Russie.

Devant eux s'étendait le Paris bruyant et coloré si contrastant avec la grisaille de l'hiver russe sous les bolcheviks.

Aucun livre d'histoire ne le mentionne expressément, mais ce fut à ce moment, semble-t-il, que les années Paris éclatèrent comme un feu d'artifice. Comme Catherine, la ville entière était en train de renaître.

---

1. Louise Braiant, veuve du journaliste américain John Reed, auteur du célèbre essai sur la Russie soviétique, *Les dix jours qui ont fait trembler le monde.*

Cette renaissance était en gestation depuis près d'un an. La guerre venait de déraciner des millions de jeunes Européens, les arrachant à leur milieu naturel, leurs campagnes et leurs provinces, les jetant au loin sur les champs de bataille. Lorsqu'ils furent démobilisés et rentrèrent, ils n'étaient plus les mêmes.

Bullit appartenait à cette génération tourmentée à qui on avait bourré le crâne de beaux slogans patriotiques, et qui maintenant n'y croyait plus. « À propos de l'armée, écrivit-il à sa mère, n'en faites ni une tragédie, ni une déclamation hérétique : l'une et l'autre me répugnent. »

Ces rescapés avaient décidé qu'on ne leur mentirait plus, qu'on ne les bernerait plus. Leurs parents avaient fait assez de gâchis comme cela.

Trop longtemps, la jeunesse avait supporté l'hypocrisie, le puritanisme feutré. Maintenant, elle voulait vivre follement, ardemment, profiter de chaque instant, satisfaire ses désirs les plus éphémères, rattraper le temps perdu dans l'enfer de la guerre. S'épanouir sans œillères, sans brides, sans contraintes. Par milliers, au début de 1919, les jeunes se mirent à débarquer à Paris sans un sou vaillant, mais ivres de réussite, de fortune et de bonheur. La capitale respirait soudain plus vite, devenant le point de mire du pays. Dès lors, dans les rues paraissant plus vivantes, flânaient des filles comme on n'en avait jamais vu. Cheveux coupés, ondulés ou à la « garçonne », jupe courte, tirant vaillamment sur leur cigarette, conversant de sports et de problèmes sexuels, splendidement dépourvues de complexes et de pudeur, estimant que l'on pouvait et devait tout dire, si on le faisait avec une franchise complète.

Catherine était déjà la femme moderne, émancipée, telle que l'avait pressenti Inès Armand dix ans auparavant, mais dans cette nouvelle ambiance, elle se mit à fumer – à une époque où aucune femme se respectant n'aurait accepté de le faire –, goûta l'alcool de blé que les paysans lui offraient dans les champs, caracola sur des motos bondissantes, plongea dans la rivière avec un maillot de bain d'une pièce. Elle coupa ses cheveux, mit du rouge sur ses lèvres et du noir sur ses yeux, puis se couvrit le visage de poudre de riz car elle en aimait l'odeur.

Ainsi s'opéra un véritable renversement des valeurs, une révolution morale d'une ampleur sans précédent au sein de la nouvelle génération. Des milliers de garçons et de « garçonnes » étaient soudain impatients de faire table rase du passé, pour vivre, s'amuser et s'aimer.

Depuis plus de deux ans, les questions militaires et politiques, le destin de l'Europe, la révolution russe, les affaires mondiales, le rôle planétaire de l'Amérique revenaient jusqu'à l'obsession dans tous les commentaires. Maintenant la page était tournée. Du jour au lendemain, la presse s'était adaptée aux nouveaux goûts de l'époque.

Les gens ne s'intéressaient plus à ce qui se passait ailleurs, ils estimaient qu'il était enfin temps de se détendre. Ils en avaient assez des grandes causes et de l'esprit de croisade. Trop de listes de morts avaient endeuillé les journaux. Leurs nouveaux héros, ils les cherchaient dans les colonnes mondaines, sur le ring, les stades ou l'écran.

Armée de ses plus beaux pendants d'oreilles et de ce courage dont elle ne s'était jamais démunie, Catherine s'était aussi lancée dans la bataille, comme si c'était un devoir.

L'époque l'exigeait. Pourtant, elle restait souvent perplexe devant les bons mots de Bullit qui se devaient de voleter sans défaillance. Chacun se devait d'être amusant, émoustillant, excitant, et Bullit davantage encore que les autres. Il lui fallait inventer toujours de nouvelles facéties, surenchérir dans la drôlerie.

Tous deux dévoraient Paris comme si c'était une pièce montée réalisée spécialement pour leur rencontre. Peu à peu, leur amitié s'était transformée en amour : « Saisir sa beauté d'un seul regard vous suppliciait », écrivait-il. Ainsi attirèrent-ils tous les regards, rivalisant de hardiesse, s'encourageant mutuellement dans leur audace. Bullit dansa le charleston, plongea en smoking dans une fontaine. Le soir venu, dans son appartement, blottis l'un contre l'autre, ils écoutaient la rumeur de la cité montant vers eux dans l'obscurité bleue, promettant que la vie serait belle.

Lancée à corps perdu dans la recherche du bonheur, Catherine s'acharnait d'autant plus à jouir de chaque minute qu'elle était, secrètement, plus angoissée, plus indécise.

« Je suis le produit d'un esprit qui ne sait pas ce qu'il veut dans une génération inquiète », écrivait-elle dans son journal. En réalité, elle était désappointée par ces garçons et ces filles qui buvaient, se droguaient, faisaient l'amour, accumulaient les extravagances en s'écriant : « Tout est permis, nous sommes libres ! » Car au fond de son esprit résonnait la phrase de Dostoïevski : « Tout est permis si Dieu n'existe pas… »

Dans leur for intérieur, cependant, tous ces idéalistes fourvoyés ne se sentaient pas vraiment libres ni affranchis : « Nous voulons croire, mais nous ne le pouvons pas. » L'angoisse était déjà cosmique, comme au temps des années russes de Catherine. Ils avaient une peur affreuse du monde qui les entourait, parce que ce n'était pas un univers neuf, façonné par des jeunes, mais la vieille construction héritée des anciens, branlante de toute part.

Mais pour Catherine, toute une génération se cherchait, « vouée, plus que la précédente, à la crainte de la pauvreté et au culte de la réussite ; à trouver morts tous les dieux, livrées toutes les guerres, ébranlée la foi humaine… ».

Cette errance somnambulique, n'était-ce pas pour Bullit une façon de tromper sa détresse ?

Cette recherche éperdue d'autre chose de plus fascinant, plus scintillant, dans ce Paris de luxe, d'espoirs insensés et de rêves exotiques ne semblait plus, pourtant, le contenter : « Je me souviens qu'un après-midi, roulant en taxi sous un ciel mauve et rose, je me mis à gémir comme un veau, parce que j'avais tout ce que je désirais et que je savais que jamais plus je ne serais si heureux […]. J'aimerais m'asseoir avec une demi-douzaine d'amis choisis et me soûler à mort, notait-il encore, mais je suis également las de la vie, de l'alcool et de la littérature. Si ce n'était pour Catherine, je crois que je disparaîtrais pendant trois ans. Je m'embarquerais comme marin ou n'importe quoi, et je m'endurcirais – je suis dégoûté de la molle tiédeur semi-intellectuelle où je patauge avec presque toute ma génération. »

Le couple dénicha alors une charmante petite villa dans un bourg perdu du Midi de la France. Deux ou trois commerçants, la solitude. Ainsi avaient-ils bon

espoir de se ranger. Jeunes, beaux, nostalgiques, ils se
retrouvaient dans la vie comme tout un chacun, tant et
si bien que Bullit finit par s'interroger tout haut :

– Ne vivrions-nous pas désormais comme des personnages de roman ?

– Peut-être, mais pas des romans russes, répondit
sèchement Catherine.

Subtil, Bullit sentit que cette réponse était de mauvais augure.

Il avait besoin d'admiration. Comment alors vivre
à l'écart, loin du monde, lui qui ne savait exister sans
un frémissement d'adulation autour de lui ? La lecture
du *Déclin de l'Occident*, de Spengler, ajouta à son
pessimisme, lui donnant la certitude que non seulement
les plus belles créatures, mais aussi les civilisations
les plus brillantes étaient mortelles. « D'où lui venait
alors ce pressentiment accablé de la fin du monde, de la
mort d'une saison heureuse ? » Avec la sensibilité d'un
sismographe, Bullit décelait les premiers craquements
de son pays. L'onde de choc se rapprochait. Il avait
trente-sept ans maintenant, et il en était « triste comme
l'enfer ». Cette « course au désastre » s'acheva le
24 octobre 1929. Ce matin-là, l'Amérique « craqua ».
Tout l'édifice de la prospérité bascula dans le néant.
Ce fut un effondrement d'une ampleur sans précédent.
Sans transition, une génération entière passa de l'opu-
lence à la misère, du bonheur au désespoir.

« On tournait le calendrier à juin, et l'on trouvait
décembre au feuillet suivant », écrivit Catherine.

Bullit, qui avait été nourri dans le culte de la réussite
forcenée et de l'individualisme, découvrait la faillite
du rêve américain. Devant les usines fermées, douze
millions de chômeurs battaient le pavé.

Puis, une nouvelle génération se forma, prudente et réservée, qui ne ressemblait en rien à celle de Bullit et tenait ses devanciers de « « l'âge d'or » » pour de dangereux gaspilleurs et d'impardonnables écervelés : « Elle s'avance dans la vie très boutonnée, le menton haut et la bouche close, écrivait alors Catherine dans son journal. C'est une génération méfiante, effacée, sans goût pour l'aventure, peu encline au risque… »

Cette génération échaudée ne croyait plus à la magie du succès. Elle avait inventé un nouveau mot d'ordre : « solidarité ». Pour éviter de nouvelles catastrophes comme celle de 1929, ces jeunes se serraient les coudes, créaient des fermes collectives, travaillaient ensemble, économisaient au lieu de dilapider, condamnaient le luxe inutile. Leurs préoccupations étaient exclusivement sociales. Mais la majorité de ces gens n'allait pas dans le sens des préoccupations chères au cœur de Catherine car pour maîtres ils s'étaient donné des militants ouvriers et des écrivains socialisants dont beaucoup adhérèrent au marxisme. Cela matérialisait en quelque sorte, à ses yeux, la revanche posthume d'Inès Armand.

Catherine et Bullit se séparèrent sans vraiment se quitter. La jeune femme, très déprimée par ce contexte, avait déjà prié son amant de la laisser partir vers d'autres horizons, plus conformes à sa quête personnelle. D'ailleurs Bullit n'allait pas tarder à être rappelé aux affaires par le nouveau président américain, Roosevelt.

Gurdjieff, ange ou démon ?

Après la mort de son mari, Catherine avait cherché à se dérober, à fuir au loin, sur une île déserte, incapable qu'elle était de l'oublier. Par la suite, elle avait eu, chevillé à une âme inquiète, le sentiment torturant de mener parmi ses contemporains une vie superficielle et futile, « le type même de la fausse vie », disait-elle dans son journal. Il fallait, cette fois, trouver un nouveau refuge contre la lente montée du désespoir.

La jeune femme s'installa alors dans un appartement parisien. Elle s'y sentit un peu comme sur son îlot imaginaire, loin d'une société qui désormais l'ennuyait. Penchée des heures à la fenêtre, dans son sobre tailleur gris dégageant un subtil parfum d'ambre et de santal, elle se perdait et se diluait tout entière dans la contemplation de la Seine grise et des arbres de l'île Saint-Louis.

Mais, après son esprit, son corps à son tour se révolta. De nouveau les jambes. Dans son cabinet près du parc Monceau, un kinésithérapeute de renom massa la malade avec des huiles essentielles et autres onguents de sa composition. Et, au bout de peu de temps, obtint de bons résultats. Mais pour Catherine, cette amélioration n'était que faux-semblant puisque, finalement, cela n'avait aucune influence heureuse sur son esprit. Non, dans son cas, le seul remède était une renaissance. Mais comment renaître ?

Le masseur de la jeune femme connaissait le grand prêtre d'une communauté étrange affirmant que, pour guérir vraiment le corps, il fallait d'abord soigner l'âme[1]. Peut-être trouverait-elle dans son enseignement quelque réconfort comme autrefois au Tibet ?

Catherine avait déjà entendu parler de lui à Saint-Pétersbourg, puis à Paris, de nouveau des amis lui avaient parlé de ce sage mystérieux qui venait de la Russie pour fonder, près de la capitale française, un Institut pour le développement harmonieux de l'homme.

Le ciel était gris, opaque, et filait sur la campagne transie. Dans le lointain, la plainte rauque d'une locomotive déchira l'air humide. Des nappes de brouillard venues de la Seine s'accrochaient, fantomatiques et insaisissables comme le destin de Catherine. Dans le fiacre qui franchit en cahotant le pont de chemin de fer, à la sortie de Fontainebleau, la jeune femme s'enroula frileusement dans la couverture que le cocher lui avait jetée sur les genoux. Distraitement, elle écouta le claquement sec des sabots du cheval, le léger tambourinement de traverse au-dessus de sa tête, puis fut brusquement arrachée à son rêve mystérieux par une voix grasseyante : « Voilà le Prieuré d'Avon, ma petite dame ! Vous êtes bientôt rendue ! »

Les yeux de Catherine fouillèrent avidement l'orée de la forêt où apparut effectivement le château, une

---

1. Un certain Georges Gurdjiev ou Gurdjieff.

immense bâtisse délabrée dans un parc à l'abandon, noyé sous la pluie. Tandis que la grille en fer forgé du Prieuré se refermait sur elle en grinçant, le cocher fit claquer son fouet et, haussant les épaules, s'éloigna au trot en grommelant : « Une piquée de plus pour la maison des dingues ! »

Ainsi, par un mélancolique après-midi d'octobre, Catherine tournant le dos à tout ce qui avait été jusqu'alors sa vie pénétrait dans un monde exaltant et terrible.

À ceux qui espéraient encore l'en dissuader, elle avait écrit : « Je veux encore apprendre quelque chose que nul livre ne peut m'enseigner... »

La grille s'ouvrit de nouveau. Dans une pétarade de moteur torturé, une longue Torpédo bondit dans la cour, décrivit un inquiétant slalom en manquant se fracasser contre les arbres et stoppa en hoquetant devant le perron du château. Aussitôt, une nuée d'hommes et de femmes jaillit du Prieuré, s'affairant autour de la voiture qui se cabra dans un dernier rugissement. C'était à qui tiendrait la portière, aiderait le conducteur à descendre, lui toucherait la main, capterait son attention, tandis qu'en tirant tranquillement sur sa cigarette russe, le conducteur feignait d'ignorer l'agitation qu'il suscitait. Avec son corps râblé, sa toque d'astrakan posée de guingois sur un crâne immense, lisse et bombé, ses moustaches noires relevées en crocs, son regard lourd et globuleux, il faisait penser à un Bouddha tartare. Ayant enfin réussi à s'extraire de son siège avec la souplesse d'un fauve, Gurdjieff écarta avec rudesse ses adulateurs, comme s'il se frayait un passage au milieu des hautes herbes, et s'engouffra dans le vestibule tapissé de peaux de bêtes. Catherine, troublée, avait suivi toute la scène.

– Il en va toujours ainsi, lui glissa à l'oreille l'une des pensionnaires du Prieuré, baissant le ton, comme si le Maître, omniprésent, pouvait surprendre ses propos.

– Il ne regarde personne, mais il nous voit tous, renchérit-elle. Il nous connaît tous complètement. Au premier coup d'œil, il est capable d'écrire votre journal intime. C'est ce qu'il nous a dit un jour.

– Mais sait-il conduire? s'étonna Catherine.

– Oh! Il n'a jamais appris. Il n'a pas besoin d'apprendre comme les autres, il nous l'a dit lui-même : « Je conduis d'inspiration… »

C'est donc lui dont parlait le grand lama du Tibet, se dit Catherine, lui qui a promis de venir à ton secours! Ainsi allait-elle, comme les autres habitants du Prieuré, s'abandonner à la magie de son regard, confier au Maître son corps fatigué et son âme assoiffée d'absolu.

Étrange rencontre. Sur le seuil de sa vie nouvelle se dressait enfin l'énigmatique silhouette du grand sorcier. Devant Gurdjieff, encore tendue et frémissante, elle sentit brusquement un calme immense l'envahir. En quelques mots hachés, roulant de sa bouche comme de la rocaille sur un chemin de montagne, il lui souhaita la bienvenue. Il ne parlait aucun langage vraiment défini. Jusqu'à la fin de sa vie, son anglais restera fantaisiste et son français approximatif. Même le russe, qui semblait pourtant sa langue d'origine, il l'éructait avec un extravagant accent persan ou tartare. Mais possédait-il seulement une langue maternelle? Depuis qu'il avait surgi inopinément en Occident, au début des années 1920, les histoires les plus folles et les plus incontrôlables circulaient sur son compte. En réalité, il était né en Arménie russe, dans le quartier grec d'Alexandropol.

Au pied du mont Ararat où, écrit Louis Pauwels dans sa passionnante biographie de Gurdjieff[1], l'arche de Noé vint s'échouer après le Déluge, s'était érigée une tour de Babel bruissante de dialectes exotiques, de foules bigarrées et de races confuses, une porte secrète ouverte sur l'Asie fabuleuse. Gurdjieff lui-même, mi-grec, mi-russe, était à l'image de ce carrefour humain. Distingué par l'archiprêtre de Kars, envoyé au séminaire de Tiflis, le jeune Gurdjieff s'y serait préparé à la prêtrise à l'époque où le futur Staline y étudiait. Tous deux n'allaient d'ailleurs pas entrer au service de Dieu, Staline pour se mettre à celui de la révolution, Gurdjieff pour entrer à celui des chemins de fer. Le temps de rassembler quelques économies pour, à vingt ans, commencer la grande aventure. Tandis que son condisciple Staline attaquait des banques et des convoyeurs de fonds pour la cause du Parti, Gurdjieff, métamorphosé en guide, plumait les riches touristes de Jérusalem, puis ouvrait en Asie centrale un « atelier américain ambulant », réparations en tous genres. Sa trace perdue aux confins de l'Extrême-Orient ténébreux, la légende commença.

Touché par une grâce insolite, comme autrefois Catherine, le jeune homme frénétique se mua en un vagabond mystique, cheminant de monastères en lieux saints. Et, avec une boulimie égale à sa rage des affaires, il entreprit de découvrir les pouvoirs occultes et surnaturels de la connaissance asiatique.

---

1. Première édition, Seuil, 1954; deuxième édition, Albin Michel, 1974; troisième édition, Albin Michel, 1996.

Son séjour dans une trappe de derviches mongols fut pour lui l'occasion de pénétrer au cœur de la magie ancienne, de l'hypnotisme et des danses sacrées. Cette quête forcenée, cette domestication acharnée des lois insoupçonnées du merveilleux et de l'insolite durèrent ainsi près de vingt-cinq ans[1].

Comme jadis Raspoutine, Gurdjieff ne fera rien pour décourager ces rumeurs qui projetaient sur sa personnalité mal connue une aura surnaturelle. Tout au plus laissait-il parfois entendre qu'il appartenait à un petit groupe d'hommes exceptionnels, prêtres, savants et érudits, les « Chercheurs de vérité », qui s'étaient donné pour mission d'explorer les ultimes secrets de l'univers. Tous ses compagnons avaient fait retraite en Asie, mais l'avaient délégué en Occident, afin de tenter de sauver l'élite blanche en lui prodiguant l'enseignement suprême.

À vrai dire, Catherine avait entendu parler une première fois de Gurdjieff par feu son époux, quand, en 1916, il lui avait relaté sa brève rencontre avec lui dans le train Moscou-Bakou. Dans le compartiment, des marchands orientaux s'interpellaient joyeusement d'une banquette à l'autre, se félicitant de gagner beaucoup d'argent à la faveur de la situation, échafaudant cyniquement de nouvelles combines pour en tirer

---

1. Le capitaine Achmed Abdullah révélera trente ans plus tard dans le salon d'un éditeur new-yorkais l'avoir rencontré à Lhassa où il se faisait alors appeler lama Dorzhiev. Il avait réussi à y devenir le précepteur du dalaï-lama, mais en réalité, pendant dix ans, il fut le principal agent secret du tsar au Tibet. « C'était bien lui. En me voyant, il a cligné de l'œil. À mes questions, il a répondu en tadjik. »

des profits accrus. Alors que la cloche sonnait déjà le départ, un dernier personnage s'était engouffré dans le wagon.

Par-dessus son pince-nez, Michel avait examiné machinalement le nouveau venu. Toque d'astrakan indiquant l'aisance, élégante pelisse noire, rien ne paraissait le différencier, à première vue, des êtres qui l'entouraient : le teint basané, les yeux d'un noir de jais, une moustache pareille à celle de Gengis Khan, il semblait être du même type oriental du Sud que le reste des voyageurs, « une bande de vautours ayant pris leur vol pour aller déchiqueter une charogne… » Cependant, étrangement, le regard de l'inconnu sur les autres marchands avait l'air chargé d'un tel mépris souverain que Michel, soudain piqué par la curiosité, engagea la conversation.

– Après tout, fit l'homme avec un cynisme tranquille, c'est la guerre. Chacun veut devenir millionnaire.

– Et vous, répliqua le mari de Catherine, le profit ne vous intéresse pas ?

L'inconnu esquissa un sourire énigmatique :

– Nous profitons toujours. Rien ne saurait l'empêcher. Guerre ou pas guerre, c'est toujours la même chose pour nous.

– Mais de quoi vivez-vous donc ? s'étonna Michel, inexplicablement troublé par le regard du voyageur.

– D'énergie solaire ! se contenta de répondre Gurdjieff qui s'était présenté…

Les salons littéraires de Saint-Pétersbourg allaient assurer la réputation du Maître dans le monde entier. Dans cette Russie qui roulait aux abîmes, Gurdjieff dispensa sa doctrine dans les cafés à la mode. Ainsi ces intellectuels de la capitale de l'Empire des tsars furent-ils les premiers « cobayes » du nouveau mage venu d'Orient. Et bientôt, ils n'allaient plus vivre que pour de tels entretiens et lui remettre entièrement la direction de leur destin.

Gurdjieff gagna Paris où, dans un élégant salon, se poursuivait durant des heures l'étrange ronde des candidats à l'immortalité. Tous, en passant devant lui, lui lançaient un regard éperdu, chargé de supplication, comme si leur sort était entre ses mains. Lui, imperturbable, se renfonçait dans les coussins, griffonnant parfois un nom sur son carnet. Le Maître fonda ensuite une communauté où bon nombre de ses adeptes le rejoignirent. « Nous n'avons pas tous une âme en naissant, mais nous pouvons travailler à l'acquérir », leur disait-il.

Pour s'assurer cette âme immortelle qui leur faisait défaut, des gens richissimes étaient prêts à tout quitter. Mais le Maître avait également laissé entendre que seuls seraient choisis les possesseurs d'un embryon d'âme susceptible d'être cultivé et développé selon les lois secrètes de l'enseignement. Inutile de préciser que la plupart des sélectionnés, outre l'indispensable embryon spirituel, détenaient également les plus solides comptes en banque. Tous leurs biens étaient versés à la communauté, les bijoux confiés à Gurdjieff. C'est que l'installation au Prieuré allait coûter cher. Le château, à lui seul, coûta un million de francs de l'époque, une somme entièrement fournie par les disciples britanniques.

Le premier contact avec Gurdjieff avait été glaçant et dérouta même Catherine. Avec ses compagnons, tous des fuyards distingués de l'*establishment* britannique, elle fut affectée aux travaux les plus rudes et les plus rebutants. De 4 heures du matin jusqu'à la tombée de la nuit, ils arrachaient les mauvaises herbes et redressaient les allées du parc. Si Catherine s'attendait à de longues conversations avec le Maître, Gurdjieff ne se montrait pratiquement pas, n'apparaissant que pour lancer un ordre guttural : « Trop lent ! Devez trouver moyen faire dans moitié temps ! »

Chaque matin s'abattait sur ses condisciples un nombre de besognes croissant. Les outils les plus élémentaires faisant défaut, ils se servaient de leurs mains nues. Au bout de quelques jours de ce traitement singulier, les belles phalanges de Catherine furent dans un état pitoyable. « Si raides, à force de creuser, piocher, brouetter, scier ou abattre des arbres que je ne pouvais plus faire fonctionner mes doigts. »

Si encore ces efforts avaient un sens, mais : « Parfois, nota-t-elle encore, nous passions toute la journée à creuser un énorme fossé dans le parc, puis le lendemain, Gurdjieff nous faisait remettre et entasser dans la tranchée toute la terre enlevée la veille. »

Des aristocrates slaves et d'anciens officiers du tsar, reliquat des groupes fondés par le Maître en Russie avant la révolution, relégués au rang de palefreniers et de gardiens de troupeaux, soignaient le bétail. Cette totale soumission des disciples n'allait pas tarder à rappeler à Catherine celle des Soviétiques à Staline, confrère de Gurdjieff dans le séminaire de Tiflis…

Le Maître pouvait insulter, humilier à loisir. Nul ne trouvait grâce à ses yeux. Attirés par sa renommée, beaucoup de novices voyant en lui un être idéal et mythique, réincarnation du Christ et de Bouddha, ne pouvaient l'imaginer autrement que se mouvant majestueusement dans une atmosphère de dignité et de respectabilité. Pourtant, il pouvait, lors d'un premier contact, raconter, avec un rire énorme, comme il s'y prenait pour « tondre » les gens. Se trouvait-il devant un homme fin et cultivé, Gurdjieff se faisait passer pour un marchand de tapis, rustre et ignare. Devinait-il en son interlocutrice une femme sensible et prude, il la choquait grossièrement en s'écriant à la cantonade : « D'habitude, il y a ici davantage de putains ! », ou en lui disant avec rudesse : « Vous cherchez connaissance de vous-même ? Cela peut s'apprendre aussi bien dans un lit… »

Telle était sa manière de trier le bon grain de l'ivraie. Mais d'autres épreuves initiatiques attendaient ceux qui persévéraient malgré le désenchantement et parvenaient à atteindre ce qu'il appelait « le premier réverbère ».

Chaque disciple devant se dépouiller de son ancienne personnalité, de ses habitudes les plus chères, était contraint à une rude métamorphose. Les fumeurs se voyaient supprimer le tabac du jour au lendemain. Tel adepte ne supportait pas la vue du sang, l'impitoyable « grand Maître » le chargeait d'égorger les cochons et les poulets destinés à la cuisine. Ceux qui avaient un faible pour les douceurs, Gurdjieff les soumettait à un régime sans sucre. Ou bien encore, il les gavait de sucreries, à l'exclusion de toute autre nourriture, jusqu'à l'écœurement. Deux disciples ne s'entendaient pas, il les obligeait à cohabiter. À l'inverse, ceux qui s'appréciaient étaient séparés. Tous étaient brisés. Jamais encouragés.

« Je marche sur leurs corps », éructait Gurdjieff.

Une adepte croyait avoir atteint un palier nouveau dans la connaissance, le Maître la rabrouait dans une bordée d'insultes. Comme frappée par la foudre, la jeune disciple s'accusait alors d'avoir mal travaillé. Mortifiée, mais résolue, la novice s'appliquait de plus belle, avec une abnégation fortifiée.

Tout comme en Russie, aux débuts de la communauté, Gurdjieff brûlait chaque soir les roubles recueillis dans la journée, afin de plonger son groupe dans un dénuement total et permanent. Inutile d'espérer faire une quelconque réclamation.

Passionnée, Catherine aspirait à risquer cette plongée mystique, subissant avec patience les affres initiatiques de tous les novices : « Nous avons de grandes difficultés, des moments douloureux… Théoriquement, c'est merveilleux, mais en pratique cela implique des souffrances parce qu'on ne peut pas toujours comprendre… »

Catherine découvrit un univers étrange baignant dans une sorte de torpeur orientale. Tous les soirs, après le dîner, et quel que fût l'état de fatigue des élèves, Gurdjieff réunissait la communauté dans un vaste salon jonché de peaux d'ours et de panthères. Au signal du Maître, d'étonnants exercices commençaient. On se massait alors l'estomac d'un mouvement circulaire de la main droite. En même temps, de l'autre main, on se donnait des petites tapes sur le sommet de la tête. Le tout en cadence, dans un ensemble rythmique parfaitement constant et régulier. C'était plus difficile qu'il n'y paraissait de prime abord. Au bout de quelques instants, les gestes des novices se déréglaient. Car la volonté, disait Gurdjieff, peine à concilier deux mouvements si différents. Une fois que les disciples avaient atteint une maîtrise parfaite dans l'exécution de cette figure, le Maître leur faisait combiner trois, puis quatre mouvements différents englobant la tête, les bras, les jambes. Cette « gymnastique sacrée », que Gurdjieff assurait emprunter aux derviches d'Asie centrale, était destinée à « décrasser » la mécanique humaine. En brisant les habitudes étriquées du comportement antérieur, on parvenait ainsi à dompter le corps, à maîtriser les muscles. Ensuite, s'élevait une nostalgique mélopée orientale, insinuante comme une drogue. Leur corps souple gainé de mousseline blanche, de jeunes danseuses se déployaient devant le Maître avec une lenteur extatique. Assis à l'orientale, une jambe repliée sous l'autre, Gurdjieff, sous le feu sombre de son regard, observait les danseuses osciller suivant une chorégraphie compliquée et mystérieuse, qu'il affirmait assyrienne, et de la plus haute Antiquité. On les sentait sous le charme, se livrant entièrement à la magie de son pouvoir. C'était comme si, rayonnant d'un magnétisme abolissant les distances, il tirait les fils invisibles de ces marionnettes humaines. Peut-être est-ce à travers ces « danses sacrées » que s'exprimait le mieux l'ascendant prodigieux exercé par Gurdjieff sur ses disciples.

À vrai dire, soir après soir, Catherine se laissait submerger par cette magie orientale. Il lui semblait que ces incantations bouleversaient toute sa personnalité, la projetaient « dans une existence fantastique », lui faisant apparaître l'Occident « tellement pauvre, tellement dispersé ». Pour elle, qui avait éprouvé (et souvent en compagnie de Bullit) « une désespérante stérilité de l'âme », ces danses représentaient un moyen d'expression insoupçonné, plus merveilleux que le livre ou le poème : « Il y en a une qui dure environ sept minutes et qui contient toute la vie d'une femme… », écrivait-elle encore.

Et voici qu'une joie paisible l'inondait, celle qui vous gagne lorsque vous avez rompu les amarres et brûlé tous vos vaisseaux : « Au Prieuré, je vis dans la maison de mes rêves. » Tous ces êtres bizarres qui l'entouraient, et dont la dévotion fanatique pour Gurdjieff l'ahurissait un peu les premiers jours.

Voyant, prophète, messie ? En tout cas un homme différent des autres, détenant une très haute connaissance. Bref, un Maître.

Des hommes d'affaires importants qui, jusqu'à présent, n'avaient pas une minute à perdre, faisaient le pied de grue dans son antichambre pendant des heures.

De loin, ils le scrutaient, le regardaient presser des citrons dans son café noir, enfiler une de ses éternelles cigarettes russes dans son fume-cigarette en bruyère.

Et, en quelques jours, près d'une centaine de businessmen sollicitèrent leur admission au Prieuré. Une fascination égale s'empara des milieux intellectuels et artistiques.

Dressé au milieu de ses disciples, avec son masque de rajah hindou, son regard de feu, sa carrure de fauve, Gurdjieff semblait avoir encore gagné en force surhumaine. Il atteignait cinquante-deux ans. Pourtant, plus que jamais légende vivante, il se sentait à mille lieues des maladies, des surprises et des accidents qui affligent les mortels, il conduisait vite, avec un mépris total des obstacles et des risques.

Mais n'était-il pas invulnérable? Ne s'était-il pas forgé, le premier, cette âme d'acier promise à ses disciples, et qui conférait à celui qui la cultivait l'immortalité sur cette terre? Cependant, le 5 juillet 1924, sa voiture s'écrasa contre un arbre. Dans la masse de ferraille enchevêtrée, le Maître gisait, inanimé. Alerté par le bruit, un gendarme à bicyclette arrivé sur les lieux fit transporter l'accidenté dans une clinique de Fontainebleau. Le Prieuré ne fut pas long à se mettre en ébullition. Il n'était pas question d'abandonner le Maître entre les mains impures d'hommes « mécaniques ». Il fallait le tirer de là, le ramener coûte que coûte au château, même si un enlèvement se révélait nécessaire. Deux médecins russes de la communauté des « philosophes de la forêt[1] », se rendirent immédiatement au chevet du blessé. La tête et les mains bandées, le Maître n'avait pas repris connaissance. Les médecins de Fontainebleau ne lui avaient pas trouvé de fracture apparente, mais jugeaient son état alarmant.

Cet accident n'était pas un pur hasard : comme autrefois Raspoutine, Gurdjieff n'avait-il pas dépassé la mesure?

Mais le Maître revint à lui et se rétablit. Son caractère changea, cependant. D'une autre tournée aux États-

---

1. Les docteurs Alexinski et Sirotinine.

Unis, il rapporta une centaine de bicyclettes qu'il distri-
bua à chaque élève, exigeant que tout le monde, jeunes
ou vieux, apprenne à rouler, surveillant lui-même les
exercices en s'esclaffant. Les « affaires », comme il le
disait cyniquement, étaient florissantes. L'argent ren-
trait à flots au Prieuré.

Dans cet univers où tout semblait établi, Catherine
se sentait désormais inutile.

« Je me suis éloignée de lui sur la pointe des pieds,
écrivit-elle à Bullit, et je le quitte, parce qu'il m'amène
sur une voie que je n'avais pas prévue et qui ne pouvait
être la mienne. »

Le Maître ne s'opposa pas à son départ.

La grande époque du Prieuré s'achevait. Une série
d'ébranlements dramatiques secoua « l'église gurdjief-
fienne », qui éclata en chapelles. Les meilleurs disciples du Maître récusèrent son joug spirituel. D'autres,
épuisés, se retirèrent.

L'impénétrable Gurdjieff quittera cette vie terrestre bien plus tard[1], un dimanche matin, non sans avoir
plongé une dernière fois ses disciples dans la stupeur
et l'inquiétude en leur murmurant, sur son lit de mort :
« Je vous laisse dans de beaux draps... »

Son corps, recouvert de roses rouges, de violettes et
d'œillets, fut exposé dans la petite chapelle de l'Hôpital
américain de Neuilly.

Catherine fut prévenue. Elle alla le voir pour la dernière fois. S'approchant de lui, si petite, si fluette, elle
le contempla longuement, intensément, puis posa ses
lèvres sur le crâne immense.

---

1. Le 29 octobre 1949.

Follement adulé par les uns, maudit par les autres, Georges Gurdjieff, le mage venu de la Russie, repose au cimetière d'Avon, près du Prieuré qui fut sa grande œuvre.

« Nous regardions cet homme comme le messager d'un autre monde » se rappelle Catherine dans son journal. « C'est chose merveilleuse d'avoir connu le démon et de s'en être échappé… »

Le labyrinthe

Depuis son expérience chez Gurdjieff, Catherine comprenait mieux la Russie de l'époque. Elle n'hésitait d'ailleurs pas à comparer le fonctionnement de certaines sectes avec celui du régime de Staline, le nouveau dictateur du Kremlin.

La jeune femme allait bientôt pouvoir confirmer ses prémonitions en retournant à Moscou. Sur l'initiative de Bullit, une fondation américaine qui allait servir de couverture à de nombreux agents secrets durant la guerre froide lui proposa une sorte de mission d'étude en Russie. Elle l'accepta alors sans hésitation. L'occasion était trop belle pour cette éternelle voyageuse de renouer avec sa passion des pays lointains en revenant sur les lieux mythiques de sa jeunesse.

La jeune femme ne fut pas au sens strict du terme un fonctionnaire des services secrets, elle travaillait pour leur compte en qualité de « correspondant honorable » (nom de code : the countessa). Basée le plus souvent à Vienne, elle se rendit dans la plupart des pays de l'Est aux moments critiques de la guerre froide. Elle ne devint néanmoins pas une « espionne » au sens banal du mot. Ce n'était même pas un « agent d'influence » :

on ne lui demandait pas de monter ou de gérer des opérations auprès des opinions publiques. Son rôle était de « capter le climat dans la capitale soviétique ». Grâce à sa connaissance de la mentalité russe elle pouvait le faire bien mieux que des professionnels, même chevronnés, du renseignement.

De nouveau les trains, les tours du Kremlin, les clochers étincelants en forme de bulbe des églises…

Bullit avait été nommé, en 1933, ambassadeur des États-Unis en URSS (le premier depuis le rétablissement des relations diplomatiques entre les deux pays par la nouvelle Administration du président Roosevelt.) Ce fut lui qui accueillit son amie sur le quai de la gare et l'emmena dîner sur-le-champ.

Lorsqu'ils s'engouffrèrent dans le restaurant *Métropole*, le rouge leur monta aux joues tant il y faisait chaud. On sabla le champagne dans un cabinet particulier où les artistes folkloriques furent invités à danser et à chanter. Catherine les écoutait avec un sourire absent, se demandant si la Russie éternelle serait au rendez-vous. À 1 heure du matin, Bullit la conduisit à l'ambassade de France. Fermant les yeux il n'osa embrasser que la pointe de ses doigts gantés, enivré de nouveau, comme autrefois, par l'odeur exquise de l'ambre et du santal.

Sans doute cette soirée inspira-t-elle ces mots à Bullit : « J'ai revu cette femme de grand charme dont la conversation éclaire mes jours. Dommage que notre amour appartienne au passé, mais heureusement, notre complicité demeure intacte, soudée par notre passion commune pour ce qui se passe dans cet étrange pays. »

Mais sur la toile de fond de ces retrouvailles, Moscou était immergée dans une ambiance tragique. Staline triomphant de ses adversaires politiques[1] s'était imposé comme l'homme fort du Kremlin, devenant le véritable dieu vivant au sommet du temple communiste.

À partir de 1928, l'emprise du dictateur sur la vie du pays devint totale. Ni les institutions légales, ni les statuts du Parti ou des grandes organisations sociales n'avaient d'importance réelle. Leur seul rôle était d'approuver, transmettre, appliquer les décisions de Staline. Il pouvait en tout domaine choisir ses hommes, éloigner ceux dont la renommée lui portait ombrage. Sa méthode de gouvernement reposait sur l'isolement, la méfiance, le mépris de toute forme légale. Apparaissant peu en public, vivant retiré dans sa datcha, il ne sortait de son isolement que pour ses nombreuses escapades au Bolchoï redevenu alors comme au temps des tsars un théâtre « impérial », symbole de la puissance du chef suprême du Kremlin.

Il parlait lentement, très peu, d'une voix faible[2]. Chaque mot, chaque geste revêtait une signification tout à fait singulière, un sens caché, mystérieux sinon magique. Il savait en même temps évaluer les effets scéniques en laissant planer des doutes sur le sens secret de son discours[3].

---

1. Son rival Trotski avait déjà été expulsé à l'étranger.

2. Tout était à tel point calculé qu'il prenait des leçons d'art dramatique chez un acteur célèbre.

3. Il lui arrivait de donner des ordres pour le moins surprenants, ainsi demanda-t-il une fois au chef d'orchestre du Bolchoï de « jouer une œuvre sans bémol ». Le plus drôle est que les membres de son entourage avalèrent cette pilule surréaliste sans sourciller et que le maestro remercia le guide bien-aimé pour la perspicacité de ses instructions !

Les grands procès de Moscou, commencés dès 1936, représentaient un des aspects les plus spectaculaires de la mégaterreur orchestrée par Staline.

Dans cette ambiance délirante, personne ne pouvait se sentir hors du danger d'une arrestation. Chaque bourgade se devait d'avoir ses accusés. La délation, engendrée par la crainte, fournissait aux hommes de la police secrète leur cargaison de victimes. Chacun en venait à se culpabiliser. D'immenses salles bourrées de gens furent transformées en confessionnaux où on se repentait d'avoir connu personnellement quelque « pécheur ».

Catherine s'était rapidement fait une idée de ce climat en entendant dans le train un voyageur marmonner à sa femme : « Notre appartement est insalubre et minuscule : on ne nous dénoncera pas pour nous le prendre. »

Bullit essaya d'expliquer à son amie les rouages du mécanisme de la terreur. Deux principes en ressortaient.

Tout d'abord, celui de l'enchaînement. Au cours des procès, un procureur général faisait avouer aux inculpés qu'ils étaient liés à d'« autres criminels », puis la presse reproduisait le texte d'une communication du parquet demandant d'ouvrir une nouvelle enquête sur « la conspiration fomentée par les personnes citées ».

Ensuite, la technique du répit. En septembre 1936, une enquête n'ayant pu fournir de preuves contre le vieux bolchevik Boukharine, l'affaire fut considérée comme classée. Ce dernier demeura donc rédacteur en chef du journal gouvernemental[1]. Mais, bien entendu,

---

1. *Izvestia*.

ses communications téléphoniques furent écoutées, son courrier épluché, sa famille et lui filés.

Grâce à Bullit, Catherine assista aux fêtes traditionnelles du 7 novembre, sur la place Rouge. Dans la tribune voisine elle remarqua Boukharine et sa femme qui semblaient vouloir passer inaperçus. Soudain, elle vit un garde se diriger vers le couple.

Le garde les salua et dit : « Camarade Boukharine, le camarade Staline m'a demandé de vous informer que vous n'êtes pas ici à votre place et il vous prie de monter sur le Mausolée[1]. »

Caprice ou amusement du tyran ? Jeu du chat et de la souris. Néanmoins, le lendemain, de nouveaux accusés mettaient Boukharine directement en cause. Sa signature disparaissait de la presse. Depuis plus d'un an, selon les instructions de Staline, le « suspect » était traqué, il recevait quotidiennement chez lui des listes d'aveux extorqués à des « éléments de droite ». En désespoir de cause, il fit alors la grève de la faim dans son appartement du Kremlin. Étant encore membre du Politburo, suprême instance de la direction soviétique, il reçut la visite de Staline. Un dialogue insensé s'échangea entre les deux hommes[2].

Staline. – Contre qui est dirigée ta grève de la faim, Nikolaï, contre le Comité central du Parti ? Tu es complètement squelettique. Demande au Plenum de te pardonner cette grève de la faim.

Boukharine. – Pourquoi ? De toute façon, vous vous apprêtez à m'exclure du Parti.

---

1. Les dirigeants communistes saluaient habituellement la foule du haut du Mausolée de Lénine.

2. Cité d'après Pomaznev, dernier chef du cabinet de Staline au Conseil des ministres de l'URSS.

Staline. – Personne ne t'exclura du Parti, Nikolaï.

Suit le dialogue avec Molotov (à l'époque le plus proche collaborateur direct du dictateur).

Boukharine. – Je ne porterai pas de fausses accusations contre moi-même.

Molotov. – Si tu n'avoues pas, cela prouvera que tu es bien un agent des fascistes. Leurs journaux disent que nos procès sont des provocations. Nous t'arrêterons et tu avoueras.

En mars 1938, Boukharine et dix-neuf autres passeront en jugement.

La formule la plus couramment utilisée du temps de Staline pour justifier l'injustifiable n'était-elle pas le vieil adage russe : « Quand on coupe du bois, les copeaux volent[1]. » Ainsi l'élimination de chaque dirigeant s'accompagna-t-elle de l'arrestation de centaines, voire de milliers de personnes qui lui étaient liées, directement ou indirectement.

Une force restait encore intacte, en URSS : l'armée. Le Kremlin s'y attaqua en juin 1937. Des papiers fabriqués de toutes pièces par la Gestapo avec la complicité des services secrets de Staline condamnèrent le maréchal Toukhatchevski, vice-commissaire à la Défense, et tous les membres de l'état-major. Depuis longtemps déjà, le maréchal était sur la sellette : des notes de frais faites par lui – jeune officier – pendant son stage dans l'armée allemande au lendemain de la Première Guerre mondiale auraient été truquées en « sommes

---

1. « Dans ce combat contre les agents du fascisme, disait-il, il y aura quelques victimes innocentes. Mais nous lançons une attaque très importante contre l'ennemi, il ne faut pas nous inquiéter si nous sommes amenés à bousculer quelqu'un. Mieux vaut faire souffrir dix innocents que laisser échapper un espion. »

perçues pour des activités d'espionnage au compte des nazis ».

Le 10 mai, Staline téléphonait au maréchal, chez lui.

La conversation a valeur de symbole quant aux méthodes utilisées (toujours citée d'après le témoignage rapporté par le dernier chef du cabinet de Staline, *op. cit.*). Le dictateur demanda d'abord à Toukhatchevski des nouvelles de sa santé.

Toukhatchevski – Je vous remercie, ma santé est bonne, quant à elle.

Staline – Je comprends à quoi vous pensez. Je viens de prendre connaissance du rapport confidentiel d'aujourd'hui et c'est une des raisons de mon appel. Je pense qu'on est allé trop loin. Quelle sottise de mettre tout cela sur le tapis. Nous savons bien, maréchal, que vous vous êtes conduit de la façon la plus conforme à l'esprit du Parti.

Toukhatchevski – Je le crois.

Staline – Et vous avez entièrement raison, coupa Staline. Cette histoire stupide... Des sornettes par-dessus le marché. Mais que faire ? Je suis entouré de gens bornés, vous devez comprendre les difficultés de ma situation.

Toukhatchevski – Je les comprends très bien...

Staline – Il est certain que votre nom a été malencontreusement prononcé... Que pouvons-nous faire, sinon le regretter ?.... Dans le climat actuel, je pense que le mieux serait d'éviter que les potins se propagent. Il ne faut pas qu'on jase trop... moi, bien sûr, je sais que tout cela n'est que sottise et mensonge... Mais, en attendant de meilleurs jours, que diriez-vous d'aller prendre l'air au bord de la Volga ?

Toukhatchevski – Comment cela, camarade Staline ?

Staline – On pourrait vous libérer de vos fonctions de vice-commissaire à la Défense et vous nommer commandant de la région militaire de la Volga. C'est là une décision du Conseil des commissaires.

Toukhatchevski – Comme vous voudrez, camarade Staline.

Staline – Seulement, pour l'amour du ciel, n'y voyez aucune disgrâce… En apparence, évidemment, c'est un recul, mais en réalité, j'ai l'intention de vous tenir en réserve pour les jours difficiles qui s'annoncent, et pendant lesquels j'aurai le plus grand besoin de votre génie militaire. Vous me comprenez, n'est-ce pas ?

Toukhatchevski fut arrêté pendant son voyage en train alors qu'il se dirigeait vers son nouveau poste de commandant de la région militaire de la Volga.

Il revint à Moscou le 23 mai 1937. De la gare, il fut emmené directement en prison. Le 10 juin, le maréchal fut informé que la cour martiale suprême le condamnait à mort.

L'exécution de Toukhatchevski et des généraux fut le prélude à la terrible épuration qui allait balayer l'armée rouge et devait, jusqu'en décembre 1938, la décapiter de trente mille officiers généraux et supérieurs.

« Je me rappelle, raconta Catherine, une journée terrible chez le metteur en scène Meyerhold, nous étions assis à regarder une monographie sur Renoir lorsqu'un commandant de l'armée, membre du collège militaire du tribunal suprême, entra dans la pièce. Il était très ému. Sans tenir compte du fait que nous étions là, il commença à raconter le procès des généraux : "Ils étaient assis, là, comme ça, en face de nous. Ils nous ont regardés droit dans les yeux…" Je me souviens encore de son ultime remarque : "Demain, c'est moi qui serai à leur place." » Il ne se faisait guère d'illusion. D'ailleurs, les généraux qui présidaient le tribunal militaire de la prison où Toukhatchevski fut passé par les armes furent exécutés quelques mois plus tard.

Dans le même ordre d'idée, Bullit rapporta une anecdote tout aussi symbolique.

L'histoire se situe dans un cachot. Deux détenus parlent entre eux. L'un est un ex-enquêteur de la police :

– Que va-t-on faire de nous ?

– Un certain nombre sera relâché, pour souligner le tournant. Les autres iront en camp.

– Quel principe va-t-on utiliser pour cette division ?

– Certainement des choses hasardeuses.

L'immense terreur et la fatalité irrationnelle ont fortement modifié le psychisme des gens – un grand nombre de Moscovites a cru que ce qui se passait était inévitable. Mais tous prirent conscience du fait que c'était sans retour. Ce sentiment était dicté par l'expérience du passé, le pressentiment de l'avenir et la fascination du présent. Sous Staline, les Russes étaient dans un état voisin du sommeil hypnotique !

Pour Catherine, le manque d'opposition passive se retrouvait des deux côtés de la barrière, dans le monde des citoyens libres comme dans celui des suspects arrêtés.

– Tous ceux qui s'étaient créé une opinion personnelle mais qui ne pouvaient guère jouer les hypocrites dix années de suite se trahissaient d'une façon ou d'une autre et finissaient dans un camp, disait-elle. Il y a un effroyable paradoxe. Les milliers et les milliers de personnes arrêtées entre 1936 et 1939, sous prétexte de complot contre Staline et ses acolytes, pourraient mériter aujourd'hui le reproche de n'avoir pas suffisamment résisté au mal et d'avoir trop fait confiance au Kremlin.

Ce mélange complexe de sentiments contradictoires – incompréhension et panique, foi en Staline et crainte de la terreur – facilita cette usurpation de tout le pouvoir par le dictateur. À la fatalité s'ajoutait la résignation. Isolément et confusion entretenaient une telle passivité.

L'impunité et la facilité relative avec lesquelles Staline se vengea de millions d'hommes étaient dues au fait que ces gens-là n'étaient pas du tout coupables. La plupart même, lorsqu'ils s'attendaient à être arrêtés, n'essayaient pas de se cacher ou d'échapper à la liquidation. Il en est même plusieurs qui se livrèrent d'eux-mêmes. Parfois, après une longue et pénible attente de leur arrestation, les gens éprouvaient un soulagement indéniable quand ils se retrouvaient finalement en prison.

« Eh bien, déclara un détenu à ses compagnons de cellule quand on l'enferma, je crois que je vais bien dormir cette nuit. La première fois depuis trois mois… »

Une fois arrêté, un nouveau processus mental prenait racine. Quand se produirait l'irrévocable ? Ou comment cela arriverait-il ? Peu importait… Ces gens avaient perdu la conscience de la mort, car ils étaient entrés dans le domaine du non-être. Lorsqu'ils se savaient condamnés, ils n'avaient même plus peur. La peur, c'est une lueur d'espoir, c'est la volonté de vivre, c'est l'affirmation de soi. C'est un sentiment profondément européen. Il est né du respect de soi, de la conscience de sa propre valeur, de ses droits, de ses besoins et de ses désirs. L'homme se cramponne à ce qui fait sa personnalité et a peur. En perdant l'espoir car n'ayant rien à défendre, ils cessaient également d'avoir peur.

Pour les vivants, les hommes en liberté, quelle attitude, sinon le mensonge ? « La seule possible » maugréait Bullit, toujours aussi cynique.

Le mensonge pour sauver sa peau est-il justifié ? Existe-t-il une chance de vivre dans des conditions où l'on n'a pas besoin de mentir ?

Toutes ces questions fusaient dans l'esprit de Catherine. Mais, sans mensonges, personne n'aurait survécu à cette terrible époque. On a ainsi menti à tout le monde, même à ses bons amis en qui on n'avait pas pleinement confiance, et ils étaient la majorité. La chute d'un hiérarque entraînait nécessairement plusieurs dizaines de ses fidèles. Des relations familiales, ou même amicales, avec une personnalité soudain désignée comme « ennemi du peuple » rendaient automatiquement suspect. La responsabilité collective des familles, y compris des enfants, fut légalisée et la peine de mort devint applicable à partir de l'âge de douze ans.

La Russie du XXe siècle a offert et présente encore de nombreux exemples des psychoses collectives comme celle concernant les ennemis du peuple au moment des grands procès.

Sinon la mort, le goulag était devenu la hantise du pays tout entier. Ce réseau des camps[1] constituait un véritable État parallèle où l'espérance de vie ne dépassait pas trois ans, alors que les tribunaux condamnaient

---

1. Fondé par Lénine en 1922.

couramment à dix, quinze, voire vingt-cinq années de détention[1].

À l'époque déjà, Bullit n'était pas dupe. Par ses informateurs, l'ambassadeur était au courant de ce qui se passait dans les camps où les luttes entre bandes rivales de détenus avaient pris une ampleur jusque-là inconnue. Elles opposaient les parrains de la pègre, ceux qui refusaient le travail et respectaient la règle du milieu, aux « chiennes » qui se soumettaient au règlement du camp. Ces clivages se surimposaient sur ceux déjà existants : Russes contre minorités nationales, minorités nationales entre elles, contre-révolutionnaires contre droit-commun. La multiplication des factions, des rixes – on mourait désormais autant d'un coup de couteau ou d'un « accident » que de maladie – sapaient la discipline et l'ordre.

L'esprit cartésien des explications de son ami l'ambassadeur américain à propos de la situation en URSS ne satisfaisait pas Catherine. Pour elle, derrière le matérialisme de Staline se cachait aussi la tradition irrationnelle.

Mais Staline était-il cet être aussi cartésien qu'il le prétendait ? Sans doute beaucoup moins qu'on le dit[2].

---

1. L'historien américain Robert Conquest estime que, de janvier 1937 à décembre 1938, sept millions d'arrestations ont eu lieu, non comptées celles relevant du droit commun. Il estima les fusillés à un million. Alexandre Soljenitsyne parle de un million sept cent mille fusillés à la date du 11 janvier 1939. S'appuyant sur les documents de la commission gouvernementale de la réhabilitation, Alexandre Yakovlev, idéologue de la perestroïka, donne un chiffre de 25 millions de victimes du régime totalitaire en Russie.

2. À l'époque Staline avait en effet son voyant et hypnotiseur personnel, un certain Wolf Messing. (Confirmé par ce dernier dans

Comme le pressentait Catherine, Staline s'intéressait donc aux phénomènes hypnotiques ; pas étonnant dans la mesure où le système totalitaire contenait lui-même déjà tous les composants de l'hypnose collective, à savoir l'envoûtement de la population plongée dans une sorte de sommeil anesthésique.

Par l'entremise de Bullit encore, Catherine rencontra l'homme qui, peut-être, comprit bien avant l'heure la véritable personnalité de Staline, cette idole que le peuple avait besoin d'adorer.

---

un entretien avec l'auteur.) Après la disparition de Staline, Wolf Messing devait se produire sur la scène moscovite en présentant des scènes d'hypnose collective. Celui-ci ayant demandé un jour aux autorités soviétiques l'autorisation de faire des expériences d'hypnose collective, les services secrets firent part de cette information à Staline. Désireux de l'engager pour son usage personnel, le dictateur mit donc ses capacités à l'épreuve.

Pour la première expérience, Messing devait se faire donner une importante somme d'argent dans une banque de Moscou sans aucune espèce de justificatif officiel. Étroitement surveillé par des agents de Staline qui pilotaient cette opération, Messing se rendit près du caissier et lui remit un morceau de papier blanc. Sans sourciller, le caissier déposa dans la serviette grande ouverte de l'hypnotiseur une grosse somme d'argent. Quand, quelques instants plus tard, Messing se retourna vers lui et lui demanda pourquoi il lui avait versé une telle somme, le pauvre homme s'effondra, victime d'un infarctus.

La deuxième épreuve subie par Messing convainquit définitivement Staline. Convoqué au Kremlin sans qu'on lui ait procuré le laissez-passer indispensable, l'hypnotiseur se présenta à l'heure dite après avoir passé sans encombre tous les barrages. Les gardes affirmèrent n'avoir vu personne. Voir aussi V. Fédorovski, *Le Département du diable*, Plon, Paris, 1996.

Le suppôt de Satan

Les réceptions fastueuses données par Bullit faisaient jaser le tout-Moscou. Ainsi le 25 avril 1935 Catherine se rendit-elle dans le magnifique hôtel particulier du quartier de l'Arbat, *Spassa-House*, qui abrite aujourd'hui encore la résidence de l'ambassadeur des États-Unis. Mis à part Staline, tous ceux qui comptaient dans la capitale étaient présents. Les intellectuels bolcheviques, les grands maréchaux, l'élite artistique, tous étaient venus chercher un moment de répit, hantés par la peur du goulag ou d'une arrestation arbitraire. Cravate noire et robe longue étaient de mise, exception faite des uniformes militaires. Il y avait cependant quelques entorses à cette étiquette, notamment le clandestin d'origine allemande, Radek, qui arborait en toute simplicité un habit de sport.

La fête était pour le moins originale. Dans la salle aux multiples colonnes était reconstituée une ferme collective, avec brebis, chèvres et même des oursons, sans parler des inévitables coqs qui commencèrent à chanter dès 3 heures du matin. Mille tulipes furent livrées d'Helsinki. En décrivant cette réception dans un télégramme adressé au président Roosevelt, Bullit, sans fausse modestie, déclara que c'était « la plus belle soirée de Moscou depuis la révolution d'Octobre[1]. ». L'ambassadeur était en effet un amateur de divertissements originaux et ses jeunes collaborateurs y participaient avec enthousiasme. En fondant son ambassade, il avait fait venir exclusivement des célibataires, espérant ainsi éviter la fuite des secrets par épouses interposées. Cependant, le contraire se produisit car les romances moscovites des diplomates compliquaient fortement le fonctionnement de la représentation américaine[2].

À dire vrai, Bullit n'était pas lui-même un parangon de vertu. Le plus souvent, il était accompagné à Moscou de sa fille Anne. Sa femme, soignée pour alcoolisme, était restée aux États-Unis. En dehors de son histoire parisienne avec Catherine, il eut deux autres liaisons affichées, l'une avec la secrétaire personnelle du président Roosevelt, l'autre avec une célèbre ballerine du Bolchoï. Catherine qui avait depuis longtemps tourné la page ne se préoccupait guère des affaires de cœur de son vieil ami. Du moment qu'il lui consacrait du temps quand elle était là et lui faisait rencontrer des gens passionnants. D'ailleurs, l'homme qui l'impressionna le plus pendant cette réception n'était ni un homme politique, ni un grand maréchal. Il s'appelait Mikhaïl Boulgakov. Défiant les habitudes vestimentaires des commissaires rouges, ce dandy portait costume à carreaux, gilet, nœud papillon, canne, gants et monocle : tout pour être envoyé au goulag ! Ancien médecin

---

1. Orvill H. Bullit, *Correspondance between F.D. Roosevelt and W.C. Bullit*, ed. Personal and Secret.

2. D'ailleurs, de nos jours, son personnel est composé uniquement de couples mariés.

devenu écrivain opprimé, il avait admis – précisément comme Catherine – qu'il fallait regarder le cauchemar stalinien à travers les rapports mystiques du Bien et du Mal.

Pour Catherine, le modèle de Woland, autrement dit Satan, le personnage du roman emblématique de Boulgakov, *Le Maître et Marguerite*, n'était autre que Staline lui-même.

Les relations entre les deux hommes furent d'ailleurs aussi étranges qu'ambiguës. Elles commencèrent avec la création d'une pièce de Boulgakov, racontant les péripéties de la guerre civile en Ukraine. L'œuvre s'achève sur l'arrivée des bolcheviks, décrite sur un ton à la fois mystique et comique pour symboliser la venue prochaine du suppôt de Satan[1].

Cette œuvre étrange attira l'attention particulière du dictateur puisqu'il y assista quinze fois !

Il fit même davantage. Face aux attaques des tenants de la nouvelle culture soviétique, il prit la plume pour défendre l'œuvre.

Cette intervention n'arrêta pourtant pas la campagne de dénigrement déclenchée contre l'écrivain. Accusé d'éditer à l'étranger, il se vit interdire de travailler au théâtre et ne publia plus rien. Puis un beau jour, la police politique fit irruption chez lui et saisit les brouillons de ses œuvres encore inachevées ainsi que son journal. En décelant une autre vérité à travers le charabia de la propagande, il avait touché à l'essence même du système, son idéologie.

---

1. *Les Jours de Tourbine*, pièce créée au théâtre d'Art de Moscou en 1927.

N'ayant plus rien à perdre, il écrivit une lettre à Staline, exposant longuement ses malheurs[1].

Le 18 avril, Boulgakov était particulièrement déprimé quand il reçut un fameux coup de fil « magique »…

– C'est le Comité central du Parti bolchevique. Le camarade Staline va vous parler.

L'écrivain crut à une mauvaise plaisanterie.

Staline. – Bonjour, camarade Boulgakov.

Boulgakov. – Bonjour (troublé, reconnaissant cette voix, cet accent inimitable).

Staline. – Nous avons lu votre lettre. Vous allez recevoir une réponse positive. Peut-être cela vaut-il la peine de vous laisser partir à l'étranger. Vous en avez vraiment assez de nous ?

Boulgakov. – Ces derniers temps, j'ai longuement retourné cette question : l'écrivain russe peut-il vivre loin de sa patrie ? Il me semble que non.

Staline. – Vous avez raison, c'est aussi mon avis. Où voulez-vous travailler, au théâtre d'Art ?

Boulgakov. – J'aimerais beaucoup, mais on me le refuse.

Staline. – Faites-en la demande à nouveau. Je pense que cette fois-ci, ils accepteront. Je voudrais bien que nous nous rencontrions.

Boulgakov. – Moi aussi, j'aimerais beaucoup parler avec vous.

Staline. – Il faudra que nous trouvions un moment pour le faire. Maintenant, je vous souhaite bonne chance[2].

---

1. Le 31 mars 1930.
2. Cité d'après le témoignage de la femme de Boulgakov, coll. « la Pléiade ».

Ainsi, selon sa tactique, Staline imposa ses règles. Mais pouvait-on jouer impunément avec lui ?

Toute sa vie, Boulgakov attendit une rencontre, un nouveau coup de fil, un signe de la part du chef du Kremlin. En vain. Staline comptait sur l'effet « miraculeux et magique de ses interventions ». Ses intentions devaient rester insondables, sa pensée impénétrable.

Le pouvoir et Staline devinrent dès lors la hantise de Boulgakov. La légende de Faust et les aventures de Ponce Pilate revues par son imagination débordante dans *Le Maître et Marguerite* nous ramènent invariablement aux années des purges, mêlant le fantastique à la réalité. À chaque page il y a des correspondances, dans les choses les plus secrètes, les plus dissemblables où la pure fantasmagorie est reliée à quelque chose de concret dans le jeu de l'amuseur, illusionniste, hypnotiseur[1].

« Quand des gens comme moi sont dépouillés de tout, dit Boulgakov, quand on leur a tout pris, ils cherchent leur salut auprès des forces de l'au-delà. »

S'exprimant par allusions sur les dénonciations, les disparitions, les arrestations arbitraires (« dès qu'on

---

1. Un personnage fantastique et insolite pousse Marguerite, l'héroïne de ce roman prophétique, à s'enduire le visage et le corps d'une crème magique pour rajeunir de dix ans. Par la grâce de Woland (Satan), elle devient une charmante sorcière, enfourche un balai et s'envole. Invisible, elle évolue dans les rues de Moscou sous Staline et intervient dans une conversation. Puis Marguerite se rend au bal de la Pleine Lune organisé par Satan qui l'élit Reine de la soirée. Dans ce Moscou des années 1920 et des années 1930 se déroule aussi l'histoire, ou plutôt l'aventure de Ponce Pilate. Boulgakov raconte à sa façon l'histoire sainte, avec Jésus, son jugement et son exécution, et Judas, etc. La femme de Boulgakov, Elena, affirmait d'ailleurs que la description du bal était inspirée par les fastes de la fameuse réception dont nous venons de parler.

ouvre la bouche, les gens croient qu'on veut les arrêter »), il n'était certes pas ouvertement accusateur, mais amer, ironique. Isolé, accablé par l'adversité, miné par le chagrin et la maladie, Boulgakov, alchimiste de génie, créait une œuvre qu'il désespérait de voir un jour publier. Las d'être harcelé, il souhaitait sans doute, comme son poète de la pleine lune à la fin de son roman, dormir « avec un visage heureux ». Il avait vu Staline se transformer en idole païenne sous un tonnerre d'applaudissements, pendant une soirée en son honneur au Bolchoï, en 1938. Son regard mystique le perçut alors comme le démon travesti en dieu vivant. Dans la pièce qu'il consacra à la jeunesse de Staline, la magie de sa plume n'hésita pas à transformer l'organisateur d'une grève ouvrière en séminariste cherchant le royaume de Dieu, en pasteur guettant l'avènement d'une ère nouvelle. Le théâtre d'Art décida de mettre en scène cette pièce pour le soixantième anniversaire du dictateur[1], mais dut y renoncer – bien entendu sur les instructions de ce dernier : on ne pouvait pas jouer avec les paroles du chef suprême…

« Il a signé mon arrêt de mort », déclara Boulgakov en sortant du théâtre. De qui parlait-il ? De Satan ou de Staline ? Peu après, les médecins diagnostiquèrent chez lui une maladie héréditaire mortelle. Ses dernières paroles, furent : « Que l'on sache… »

Quelques années plus tard, Catherine retourna à Moscou pour préparer la visite du général de Gaulle, en 1944. La délégation française y arriva le 2 décembre après une longue traversée en train depuis Bakou. Ce séjour à Moscou devait s'achever le 10 décembre. La

---

1. Le 21 décembre 1939.

veille, Staline décida de donner une grande réception au Kremlin, en l'honneur de ses hôtes. Jusqu'à ce jour, les négociations avaient échoué, toujours sur la question polonaise. La signature du pacte était retardée *sine die*.

En ce 9 décembre au soir, les salles du Kremlin brillaient de tous leurs ors. Au centre de la grande tablée trônait Staline, entouré, à sa gauche, d'Averell Harriman, nouvel ambassadeur des États-Unis, successeur de Bullit, et, à sa droite, de Charles de Gaulle. Selon la tradition, les toasts se succédèrent. On salua les liens historiques entre la Russie et la France. Staline, lui, glorifia ses généraux présents, pétrifiés dans les honneurs. Le repas achevé, tout le monde se rendit au salon. Sur son canapé, le dictateur soviétique se penchait de temps à autre à l'oreille de son ministre des Affaires étrangères Molotov, qui poursuivait avec les Français les négociations de la dernière chance. « Ah, ces diplomates, qu'ils sont ennuyeux ! s'exclama Staline. Qu'ont-ils à parler ainsi ? Une mitrailleuse, voilà ce qu'il faudrait ! Une mitrailleuse sur eux, ils se tairaient vite ! »

Très content de lui, il répéta sa plaisanterie une dizaine de fois avant d'interpeller le ministre adjoint de la Défense : « Allez me chercher une mitrailleuse et mettez-la en batterie. Ces diplomates ! Quelle race ! »

Sur ces bons mots, Staline décida de projeter un « beau film », comme il les aimait, à la gloire de l'armée rouge et du communisme. De Gaulle assistait à la projection. La lumière revenue, il se leva, glacial. « Je vous remercie, monsieur le Maréchal, de votre accueil, que je n'oublierai pas. Il est tard maintenant. Nous allons rentrer. Bonsoir, monsieur le Maréchal. »

Staline fit mine de le retenir. De Gaulle sorti, la délégation française resta embarrassée. Finalement, « les diplomates » se chargèrent de mener la négociation jusqu'au petit matin, tandis que dans son bureau de l'ambassade, de Gaulle attendait, près de la cheminée éteinte. Il lisait les textes du Kremlin, corrigeait un mot, biffait une phrase, et renvoyait le document à l'expéditeur.

Le lendemain Catherine quitta Moscou après avoir passé un moment avec le patriarche Serguii rencontré autrefois à Saint-Pétersbourg. Celui-ci avait participé le 3 septembre 1943 à la plus extraordinaire des conversations dans le bureau lambrissé de chêne du dictateur. Molotov, son bras droit, commença à parler.

– Le gouvernement de l'URSS et le camarade Staline personnellement voudraient connaître les besoins de l'Eglise.

La question fut si inattendue que le vieux métropolite garda quelques instants le silence.

– Il faut tout d'abord, répondit-il sereinement, rouvrir les églises, car leur quantité ne correspond pas aux besoins des Russes, et rétablir le patriarcat. Il faudrait aussi rouvrir les séminaires ainsi que d'autres écoles pour former les prêtres car l'Église manque de cadres.

Staline écoutait en fumant sa pipe. En entendant le mot « cadres » qu'il affectionnait tant, il exhala une bouffée de fumée particulièrement condensée et regarda Serguii droit dans les yeux.

– Pourquoi n'avez-vous pas de cadres, où sont-ils passés ? dit le dictateur.

L'assistance resta tétanisée. Tout le monde savait que le clergé avait été persécuté dans les goulags. Le vieux métropolite déclara alors avec un tact remarquable :

– Nous manquons de cadres pour différentes raisons, l'une d'elles étant que nous formons des hommes au séminaire afin qu'ils deviennent des prêtres et au lieu de cela, ils se font maréchaux de l'Union soviétique.

Le dictateur scrutait le métropolite sans mot dire. Une étincelle malicieuse éclairait son regard.

– Il est vrai que j'ai étudié au séminaire, j'ai d'ailleurs entendu parler de vous à l'époque. Ma mère a regretté toute sa vie que je ne sois pas entré dans les ordres…

L'atmosphère se détendit, Staline proposa du thé accompagné de friandises et fit venir des experts afin d'élaborer un nouveau statut de l'Église orthodoxe. À la fin du débat, le vieux métropolite était exténué. Lorsqu'il était entré dans son bureau, Staline s'était comporté en dictateur, il le reconduisit par le bras jusqu'à sa voiture, comme un humble diacre vis-à-vis de son hiérarque.

Après cette rencontre, Catherine rentra en France.

Pensait-elle alors retourner un jour en URSS ?

La mort de Staline

En ce 6 mars 1953, à 6 heures du matin, Catherine entendit la voix grave et modulée du speaker[1] des grands jours historiques de la guerre et de la victoire de l'URSS apprenant au monde la mort de Staline : « Le cœur de Joseph Vissarionovitch Staline, compagnon d'armes et génial continuateur de l'œuvre de Lénine, guide sage et éducateur du Parti communiste et des peuples soviétiques, a cessé de battre ! »

Le corps du défunt fut exposé dans la salle des Colonnes. Dans ce lieu, devenu la Maison des syndicats après avoir été la salle de bal de la noblesse tsariste, Staline s'était jadis posé en exécuteur testamentaire du dieu disparu et en grand prêtre de sa pensée. À cette occasion, il avait pour la première fois utilisé des paroles et des rythmes propres à la liturgie orthodoxe.

À l'annonce du transfert de la dépouille du dictateur dans cette immense chambre mortuaire aux murs de marbre qui renvoyaient la lumière des énormes lustres de cristal, le peuple déferla vers le centre de Moscou. Cette foule sans âge, miroir de la Russie de toujours était, au fond, la même que celle qui accourait naguère

---

1. Lévitan.

des provinces pour assister aux couronnements et aux funérailles des tsars les plus cruels.

Dans la nuit glaciale, la multitude s'entassa sur les voies qui menaient vers le théâtre Bolchoï, pour attendre le moment où il serait possible d'aller « le » voir. Jeunes et vieux, portant des enfants dans les bras, sous la neige, avançaient ou reculaient avec le flot humain. Le silence, pesant comme celui de la plaine infinie, n'était troublé que par les coups assourdis de l'horloge du Kremlin, le crissement des pas sur la chaussée craquante et les ordres, presque murmurés, des miliciens : « Serrez les rangs, camarades. »

« Moment impénétrable », nota Catherine dans son journal. En effet, pour cette masse qui aimait tant les héros morts, la disparition de Staline aurait dû représenter la survie, après les décennies de souffrances. Mais le souvenir des années qui suivirent ce jour de juin 1941 où commença la Grande Guerre contre les nazis était le plus fort. Ils retenaient seulement comment pour la première et la dernière fois, Staline, désemparé, s'était adressé à eux d'une voix brisée, en les appelant : « Frères et sœurs »… Et les soldats, minablement équipés et armés, partirent à l'assaut au cri de « Pour Staline, pour la Patrie ». Cette foule avait encore à l'esprit les neuf cents jours du siège de Leningrad et ses centaines de milliers d'habitants morts de faim, les proclamations d'Hitler décidé à asservir les Slaves, ces « sous-hommes », les vingt-cinq millions de tués… Et puis, ensuite, la contre-offensive fulgurante, le drapeau planté sur le Reichstag, et enfin ce défilé de la victoire sur la place Rouge, les milliers d'étendards à croix gammée jetés aux pieds de Staline devant le Mausolée.

Tout cela s'était passé dix ans plus tôt, sous Staline, avec Staline. Et dans l'interminable oraison funèbre, il n'y avait de place, bien entendu, que pour l'expression de la gratitude, de l'admiration et de l'affliction.

Dans les camps de concentration, en revanche, l'annonce de la maladie puis de la mort du dictateur ramena l'espérance chez les plus pessimistes, déclenchant une explosion de joie. Dans certains endroits, il fut impossible, en ce 6 mars, de faire travailler les forçats. Là où l'encadrement était meilleur, ils creusèrent quand même la glace et les galeries de mines ce jour-là, mais avec, pour la première fois, l'espoir d'être libérés.

Pour les paysans, encore nombreux dans les camps, la divine Providence s'était manifestée. On les vit alors s'agenouiller, se prosterner et embrasser la terre comme leurs ancêtres, les premiers chrétiens. Geste mystique avec lequel depuis des siècles ils rendaient grâce au ciel de les avoir délivrés du malheur, des fléaux naturels, de la peste ou de la famine. Les juifs, quant à eux, soulignèrent que le 1er mars, date à laquelle le maître de l'URSS avait subi son accident cardiovasculaire, correspondait à la fête juive de Pourim, commémorant l'échec d'un génocide[1].

Pendant ce temps, en France, Catherine, chargée d'éplucher la presse provinciale russe, suivait les événements.

Elle retrouva Bullit régulièrement, à Paris, puis à travers l'Europe où, pratiquement dans chaque capitale, ils avaient leurs restaurants russes de prédilection. Depuis longtemps déjà, les anciens amants avaient établi un

---

1. Ourdi par le ministre Hamam sous le roi perse Ahasvérus. Événements relatés dans le livre d'Ester.

contrat tacite laissant à chacun sa liberté sensuelle tout en demeurant très complices. Chacun fut réciproquement utile à l'autre, d'ailleurs Catherine l'informait de ce qui se passait en Russie soviétique, même si Bullit n'était plus aux affaires[1].

À partir du début des années 1960 elle vécut recluse dans sa propriété des bords de Loire, éprouvant peu d'intérêt pour la Russie de Brejnev. Une seule fois, dans les années 1970, elle rencontra des gens venus de Moscou. Le célèbre réalisateur du cinéma soviétique (ancien des Ballets russes de Diaghilev), Utkevitch, préparait un film sur Lénine à Paris et demanda à la voir. Catherine lui raconta la romance de Lénine avec Inès Armand. Mais dans le film, ces épisodes furent censurés par les Soviétiques et Inès, dont le rôle était tenu par Claude Jade, y apparaît simplement comme une militante communiste. « Un pays qui censure l'amour ne peut pas durer… », conclut Catherine après avoir vu le film.

---

1. Après Moscou, il fut nommé ambassadeur à Paris où il joua un rôle primordial dans les années qui précédèrent la Deuxième Guerre mondiale, notamment en sauvant la vie de Sigmund Freud.

Les retrouvailles ou les chamans

Les événements lui donnèrent raison.

La nuit du 10 mars 1985 fut très longue au Kremlin. Il était 4 heures du matin quand Raïssa Gorbatchev vit s'arrêter devant chez elle une longue file de voitures. Constatant que la garde de son époux s'était renforcée, elle comprit que son mari avait été élu numéro un de l'Union soviétique. Cette nuit-là Mikhaïl et Raïssa discutèrent encore malgré la fatigue. Leur conversation allait être le prélude de l'élaboration de la stratégie de la perestroïka. Le couple la formula en une phrase : « On ne peut plus vivre ainsi. »

Une drôle de période commença alors pendant laquelle tout allait être incertain. Le vent de la liberté allait souffler. Alexandre Yakovlev, l'idéologue de la perestroïka, rencontré au début de notre récit, m'avait dit à cette époque : « Nous allons prendre le donjon pour détruire le château… » Quant à Catherine, elle eut une lecture bien particulière de ces événements, les considérant comme la réalisation de la prophétie de Seraphin de Sarov, selon laquelle la Russie allait traverser cent ans de période révolutionnaire avant de retrouver le chemin du Christ. Effectivement, le communisme s'est écroulé comme un château de cartes. Mais pas dans un bain de sang. Pourtant il aurait pu en être autrement dans ce pays[1] où la violence est une tradition et où la vie humaine a peu de prix.

Intéressée par ces événements, Catherine insista pour que son petit-fils Nicolas l'emmène en Russie. Aussi choisit-il le Transsibérien, à cause du livre favori de son enfance, *Michel Strogoff*. Le voyage faillit bien être interrompu car prise de douleurs aux jambes une fois de plus, Catherine dut faire une halte imprévue à Touva.

Cette région coincée entre la Sibérie et la Mongolie est une sorte de centre géographique à la fois bouddhiste et chamaniste du continent asiatique. Sur le quai, chacun y allait de son conseil :

– Vous devriez vous allonger…

– Vous devriez essayer de marcher…

– Vous devriez…

– Aller à la clinique, coupa une voix.

– Il n'y a donc pas de médecin ici ? demanda Catherine.

Le chef de gare fit un signe négatif de la tête.

– Non, dans le coin il y a juste une clinique. (Il jeta un regard dubitatif sur la vieille dame puis ajouta d'un air entendu :) Ils vont bien vous arranger ça…

En entrant dans le hall de l'établissement sur une civière, Catherine reçut un léger choc car au lieu de blouses blanches, le personnel portait de lourds manteaux de toile et de soie aux longues franges multicolores et des coiffes de plumes. Dans cette polyclinique médicale pas comme les autres, on soignait l'âme autant

---

1. Avec ses dix mille têtes nucléaires.

que le corps. Décidément, songea Catherine, en humant une envoûtante odeur d'*artish*, le genièvre de la taïga, me voilà au royaume des chamans, maintenant ! Vais-je avoir à faire à un sorcier, un médium, un médecin ?

Le chaman est un peu les trois à la fois. On vient le voir pour régler les problèmes de santé, de famille et de cœur, pour lui confier ses angoisses, pour connaître son avenir ou remonter dans le passé à la recherche de ses ancêtres. Chaque soigneur a des pouvoirs spécifiques – prédiction, massages, soins par les plantes, rituels d'enterrement ou de « nettoyage ».

Au bout de quelques jours de soins par les plantes, Catherine recouvrit la marche. (Cette histoire de paralysie occasionnelle demeurera un mystère pour elle.)

On lui parla doucement, on lui posa des questions. Dans la petite salle feutrée de son « médecin » elle ne s'étonna pas de voir patte d'ours et crâne de loup, sur un bureau, avoisiner une boîte de chocolats, un large tambour plat et un bouddha. Ensuite on mena Catherine près d'un arbre recouvert de bandelettes votives de tissu coloré. Là, devait se dérouler une cérémonie. Une « patiente » était assise sur un tabouret, les mains jointes. Derrière elle, le chaman tapait sur un large tambour plat, son chant à peine distinct semblant venir de ses entrailles. Puis, laissant soudain son tambour, il s'empara d'un court fouet, dont il frappa le dos de sa patiente. Des coups secs et précis. Le son d'un tambour se fit à nouveau entendre, indiquant le début d'un autre rituel. À travers la fenêtre, Catherine aperçut un chaman en plein travail, tandis que son patient tenait dans ses paumes un bol de lait.

Au cœur de cette Sibérie si vaste, avec ses déserts de sable, ses steppes, ses hauts plateaux, ou la taïga :

autant d'hommes, autant de diversité. Cependant, partout au moins, un point commun : leur conception du monde. Un monde à clef où les esprits interfèrent sans cesse dans le quotidien des humains. Et si chacun peut sentir leur présence, subir leur force, seul le chaman sait communiquer et négocier avec eux. Seul il sait naviguer dans ces mondes invisibles où résident les esprits et en revenir. Il est celui qui peut retrouver l'âme égarée du malade et ainsi lui faire recouvrer la santé. Il est celui qui accompagne l'âme du défunt dans l'au-delà et peut transmettre ses dernières volontés, qui lit dans le passé et dans l'avenir.

Soixante années de dictature communiste n'ont pas donc réussi à effacer ces croyances ancestrales. Le bouddhisme et le chamanisme furent bien entendu interdits dès la fin des années 1920. Après la Seconde Guerre mondiale, les autorités proclamèrent l'éradication du chamanisme. Néanmoins à l'époque soviétique, un historien parvint à retranscrire clandestinement les poèmes rituels invoquant les esprits. Sous couvert d'études scientifiques, il put se rendre auprès des derniers chamans ayant échappé aux purges et ainsi conserver la mémoire des ancêtres. En réalité beaucoup continuaient en secret à pratiquer les rituels et les soins, tout simplement parce qu'il leur était impossible de refuser de soigner, de transmettre les dernières volontés du parent mort. La coutume veut que le chaman ne doive pas éviter son destin de médium entre les humains et les esprits. Son don est principalement un devoir. En le niant, il tombe malade et peut en mourir.

Ces « sorciers » furent souvent dénoncés et envoyés par les communistes en camp de travail ou simplement exécutés. Mais, même en déportation, certains conservaient leur réputation et leurs prophéties étaient rapportées de bouche à oreille par les autres détenus. Ils étaient respectés et craints.

À la fin du communisme fut créée la première association de chamans. Autrefois, ces hommes vivaient dans les steppes, en communion avec la nature, et les malades les remerciaient par un don. Ils officiaient toujours en solitaire, deux chamans ne pouvant pas, traditionnellement, exercer sur un même territoire. Mais depuis, la situation a changé. Une sorte de mutation s'est opérée. Les « nouveaux chamans » sont devenus des citadins et ont désormais pignon sur rue. La concentration des chamans dans les villes fut sans doute désirée pour des raisons de statut, d'officialisation après une longue période de dénigrement officiel, afin que les charlatans ne puissent profiter de cette occasion pour proliférer.

Conséquence inéluctable et perverse : les soins sont payants et les tarifs indiqués à la caisse remplacent le don que le malade offrait traditionnellement au chaman. Et contrairement aux lamaseries[1], les revenus de la polyclinique chamaniste dans laquelle séjourna Catherine sont redevables de l'impôt. Les associations orientées vers une vie dès lors séculaire accueillent en stage des guérisseurs et des chercheurs, et aussi plus récemment des « spiri-touristes » venus de l'Ouest, à la recherche de sensations mystiques. Les chamans fascinent de plus en plus. Certains, prônant un retour aux sources, cherchent, au contraire, à retourner vers la nature et, après avoir hiverné six mois en solitaire dans

---

1. Le bouddhisme est la religion officielle.

la taïga, décident de retourner vivre dans un village isolé. Mais la venue des touristes étrangers a modifié les mœurs : la prise de vues durant les rituels, comme l'interview et les entretiens avec des chamans, sont considérés comme un soin et sont donc payants.

L'éternel retour

En 1986, après notre mémorable voyage à bord du Transsibérien, nous débarquâmes à Moscou sur la place des Trois-Gares.

Trois-Gares. Ces mots, en russe, évoquent vaguement la trinité chrétienne, mais aussi les triades du chamanisme et des vieilles sorcelleries. Tout un symbole pour la Russie insolite.

C'est un surprenant quartier formé, de part et d'autre d'une place triangulaire, par trois embarcadères ferroviaires[1]. Et ce ne fut pas le fruit du hasard si chacun fut construit dans des styles différents. Chaque gare devait en effet représenter différentes facettes du pays, de Saint-Pétersbourg, de Moscou et des énormes espaces de la Russie profonde : classicisme pur pour le premier, éclectisme bariolé, à la fois « national russe » et Art nouveau, pour le second, baroque orientalisant pour le troisième.

Ces Trois-Gares constituèrent aussi un étonnant espace de liberté, car d'une gare à l'autre, le flux de voyageurs était tel que la police secrète, ayant à affronter les passagers de centaines de trains, relâchait ses contrôles.

---

1. Les gares de Leningrad, de Iaroslavl et de Kazan.

Sur le quai flottait une odeur de saucisson à l'ail et de vêtements trop longtemps portés par ces inconnus qui passaient leur bouteille de vodka à la ronde. Une babouchka en fichu soulevait le couvercle de ses soupières dans lesquelles mijotaient des potées aux choux, à la betterave, de la soupe de poissons d'eau douce. Plus loin, des femmes essayaient des soutiens-gorge blancs sur leurs vêtements colorés et flottants. Une belle solitaire arpentait le quai, l'air égaré, une robe neuve à vendre plaquée sur son corps comme un drapeau.

Les salles d'attente où dormaient les voyageurs en transit, assis sur les banquettes de bois ou affalés à même le sol, étaient bondées (et le sont toujours d'ailleurs). L'heure venue, réveillés par les miliciens, ils se hâtaient de quai en quai, portant à bout de bras valises, ballots et cageots.

Les Moscovites échangeaient les produits qu'on ne trouvait que dans la capitale contre ceux qu'on ne produisait que dans telle ou telle province. Sous les soviets, c'était la pénurie, mais aujourd'hui l'économie marchande a tout changé. De nouveau les chasseurs viennent y vendre leur gibier et les marchands ambulants vantent à la criée les mets pour les tables de fête, les saumons venant du Nord, les charcuteries, les guirlandes de saucisses que les amateurs accompagnent de vodkas variées comme l'ukrainienne au poivre, la biélorusse aux herbes sauvages et pour les femmes, la fameuse *Klukovka*, délicieusement parfumée aux baies.

Au milieu de ce grouillement incessant, de minces jeunes filles, débarquées de Sibérie, cherchaient du regard le futur protecteur qui allait leur apprendre à gravir les cercles concentriques de la galaxie du pouvoir. Car avec leurs yeux vert amande, leurs pommettes saillantes, leur peau nue sous des manteaux de fourrure, elles représentent pour les visiteurs étrangers tous les charmes de l'Empire éclaté. À côté d'elles, un couple s'enlaçait. Çà et là, des émissaires de chefs locaux, le visage encadré par une casquette plate démesurée ou une toque de fourrure, réglaient, en marge de leur ordre de route officiel, les arrangements d'homme à homme, de clan à clan, sur lesquels repose le pays depuis la nuit des temps. Des popes orthodoxes, en robe et en mitre, la barbe bien taillée, croisaient les prédicateurs semi-clandestins, nu-tête et barbe folle, et la foule s'écartait avec un même respect devant les deux races d'hommes de Dieu.

Quelle leçon que ce marché implacable, insatiable, des ressources vivrières et des objets, du sexe et du pouvoir ! Quelle lueur de l'âme et de l'esprit russe au-delà des frontières des siècles et des régimes ! Que de récits de voyages du Transsibérien, que de romans innombrables, qu'il s'agisse de marches dans la forêt, de chevauchées dans la taïga, de ruées de soldats, de pèlerinages, de parties de chasse, de caravanes de marchands ou de chalands, de déportés et de relégués !

Si le rêve absolu est à Saint-Pétersbourg, si la vérité de l'État est au Kremlin, celle du peuple russe se retrouve dans les trains de province, dans le Transsibérien, dans ces Trois-Gares.

Léon Tolstoï a d'ailleurs parfaitement exprimé tous ces symboles, ses romans sont remplis de pèlerins et de cavalcades[1]. Puis, n'est-il pas mort à quatre-vingt-deux ans sur un quai de gare, au terme d'une ultime fugue ?

---

1. De soldats-centaures (*Les Cosaques, Les Guerres du Caucase*), d'errances aristocratiques en chemin de fer (*Anna Karénine*), de convois de déportés (*Résurrection*).

Sur cette place des Trois-Gares, un visiteur non averti aurait pu s'imaginer plonger dans un roman fantastique marqué par une atmosphère d'hallucination collective. Mais Catherine y décelait une autre réalité qui commençait à apparaître derrière le trompe-l'œil du régime communiste. Sous ses yeux ébahis réapparaissaient les personnages de la Russie éternelle, les fols en Christ, les vieux sages, les prophètes et les mages.

Dans le taxi qui nous emmenait à nos hôtels respectifs, nous pûmes constater la recrudescence des écoles ou des cabinets de chiromancie et de voyance. Il semblait y en avoir à chaque coin de rue. Et, le soir même de notre arrivée, Catherine put voir une séance d'hypnose collective à la télévision. Derrière la résurgence de ces pratiques, elle décelait certes un désir de fuir le désarroi du réel ou de trouver une forme d'espoir, une alternative à l'incertitude. Mais elle y voyait surtout une illustration des facettes inattendues de « l'histoire longue[1] » de ce pays, qui fait cohabiter le xxᵉ siècle avec la Russie éternelle marquée par son attachement au sens de l'invisible.

C'eût été mal connaître Catherine que de l'imaginer quitter Moscou sans rencontrer celui que les Moscovites avaient pris l'habitude d'appeler le Gourou[2]. Non qu'il ait joué ce rôle auprès des chefs du Kremlin, mais, dans l'inconscient populaire, il fut associé au personnage du directeur de conscience de Nicolas II. Le succès recueilli par ce guérisseur est révélateur de l'atmosphère très particulière qui prévalait durant cette période. Ses émissions, programmées aux heures de

---

1. Pour reprendre le terme de Braudel.
2. Anatoli Kachpirovski.

grande écoute à la télévision, firent de lui un personnage au moins aussi important que les hommes politiques de premier plan[1].

Des centaines de téléspectateurs déclarèrent avoir été guéris. Parmi les maladies qu'il prétendait soigner en priorité figuraient le diabète, les insomnies, certaines formes de mélanomes, le psoriasis. En direct, il anesthésiait sous hypnose ou rendait l'usage de ses jambes à un paralytique, le tout en présence d'huissiers. Il faisait disparaître des cicatrices postopératoires et repousser des cheveux colorés sur une chevelure entièrement blanche. Et, dès que commençait l'émission, s'instaurait un drôle de couvre-feu, vidant les rues de tous les humains.

La renommée de ce personnage débuta à Kiev, sa ville natale, où il exerça son métier de médecin généraliste pendant vingt-cinq ans. Pourtant le secret de son succès résidait dans son art de l'hypnose.

Un front haut, le regard pénétrant, il était vêtu de noir. Face à Catherine, le personnage, frisant la mégalomanie, n'hésita pas à se placer parmi les grandes figures du XXe siècle, au même niveau que Freud ou Einstein, affirmant avoir découvert que chaque être humain possédait dans son esprit un potentiel comparable à un logiciel qui pouvait être activé par l'individu lui-même. Ainsi en dépendait la condition physique de chacun. Ce thaumaturge des temps modernes déclarait : « Nous vieillissons uniquement parce que nous croyons que devenir vieux est une nécessité. Si l'on veut rester jeune, il suffit donc de programmer ce logiciel interne

---

1. À l'époque il fut même élu député au parlement russe.

pour conserver dans l'esprit le réflexe de jeunesse. »
Comme Gurdjieff, il était convaincu de pouvoir repla-
cer l'être dans un courant énergétique positif et éliminer de la sorte les « ondes négatives » à l'origine des
maladies et des insuffisances.

Pour en savoir davantage, Catherine assista à plusieurs reprises aux séances de ces « gourous ».

Parallèlement à ces phénomènes, Catherine croisait
dans les rues de Moscou de vieilles retraitées qui traînaient leur nostalgie en exhibant un portrait de Staline.
Ces mêmes femmes consacraient une part de leur vie
en dévotions rituelles dans les églises, multipliant les
génuflexions, les signes de croix et les baisers sur les
icônes protégées par des vitres. La contradiction apparente ne semblait pas les gêner.

Que requièrent les Russes de l'Église ? Ils lui
demandent de les rassurer, de leur offrir des certitudes
absolues, un accompagnement dans leur retour vers
l'histoire de leur pays. Ils attendent de l'Église qu'elle
soit un authentique refuge, le seul lieu où ils peuvent
retrouver la confiance et leurs rêves du vieil Empire où
chacun et chaque chose restaient à leur place. Oui, les
Russes ont besoin de points de repère alors qu'ils ont
passé une partie de leur histoire à les dévaster, à les
détruire.

Catherine éprouva ce sentiment le jour de Pâques à
Moscou. La préparation des rites orthodoxes avait transformé cette ville aux huit cents églises et aux milliers
de coupoles et de bulbes dorés en un grand temple de
fête avec l'afflux des Moscovites. Au carillonnement
des cloches se mêlaient leurs chants et leurs prières.

Pâques n'était pas pour ce rassemblement de fidèles une convention sociale, ils ressentaient le Christ ressuscité comme une réalité vivante.

Si Catherine fut particulièrement marquée par le caractère spirituel des Russes, c'est sans doute parce que plus que quiconque, elle a senti ce pays revenir à Dieu, face à un Occident athée et embourgeoisé. « Toutes mes sources profondes sont là-bas. »

Elle était cependant lucide et voyait, en cette période postcommuniste, combien cette recherche de spiritualité empruntait des chemins sinueux. L'intérêt nouveau pour le monde du paranormal reflétait aussi une sorte de désarroi de l'opinion publique. Cette résurgence explique sans doute aussi la prodigieuse ascension des sectes dans les grandes villes russes. Pour elles, un nouvel âge d'or commença avec Gorbatchev, à la fin des années 1980. Les années de communisme n'avaient pas modifié, fondamentalement, l'existence des sectes traditionnelles car elles vivaient depuis fort longtemps en marge. Elles furent persécutées moins pour leurs convictions religieuses que pour le soutien qu'elles recevaient de l'étranger. Pour le KGB, les sectaires étaient avant tout des « adeptes des tendances mystico-religieuses de l'Occident[1] ».

Ce besoin de réconfort, on le retrouve aujourd'hui dans tout le pays à travers des sectes. En Sibérie, par

---

1. Comme le reconnaît un rapport de la commission des cultes (qui – rappelons-le – était une simple émanation des services secrets), les chiffres concernant les édifices religieux et les serviteurs du culte ne couvrent pas les sectes et l'on n'a pratiquement pas de données d'ensemble sur celles qui n'ont pas de lieux de prières enregistrés. Par ailleurs, le conseil pour les affaires religieuses n'en sait guère davantage.

exemple, les Buveurs de lait[1] s'appliquent à vivre comme il en fut depuis des temps reculés. Les Errants voyagent sans fin à travers les steppes et les forêts pour échapper à l'Antéchrist.

Au XIXe siècle, les adeptes de la secte des Travestis en blanc (comme les anges) allaient de village en village porter la bonne parole, un peu comme les fols en Christ[2].

---

1. Les molokanes.

2. Une secte millénariste, très en vogue au début des années 1990, semble vouloir suivre ses traces en Ukraine sous le nom de Grande Fraternité blanche. L'origine de sa création fut liée à un coup de foudre entre un jeune docteur ès sciences et une belle journaliste : un certain Krivogonov, spécialiste de la cybernétique et Maria Tsvygoun, ancienne responsable de Komsomol, membre du PCUS et député du bloc démocratique (1989-1990).

Quand cette dernière lui confia sur l'oreiller que Dieu l'avait mandatée pour annoncer l'Apocalypse, son compagnon ne douta pas un instant qu'elle était le septième messie et la demanda en mariage sur-le-champ ! Ils décidèrent ensuite de fonder une secte et se firent appeler Jean-Baptiste et Maria Devi Khristos. Unis par le génie des relations publiques, ils prêchèrent de ville en ville, puis créèrent une maison d'édition et d'autres entreprises. La secte devint une véritable réussite financière. Un nombre croissant de jeunes s'engagèrent dans la Grande Fraternité blanche. Les services secrets ukrainiens recensèrent plus de quatre cent mille adeptes. Les pouvoirs réagirent alors en accusant le couple de mener « une entreprise de sabotage ». Face à ces attaques, celle que beaucoup considéraient comme une déesse vivante ordonna à ses fidèles de s'immoler. Le jour fatidique, quelques centaines d'entre eux forcèrent les portes de la cathédrale Sainte-Sophie, à Kiev, pour accomplir leurs rites. Lorsque les forces de l'ordre firent irruption à leur tour dans l'édifice, elles se retrouvèrent face à un spectacle extraordinaire : des jeunes, tous vêtus de blanc, dansaient une ronde extatique autour d'une femme en voile blanc. La déesse et son dieu furent arrêtés sur-le-champ. Menant une vie plus tranquille derrière les barreaux de la prison, ils ne renoncèrent pas à prédire la fin des temps…

La Grande Fraternité blanche n'a pas disparu pour autant et de nouveaux adeptes continuent d'affluer.

Les réminiscences inattendues de certaines sectes sont en revanche plus inquiétantes.

Les adeptes d'une autre étrange confrérie vouée à l'adoration de Satan portent le crucifix à l'envers, ne s'habillent que de noir et s'en prennent avec véhémence à la hiérarchie orthodoxe. Ainsi, les jeunes adorateurs du Diable calquent-ils leurs rites sur ceux pratiqués par des sociétés ésotériques au XVIIIe siècle. Le plus souvent, il ne s'agit que d'un prétexte pour se livrer, sous couvert de « messes noires », à des réunions échangistes abondamment accompagnées d'alcool et de drogues. Mais les adultes ne sont pas les seules cibles des « satanismes ».

Dans une petite ville de Sibérie orientale[1], des élèves de quinze ans assassinèrent leur camarade de classe sur une plage déserte et burent son sang avant de l'enterrer. Ils expliquèrent cette barbarie par leur passion pour les sciences occultes et par l'ordre donné par un homme mystérieux de « tuer une fillette orthodoxe ».

Un autre exterminateur, surnommé l'Ogre de Rostov[2] fit la une des journaux durant les années 1980. Il fut à l'origine de plus de cinquante-trois assassinats perpétrés sur des femmes et des enfants. Anthropophage, il avait l'habitude de dévorer partiellement ses victimes, particulièrement friand des pointes de seins et des organes génitaux. Cependant, même s'il en suivait les rites sataniques, ce monstre ne se présentait pas comme un adepte de « l'église des admirateurs du Diable ». Ses crimes n'obéissaient qu'à des pulsions

---

1. Tchikment.
2. Tchikatilo.

sexuelles. Les sectes satanistes évitent néanmoins d'agir au grand jour. Rien qu'à Moscou, il en existerait une bonne dizaine. Des registres remplis de sentences sataniques ont été trouvés à l'université de la capitale. Les multiples notes de ces étranges étudiants permettent, entre autres, d'apprécier la valeur du sacrifice, ses tourments, les souffrances de la victime suppliciée, etc.

Le public actuel des sectes atteint au minimum quatre ou cinq millions de personnes sur le territoire russe et cette concurrence inquiète l'Église orthodoxe.

Sur la base du martyre rédempteur, les Témoins de Jéhovah ont résisté au communisme malgré les répressions[1].

Sous Gorbatchev, la secte Hari Krishna fut la première à être autorisée à prêcher sur le territoire du pays. Elle réussit à s'implanter et à recruter des dizaines de milliers d'adeptes. Quant à la secte Moon, elle s'enracina aussi en Russie pendant la perestroïka. Les émissaires de Moon appliquèrent une stratégie particulièrement bien définie, qui d'ailleurs avait déjà fait ses preuves partout dans le monde. Invité au Kremlin par Gorbatchev, le révérend Moon commença par organiser des séminaires rassemblant de grands universitaires, journalistes et d'autres personnalités susceptibles de promouvoir ses théories. Pendant ce temps, des chercheurs moonistes élaboraient en Bouriatie une

---

1. Depuis, les Enfants de Dieu, la secte Moon, l'Église de Scientologie, les Adventistes du 7ᵉ jour, les Pentecôtistes et bien d'autres groupes nouveaux ou moins connus remportent un succès considérable dans les campagnes de la Russie profonde.

théologie originale assurant que cette république russe serait le berceau de la civilisation coréenne. Pour faciliter leurs recherches, ils créèrent alors l'Institut culturel du lac Baïkal et inondèrent, par la même occasion, les écoles locales de tonnes de manuels…

La renaissance de l'Église orthodoxe

La domination de l'État russe sur l'Église orthodoxe remonte à l'an 1700, quand le tsar Pierre le Grand supprima tout simplement la fonction de patriarche, en remplaçant celui-ci par un haut fonctionnaire. La confusion de l'Église et de l'État ne disparut pas, mais à partir de cette époque, l'État gouverna l'orthodoxie russe et non plus le contraire.

Néanmoins, en opposition à cette politique d'allégeance[1] se développèrent des mouvements schismatiques avec leurs « popes errants », leurs lieux de prière clandestins, leurs pratiques détournées, adaptées à la dureté des temps. Les Vieux-Croyants (voir annexe II) représentent aujourd'hui encore un important courant religieux. Ils développent l'idée que le dialogue avec Dieu doit être direct, sans la médiation du clergé.

Une partie des fidèles et surtout des popes fut en permanence tentée de s'identifier à ce courant qui se refusait à transiger sur des détails de la doctrine ou du rite[2].

---

1. Notamment au pouvoir soviétique, prônée par l'Église officielle.

2. En 1985, lorsque souffla le vent de la liberté, fut découvert un groupe de Vieux-Croyants qui vivait caché depuis vingt ans dans la taïga. D'autres survivaient encore un peu partout dans le pays, avec ou sans église, y compris à Moscou.

Pendant les années communistes, les croyants comme les prêtres durent s'adapter aux pratiques insolites et aux rites venus du fond des âges. Ainsi, dans l'« Église du désert », les mariages, les funérailles étaient célébrés… à distance. On envoyait les anneaux nuptiaux à un prêtre errant, une poignée de terre prise sur la tombe d'un défunt afin qu'il les bénisse. L'absence de lieu de culte favorisait le retour à la tradition des fols en Christ, des divinateurs, des prophètes et des rumeurs apocalyptiques où le recenseur devenait l'agent de l'Antéchrist. Ces pratiques et ces comportements n'ont pas disparu avec les années[1].

En Russie, aujourd'hui comme hier, il n'y a toujours pas vraiment de séparation de l'Église et de l'État. L'actuel président russe va régulièrement à la messe, fait pieusement ses Pâques sous les projecteurs de la télévision et rares sont les grands parrains mafieux qui ne contribuent pas généreusement à réparer les édifices religieux. L'orthodoxie fait partie de tous les pouvoirs, comme jadis. Chaque élu important se lance dans la reconstruction des églises qui furent détruites dans les années 1920 ou 1930. Ainsi le maire de Moscou et le patriarcat ont-ils uni leurs moyens financiers pour reconstruire à l'identique, sur les bords de la Moskova, l'immense cathédrale Saint-Sauveur abattue sur ordre de Staline.

---

1. Par exemple selon le KGB, dans la région de Gorki, on compte plus de trois cents lieux de prière clandestins. Des centaines de « lieux saints », principalement des sources, sont visités par des milliers de pèlerins. Une foule de quinze à dix-huit mille personnes afflue vers une source miraculeuse proche d'un monastère de la région de Koursk…

Pendant sa dernière visite à Moscou, Catherine assista aux préparatifs des festivités du millième anniversaire du baptême de la Russie.

Il faisait très froid, les rues de Moscou étaient recouvertes d'une épaisse couche de neige et de verglas. On avait organisé un thé pour Catherine. Cette réception se tenait dans un immeuble appartenant au patriarcat de Moscou. Extérieurement l'immeuble avait l'air cossu, sans plus – propre et net comme peu d'immeubles dans la ville, discret, avec une épaisse porte de chêne, et une architecture début de siècle. Après le vestiaire on lui fit prendre un long couloir, bordé de salles de plusieurs dimensions et ameublements différents. Les unes petites, intimes, occupées par de profonds fauteuils de cuir d'où il était certainement difficile de s'extraire, sous une lumière tamisée. Les autres un peu plus grandes, mieux éclairées, avec des tables rondes entourées de chaises. Des salles différentes les unes des autres, selon probablement la qualité des visiteurs et le but de leur visite, conférence, groupe de travail ou conversation personnalisée. Dans le couloir je remarquai plusieurs vitrines dans lesquelles étaient disposés des bibelots de valeur, boîtes anciennes ouvragées, en métal précieux, orfèvrerie ornée de perles et pierres précieuses, icônes…

Puis on la fit entrer dans un immense salon, avec au mur des toiles qui étaient toutes « de maître », en tout cas de belles toiles, avec un grand piano de concert, et autres intéressantes antiquités, tables, crédences, le tout mélangé à des fauteuils, des canapés, des tapis. Au fond, une grande salle à manger, avec au centre de l'immense table un magnifique samovar ancien.

Catherine se demanda si, vraiment, ces popes, charnus et barbus, ces métropolites impressionnants, étaient soudain réapparus des geôles ou des catacombes. « Mais d'où sortent-ils donc ? » s'interrogeait-elle, puisque, théoriquement, la religion et ses prêtres avaient efficacement été persécutés dans ce pays.

Dans les années 1970, la confrontation entre l'État et l'Église orthodoxe a laissé la place à une étrange cohabitation non dénuée d'arrière-pensées pour les uns, d'avantages et de compromissions pour les autres. Les hiérarques orthodoxes étaient tenus en laisse, certes, mais ils ne tiraient guère dessus, quant au patriarche de toutes les Russie il n'habitait pas en prison mais dans ce monastère de la Trinité-Saint-Serge, ce superbe ensemble de couvents et d'églises maintenu en parfait état. Le patriarcat y fonctionnait fort bien, comme dans son annexe de Moscou, dans le centre de la capitale. D'ailleurs, aujourd'hui, le patriarcat est une véritable entreprise. Les supérieurs des couvents savent avec habileté administrer leur sainte maison qu'enrichissent les donations faites par les vivants et les morts, ainsi que les prêts usuraires accordés aux gens dans l'embarras et même la vente de la vodka. Le patriarcat lui-même gère ses immenses domaines.

Les prélats assument leurs contradictions passées, affirmant que leur soumission « apparente », disent-ils, leur a permis de sauver l'orthodoxie.

Ainsi les sources de la foi, asséchées pendant la période soviétique, jaillissent de nouveau à travers l'observation minutieuse des rites. Cette gestuelle codifiée depuis des siècles commence dans « l'angle sacré » de la maison du paysan, où brûle en permanence une bougie qui éclaire le Christ ou quelques saints. Un coin sacré où l'on pouvait voir jadis la photo de Lénine ou de Staline trôner auprès des icônes.

Actuellement, le souhait des Russes est de voir leur religion alimenter leur besoin de splendeurs, de rites et de certitudes. Ils sont davantage intéressés par le mystère de la foi que par les méandres de la théologie.

La liturgie s'écoute debout. Impossible de s'asseoir, de se reposer. En Occident, les gens se lèvent et se rassoient souvent. En Russie, l'atmosphère est différente. D'une part elle est plus solennelle avec son cérémonial et la pompe des habits sacerdotaux, d'autre part, elle privilégie le contact direct avec Dieu.

Le rite est librement accompli en dehors de toute contrainte. Chacun va et vient dans l'église, se rapproche ou s'éloigne de l'iconostase, allume un cierge et fait sa dévotion particulière à une icône. Les fidèles restent donc deux ou trois heures debout, et quand ils se prosternent c'est avec tout le corps. Ils se mettent à genoux sur le dallage et touchent le sol du front – à trois reprises le plus souvent, et chaque fois en se redressant entre deux plongeons.

Au terme de son ultime voyage, Catherine rentra à Paris certaine que la Russie n'avait jamais perdu le contact avec ses forces régénératrices.

La nouvelle mission

« La renaissance russe tiendra à l'élan spirituel du pays », écrit-elle dans les dernières pages de son journal.

Cependant, à l'aube du XXIe siècle, cette recherche de spiritualité a pris des formes détournées. La croyance inaltérable dans le pouvoir de médiums déguisés en prophètes devint un phénomène de société et toucha directement le sommet du pouvoir. Ainsi, sous le règne d'Eltsine[1], le Kremlin plongea dans un climat bien particulier. Pratiquement tous les trois mois, les soucis de santé contraignaient « le tsar Boris » à disparaître durant des périodes de plus en plus longues. À dire vrai, sa vie fut marquée par une véritable faiblesse psychologique et la dépression le poussa souvent à trouver tout d'abord remède dans la boisson. Lorsque l'alcool lui fut interdit, on lui prescrivit alors non seulement des antidépresseurs, mais aussi des massages magnétiques inspirés des pratiques des guérisseuses caucasiennes.

Eltsine était entouré de toute une coterie aux pouvoirs sans cesse grandissants. En 1996-1997, des

_____

1. 1991-1999.

conseillers plus étranges les uns que les autres s'imposèrent[1].

Ces bizarreries de fonctionnement du pouvoir russe ont-elles changé depuis l'arrivée au sommet du pouvoir de Vladimir Poutine en 1999 ? Certes, il n'a pas de conseiller pittoresque propre à l'atmosphère de la fin du règne de son prédécesseur. Cependant les soubresauts de l'histoire insolite de la Russie nous rattrapent de nouveau.

En effet, depuis la chute de l'Empire soviétique, le pays a connu une mutation vertigineuse. À tel point qu'il est plus facile de dire ce qui n'a pas changé dans ce pays que de faire un récapitulatif de ce qui a été transformé. Pourtant, parmi les constantes de son histoire subsiste ce désir viscéral de l'élite politique de remplir « la mission de défendre l'intérêt de la Russie ». Avec Poutine, ce messianisme particulier s'exprime à travers ses services secrets, dont l'ambition va très loin : elle postulait hier et aspire aujourd'hui au rôle de gardien du temple[2].

---

1. Par exemple, Gueorgui Rogozine. Voir notamment *Les Nouvelles de Moscou*, n° 34, 1995. Ce général des services secrets devint le vrai « astrologue » en chef du Kremlin. Ce « conseiller » paraphait les horoscopes régulièrement envoyés à Eltsine et aux plus hauts dignitaires du pays, communiquait avec le cosmos à propos des sujets budgétaires et financiers, ou encore faisait tourner les tables et les assiettes dans son bureau. Il corrigeait également les karmas des principaux dirigeants et créait autour du président un « pôle énergétique favorable ».

2. D'ailleurs la police secrète et la hiérarchie orthodoxe appartiennent au même milieu. Contrairement à ses prédécesseurs (les patriarches Serguii et Alexis Ier, nommés par Staline ou encore Pimen, désigné par Brejnev), le patriarche actuel Alexis II a été élu au vote secret mais sur les instructions explicites du KGB. On a retrouvé dans les archives du KGB le double du télégramme que

Poutine clame haut et fort qu'il est investi de la mission de garantir la renaissance de la Russie. Et le seul moyen de l'assurer est de maintenir – selon sa formule – « la cohésion de la civilisation chrétienne, face à la menace qui la guette partout ». D'ailleurs il appuya ce message lors de ses rencontres avec le pape Jean-Paul II.

son président avait envoyé aux délégations régionales et où il leur conseillait de s'assurer que les évêques participant au concile s'apprêtaient à élire Alexis II.

De la Volga au Transsibérien

Dans le Transsibérien, plus qu'ailleurs, nous avons pu ressentir les diverses facettes de l'histoire insolite de la Russie.

À la steppe et à la prairie succède la forêt. Aux arides espaces chinois et mongols, une luxuriante abondance végétale et aquatique, aux habitations de brique ou de feutre, les cabanes et les isbas. Pendant une journée entière, le train contourne le lac Baïkal, mer intérieure dont on ne voit jamais l'autre rive. Ensuite, il remonte de façon sinueuse, pendant trois jours, à travers la forêt de bouleaux, vers l'Oural, la Volga et enfin la « Russie d'Or », l'antique Moscovie.

Le Transsibérien reste un symbole de ce pays si vaste qu'il semble sans frontières. Passionnée par l'« autre Royaume », Catherine décelait dans cette civilisation russe une antithèse de l'esprit bassement matérialiste obsédé par le bien-être, la rentabilité.

Les vrais contrastes des mentalités sont liés à la nature du sol, à la végétation, bref, à la terre. Le foyer originel de cette civilisation déchirée entre le matériel et le spirituel, entre l'Occident et l'Asie, se situe dans la Russie d'Europe des anciens atlas, une plaine de plusieurs millions de kilomètres carrés, inscrite entre les Carpates et l'Oural, la Baltique et le Caucase. Au nord, la taïga avec son sol acide, gris ou blanc au sud, la « terre noire », se couvre d'une vaste prairie, la riche steppe russe et ukrainienne, puis se dégrade au fur et à mesure que l'on descend vers la Caspienne, se charge en sel et se décolore en « terre brune », en « terre noisette ».

Ces deux environnements différents ont donné naissance à deux mentalités distinctes. Celle de la Russie du Sud de Gogol, sentimentale et fantasque, et celle de la Russie du Nord de Dostoïevski, plus proche de l'Occident et plus cérébrale.

Le territoire russe recouvre, sur neuf fuseaux horaires, la moitié nord du continent eurasiatique : le plus vaste espace ouvert de la planète. Rien ne s'oppose aux mouvements des armées et des peuples, la principale barrière montagneuse est l'Oural[1].

Si Moscou n'avait pas pris le contrôle de la Russie de l'Europe, une autre principauté l'aurait certainement fait. Et si les Russes n'étaient pas devenus, au cours des cinq derniers siècles, la puissance dominante dans le nord de l'Eurasie, un autre peuple aurait fatalement joué ce rôle dans ces énormes distances eurasiatiques.

Depuis la fin du Moyen Âge, l'Eurasie intérieure fut marquée par un mouvement de balancier entre Turco-Mongols et Slaves. Mais les alternances de domina-

---

1. Frontière symbolique entre l'Europe et l'Asie, l'Oural s'étend sur 2 400 kilomètres, mais son point culminant se situe à 1 894 mètres seulement.

tions au sein du système eurasiatique n'ont pas remis en cause le système lui-même, ni diminué, entre les deux groupes humains et les deux cultures, les inter-pénétrations. Les sociétés sédentaires russes ont beau-coup emprunté au chamanisme nord-altantique d'une part, à l'État semi-nomade des Turcs Khazars, d'autre part[1]. Aussi ces pages prouvent-elles que la mentalité russe resta « euro-asiatique ».

Après la métamorphose de la Moscovie en un Empire russe occidentalisé, cette symbiose unique subsista au XVIIIe siècle, sous les Romanov, et se renforça même.

À quoi la fulgurante progression de Moscou fut-elle donc liée ? Peut-être à sa situation géographique car ce carrefour fluvial était protégé par d'imprenables forêts.

Une prophétie, cependant, joua un rôle décisif dans cette irrésistible ascension. Un obscur moine de Pskov du nom de Philothée émit l'idée que Moscou serait de droit la troisième Rome : « Deux Rome sont tom-bées, écrivait-il en 1511 au grand prince de Moscou Basile III[2], la troisième se dresse, et de quatrième il ne peut y avoir. » Cette prophétie représente l'essence même du messianisme russe. Habilement utilisée par les grands princes de Moscou puis par le premier tsar, Ivan le Terrible, cette doctrine donna un nouvel

---

1. L'État moscovite, tel qu'il s'est constitué à partir du XIVe siècle autour du prince Alexandre Nevski et de ses descendants, était d'abord un protectorat turco-mongol avant d'assurer son indé-pendance sous Ivan le Terrible et à partir du message de Serge de Radonège. Mais les Russes ont conservé de nombreuses structures administratives, policières ou même militaires empruntées aux anciens maîtres.

2. Père d'Ivan IV le Terrible.

essor à la ville en lui fournissant un puissant instrument de pouvoir : peu avant la chute de Byzance (en 1453), Moscou refusa de signer le Traité de l'Union de Florence, fruit du concile de Florence par lequel l'Église d'Orient acceptait de se soumettre à l'autorité de Rome. Moscou s'instaura alors seule gardienne de l'orthodoxie et se considéra comme l'héritière de Byzance.

La société civile, toutes classes confondues, n'a pas cessé quant à elle de professer un ensemble d'idées beaucoup plus larges. Ainsi, comme nous l'avons vu au fil des pages, des moines véhiculent des doctrines et des pratiques chamaniques ou même hindouistes; des confréries, issues ou non des Vieux-Croyants, diffusent des cultes antinomiques ou orgiaques du Proche-Orient ou d'Asie centrale; Mme Blavatski fixait à la fin du XIXᵉ siècle la théologie de l'occultisme moderne, la « théosophie ».

L'architecture monumentale russe représente aussi cette symbiose. En dépit de quelques apports italiens, le Kremlin, ses églises et ses palais ont subi l'influence de l'architecture islamique d'Asie centrale et d'Asie du Sud comme les tours-minarets, les murailles rouges crénelées, les bulbes dorés. Si un ascendant strictement européen s'imposa à partir du règne de Pierre le Grand à Saint-Pétersbourg, le style asiatique, rebaptisé « style national russe », revint en force dès le milieu du XXᵉ siècle.

Au XXᵉ siècle, la mentalité russe, figée par l'autarcie communiste, se redéploya vers l'Eurasie. « Ces peuples aux races variées se sentent attirés vers nous, par leur sang, par leur tradition et par leurs idées… » écrivait Alexander Blok en 1918, dans un étonnant poème paneurasien : *Skify* – c'est-à-dire les Scythes –, au moment même de la chute de l'Empire des Romanov. « Vous êtes des millions, lançait-il aux peuples d'Asie, et nous, nous sommes légions sur légions… Venez à nous et éprouvez notre semence… Nous sommes nous aussi des Scythes et des Asiatiques, nous sommes issus des mêmes rivages où les yeux obliques trahissent le désir… »

Mais l'Empire soviétique a finalement subi le même sort. Depuis 1991, une partie des Russes a eu tendance à interpréter cet effondrement comme un échec de la politique à l'Ouest suivie depuis 1945 ou depuis les années 1930, et donc à imaginer un redressement à travers un recentrage sur l'Eurasie. Alexandre Soljenitsyne se prononce pour la création, à travers la fusion de la Fédération russe actuelle, de l'Ukraine et de la Biélorussie, d'un nouvel empire strictement slave et chrétien, dont le cœur géopolitique serait situé sur l'Oural. D'autres plaident en faveur d'une « coalition antihégémonique », étendue à la Chine et si possible à la « vieille Europe », dirigée contre les États-Unis. D'autres encore, certes minoritaires, se prononcent pour une fusion à terme avec l'islam et le tiers-monde, et en attendant, pour un rapprochement entre la Russie et les républiques ex-soviétiques d'Asie centrale[1].

Paradoxalement, ce débat d'idées ne concerne que l'élite politique car tous les sondages confirment que l'opinion publique a déjà fait son choix en considérant

---

1. De façon pragmatique, l'ancien Premier ministre Primakov estime que la Russie ne peut jouer un rôle de grande puissance qu'en s'appuyant sur ses anciens clients arabes et sur l'Iran.

l'Europe comme partenaire principal de la Russie à 90 %, de l'Amérique 1 % et de la Chine 5 %.

La Russie peut-elle rejoindre l'Occident, s'intégrant selon la formule du président russe dans « l'ensemble de la civilisation chrétienne » ? La Russie traverse-t-elle une crise fatale ou bien un nouvel État fort est-il en train de jaillir du chaos ? Ces interrogations n'ont pas quitté mon esprit durant l'évocation des différents aspects de la mentalité russe dans ce triptyque.

Du début du XVIIIe à la fin du XXe siècle, la Russie fut le plus grand État du monde. La Fédération de Russie actuelle[1] ne couvre plus que dix-sept millions de kilomètres carrés mais c'est encore près de deux fois la superficie des deuxième, troisième et quatrième états du monde, le Canada, la Chine et les États-Unis.

Ce sont bel et bien les énormes espaces qui ont déterminé cette mentalité russe marquée par ses contradictions et ses excès, son lien avec l'invisible, parfois son fatalisme, eux-mêmes conséquence de l'histoire et de la politique, de la géographie et du climat. Et ces espaces si différents me semblent plus symptomatiques même que le voyage dans le temps.

Au fil de ces pages, la géographie triomphe sur l'histoire, comme l'histoire l'emporte sur l'idéologie dans *Le Roman de Saint-Pétersbourg* et *Le Roman du Kremlin*, premiers volumes de ce cycle.

Ainsi, à travers ce triptyque s'opèrent les éternelles retrouvailles entre les deux extrêmes de l'Europe réunis par la magie des lieux et la fatalité des destins.

---

1. Telle qu'elle a pris forme en 1991 après la sécession des quatorze Républiques soviétiques.

Ainsi s'achève ce cycle réunissant le *Roman de Saint-Pétersbourg*, le *Roman du Kremlin* et le *Roman de la Russie insolite*, en attendant le *Roman de l'Orient-Express*, futur ouvrage qui emmènera le lecteur dans bien d'autres contrées encore : Prague, Budapest, les parfums de l'Orient et la métamorphose de Kafka…

Dans le centre de l'enceinte de la place Rouge se trouve le **Mausolée de Lénine**. Pour le construire, le gouvernement soviétique a déplacé un monument dédié à deux héros du Moyen Âge, Minine et Pojarski. Le 21 janvier 1924, Staline organisa pour Lénine de grandioses funérailles dignes de l'Empire romain. Cette apothéose marqua le départ d'un nouveau culte basé sur tout un système de symboles. Le Mausolée de Lénine et sa divinisation furent la concrétisation de cette réflexion. Un institut scientifique s'occupa d'embaumer le corps et de l'exposer dans un cercueil de verre. Pendant les années soviétiques, la dépouille momifiée de Lénine reposait sur un drapeau de la Commune de Paris, frappé d'inscriptions maçonniques. La salle funéraire fut bâtie en forme de cube. L'architecte Alexeï Chtoussev construisit un plafond à degrés semblant répéter la forme d'une pyramide. Aujourd'hui, la garde solennelle du Mausolée a été supprimée mais le corps de Lénine n'est toujours pas inhumé et l'on peut toujours visiter ce lieu.

Gogol, Dostoïevski et Pouchkine

Pourquoi ne pas choisir un guide mythique afin de mieux comprendre Moscou, ville de passions et de secrets ? Gogol, Dostoïevski et Pouchkine habitèrent tous trois le quartier piétonnier de l'**Arbat**. Gogol y fit un geste fatidique en brûlant le deuxième tome des *Âmes mortes*[1]. Pouchkine, juste après son mariage, vécut 53 rue Arbat. Dostoïevski, Tchaïkovski et d'autres sommités des arts vécurent quelque temps dans ce quartier. N'oublions pas non plus les éloquentes pages de *Guerre et Paix* dans lesquelles Tolstoï décrit le vaste hôtel de la comtesse Rostov, connu de tout Moscou. Le buste de l'écrivain trône en face de cette demeure qui abrite aujourd'hui les associations des écrivains. Ce quartier devenu piétonnier au début des années 1980 retrouve de jour en jour sa splendeur avec ses façades bleues, roses ou grises que mettent en valeur leurs petits frontispices à colonnades, leur donnant ainsi l'aspect de palais miniatures. À l'époque de la perestroïka le quartier s'anima et devint un centre de marché noir avec ses inévitables règlements de comptes. Mais en automne 1992, selon la décision du maire de Moscou, la vente à la sauvette fut supprimée. L'Arbat devint dès lors un charmant lieu de promenade parfaitement sûr, où l'on peut acheter des souvenirs dans des magasins et étalages appartenant à six grands groupes possédant une licence officielle. Le caractère des souvenirs a changé. Autrefois les matriochkas représentaient Gorbatchev ou Eltsine. Actuellement, les grands tsars, à

---

1. Aujourd'hui, 7 boulevard Nikitski se trouve un musée consacré à son œuvre devant lequel s'érige une statue de lui.

partir d'Ivan le Terrible ou encore les stars du show-business internationales depuis Elvis Presley se taillent un franc succès sur le marché.

MIKHAÏL BOULGAKOV

Mikhaïl Boulgakov, auteur du *Maître et Marguerite* dont les événements se situent autour de l'**Étang des Patriarches**, semble le guide idéal des promenades pédestres (accès par la rue Bolchaïa Nikitskaïa). Ancien médecin devenu écrivain opprimé, Boulgakov comprit qu'il fallait regarder le cauchemar stalinien à travers les rapports mystiques opposant le Bien et le Mal. 28 rue Malaïa Bronaïa, le charmant **Café Marguerite** vous fera pénétrer dans l'univers de cet écrivain. Vous pouvez aussi poursuivre votre excursion en visitant l'appartement n° 50 situé 10/12 rue Sadovaïa Kou-drinskaïa, là où Boulgakov choisit de faire vivre son intrigue. Si vous êtes résolument courageux, retournez vers l'Arbat. Vous y trouverez dans la ruelle Spassano-livkoski la résidence de l'ambassadeur des États-Unis Bullit, qui servit de cadre aux réceptions décrites dans le roman de Boulgakov. En effet l'ambassadeur des États-Unis, ami de l'auteur, y organisait à l'époque des festivités fastueuses. L'esprit de Boulgakov demeure omniprésent dans l'atmosphère décadente des soirées privées organisées dans le Moscou d'aujourd'hui, quand plusieurs générations découvrent soudain les plaisirs interdits.

STALINE

L'image de Moscou est aussi marquée par l'esprit de Staline. S'il a beaucoup détruit la ville, il a fait ériger maints édifices à sa gloire. Le premier monument stalinien reste sans aucun doute le **métro**. La première ligne fut inaugurée en mai 1935 entre les stations **Sokolniki** et **Parc de la culture**. Mais dans l'esprit de Staline, le métro n'était pas simplement un moyen de transport ; cela faisait partie de toute la symbolique d'une néo-religion diabolique que Staline voulait instaurer en sa faveur. À l'époque les Soviétiques vivaient d'une manière très précaire et les stations de métro décorées de marbre, de bronze et parfois même d'or impressionnaient la population. Staline ne parlait pas au hasard lorsqu'il disait à sa belle-sœur que le peuple avait besoin de fétiches et de splendeurs décoratives. D'ailleurs, il choisissait lui-même ces décors comme le marbre cramoisi de la station **Maïakovskaïa** ou l'impressionnante mosaïque de la station **Komsomolskaïa**. Ne manquez pas la station **Place de la Révolution**, dont les statues de bronze représentent un véritable musée de l'art totalitaire ainsi que la station **Arbatskaïa** pour ses lustres mis en valeur par un marbre immaculé. Le métro, comme souvent en Russie, est aussi un univers à double fond car il existe en dehors du métro officiel un métro secret, conçu à partir de 1947 par le dictateur pour assurer son voyage hors de la ville en cas de crise des grands dignitaires. La station secrète Tcentralnaïa, par exemple, se trouve dans l'enceinte de la station Arbatskaïa et possède un accès direct au ministère de la Défense.

Le goût pour les souterrains secrets, tant appréciés autrefois par Ivan le Terrible, est toujours de rigueur en cette aube du troisième millénaire. Parmi d'autres monuments staliniens, les sept gratte-ciel comme le ministère des Affaires étrangères place Smolenskaïa Sennaïa ou l'université de Moscou avec son étoile rouge brillant au sommet de sa flèche haute de 240 m, ou encore la maison de la Nomenclature, si appréciée de nos jours par les nouveaux Russes, qui se trouve au confluent de la rivière Iaousa et de la Moskova, quai Kotelnitcheskaïa.

LA MOSCOU SAINTE

Elle dispose de nos jours de six monastères dont le plus connu est **Novodievitchi** (monastère des Vierges), un couvent de nonnes, ouvert tous les jours de 10 h 10 à 17 heures sauf le mardi et le premier lundi du mois. Le monastère fut fondé en 1524 sur le Champ des Vierges où des jeunes filles furent livrées aux Mongols pour payer la dîme des Moscovites. Son aspect actuel date du XVIIe siècle. Le cimetière de Novodevitchi est depuis longtemps un haut lieu de pèlerinage pour les Moscovites. Fondé au XIVe siècle sur la rive gauche de la Iaouza, ce monastère faisait partie du système de forteresses protégeant Moscou. À visiter absolument pour la vue ainsi que pour sa collection d'icônes réunies dans le **musée Andreï Roublev** et dans le **musée de l'Art ancien**.

La **cathédrale du Christ-Sauveur** sera la principale église orthodoxe de Moscou à partir de 1998. Elle fut détruite en 1931 sur décision de Staline. Grâce aux efforts de la mairie de Moscou, du patriarcat et du gouvernement, l'église fut reconstruite. Les fonds privés, notamment les grandes banques, ont participé largement au financement de ce projet. La copie est fidèle à celle d'autrefois mais les matériaux utilisés sont le béton armé recouvert de marbre. Cette cathédrale détrônera-t-elle dans le cœur des Moscovites l'**église de l'Épiphanie d'Elokhovo** ? Même en dehors des fêtes les Moscovites aiment visiter ce splendide domaine pour y admirer aussi l'église de l'**Ascension de Kolomenskoïe**. Ce chef-d'œuvre de l'architecture médiévale est toujours considéré comme le symbole des monuments pyramidaux du Moyen Âge. Cette impressionnante construction verticale souligne la pureté des lignes. L'église se dresse au-dessus de larges galeries portées par de puissantes arcades. À admirer : la triple demi-couronne enveloppant la flèche à huit faces. Le dessin de cette architecture est tellement original que les grands spécialistes ont dû constater qu'aucun autre exemple n'existait dans l'architecture chrétienne. Viollet-le-Duc, qui ne cachait pas son admiration pour cette église, avança même l'hypothèse que cette construction avait pu être influencée par les temples hindous. On peut se rendre sur ces lieux par les stations de métro qui portent leurs noms. Les chroniques appelaient cette église la huitième merveille du monde mais pour les Russes elle représente un message caché, en symbolisant l'État russe comme la troisième Rome héritière de Byzance. Le domaine de Kolomenskoïe fut immortalisé par Eisenstein qui y filma les séquences inoubliables de son *Ivan le Terrible*.

Moscou est aussi la ville des musées. Il y en a actuellement plus de 75. Le plus connu est la **Galerie**

Tretiakov, 10 Lavrouchinski Pereoulok. Celui-ci est le plus grand musée d'art russe du monde. Il fut créé en 1856 quand le mécène Pavel Tretiakov, homme d'affaires avisé, commença à acquérir pour sa collection personnelle des œuvres provenant essentiellement de la Société des expositions des ambulants. (À partir de 1863, 14 peintres refusant d'exécuter le sujet mis en concours par l'Académie des beaux-arts de Saint-Pétersbourg, s'organisèrent en coopérative et plus tard, à partir de 1970, en société d'exposition ambulante.) Pour ces peintres, le tableau devait transmettre un message. Les thèmes traités révélèrent principalement des domaines sociopolitiques et historiques. En 1892, Tretiakov fit don de cette collection exceptionnelle à la ville de Moscou. Ces dernières années, la Galerie Tretiakov a connu d'importants travaux de restauration qui ont remis en valeur cet édifice d'un pur style néo-russe. Ne manquez pas la célèbre collection d'icônes, notamment la *Trinité* d'Andreï Roublev.

L'ANNEAU D'OR

Le monastère de la Trinité-Saint-Serge. Nombreux furent les princes, les boyards comme les miséreux à emprunter la route menant au monastère pour chercher conseil auprès de saint Serge, comme le grand-prince Dimitri, futur Dimitri Donskoï, vainqueur de la bataille de Koulikovo (le Champ des bécasses, 8 septembre 1380). Peu avant sa mort, en 1392, le vieux *starets* eut une vision de la Vierge entourée de saint Jean le Baptiste et de saint Pierre. Sur l'emplacement de la petite église en bois des origines fut édifiée en 1422 la cathédrale de la Trinité. Andreï Roublev en peignit les plus belles icônes de l'iconostase.

Zagorsk ou **Segueïev-Possad** est situé à 75 km au nord de Moscou et l'on y accède par la route de Iaroslavl. Détruit en 1408 par les Tartares, il fut reconstruit en pierre en 1420 et décoré par Andreï Roublev. Les fortifications bâties entre 1450 et 1550 lui permirent de tenir un siège qui dura 18 mois pendant le Temps des Troubles. Pierre le Grand y logea en 1689 pendant le siège des Streltsi. Le monastère est entouré d'une enceinte qui compte onze tours. L'on y entre par la Porte Sainte qui ouvre sur la petite église-porte Saint-Jean-Baptiste et l'esplanade. Le centre de Zagorsk est la **cathédrale de la Trinité** (Troïski sobor), la plus austère et la plus ancienne (1422 et 1423). Elle remplaça la petite église en bois de saint Serge. L'iconostase aux 42 icônes est l'œuvre d'Andreï Roublev.

VLADIMIR

Ancienne capitale des grands-princes, elle fut fondée par Vladimir Monomaque en 1108 sur les bords de la Kliazma, affluent de la Volga. Là, nous sommes loin de Byzance et cela se sent dans la proportion de l'architecture de la ville et surtout dans l'élégance de la **cathédrale de la Dormition** où était gardée la magnifique icône de la Vierge protectrice de la Russie. À voir aussi absolument, la **cathédrale Saint-Dimitri** ainsi que la **Porte d'Or**. Ces trois monuments furent construits au XIIe siècle mais ce sont les fresques du XVe avec leur luminosité, leur transparence qui attirent surtout l'admiration ou, comme disaient les chroniques, la divine sérénité qui en émane. Le génial Andreï Roublev en reste la figure phare. À 12 km de là, à Bogoliougovo, vous trouverez un petit mais inoubliable chef-d'œuvre de l'architecture médiévale en l'**église de l'Intercession-de-Notre-Dame-sur-Nerle** (petite rivière). Construite en 1165, elle frappe par la simplicité de ses formes, comme une prémonition de la peinture moderne avec son unique coupole surmontant une base blanche et donnant une sensation d'harmonie complète avec un paysage typiquement russe, une petite colline, une rivière et le ciel tourmenté. Un peu plus loin, à 1,5 km, vous pourrez admirer les vestiges du palais des grands-princes d'où émane toute l'authenticité de ce témoignage silencieux des batailles du xiie siècle.

À 35 km de Vladimir se trouve **Souzdal**, capitale de la principauté Rostov-Souzdal en ce xiie siècle, au temps de Youri Dolgorouki, fondateur de Moscou. Le symbole même de la Russie touristique. On y envoyait autrefois les femmes des tsars répudiées, dans les monastères que vous pouvez visiter, comme **Alexandrovski**, fondé au xiiie siècle par Alexandre Nevski, le **monastère Saint-Euthyme** du xive, le **monastère de la Déposition-de-la-Robe-de-la-Vierge** et bien entendu sur l'autre rive de la rivière Kamenka, le fameux **couvent de l'Intercession-de-la-Vierge** où fut envoyée Eudoxie Lopoukina, première femme de Pierre le Grand, au xviiie siècle. La pauvre femme évita le pire car son amant Evgueni Glebov, après une semaine de torture, fut cloué 24 heures sur une planche avec des chevilles de bois avant d'être empalé et couvert d'une pelisse pour que le froid ne hâte pas sa mort. Aujourd'hui ce lieu reste la destination privilégiée des amoureux qui n'aiment cependant guère entendre la triste fin de cette aventure extraconjugale. Pour oublier cette sombre histoire, les touristes se précipitent vers la **cathédrale de la Nativité-de-la-Vierge** pour se délecter de ses cinq dômes bleus ornés d'étoiles dorées. Une des plus grandes villes de cette région est **Iaroslavl**. Elle attire les touristes des croisières par son impressionnant paysage dominant la Volga. Fondée au XIe siècle pour protéger les voies commerciales, elle a gardé son style architectural tout à fait original avec sa fameuse église à cinq coupoles entourées de galeries : **Saint-Élie**. Elle possède d'admirables fresques du XVIIe. Dômes et tours sont recouverts de carreaux de faïence aux couleurs insolites. Au XVIIIe et surtout au XIXe, la ville de Iaroslavl fut un véritable centre culturel, grâce aux donations généreuses de célèbres marchands devenus mécènes. Le premier théâtre professionnel de Russie y fut créé en 1750.

L'histoire de **Rostov la Grande** ou Rostov Iaroslavski remonte très loin dans les siècles (les chroniques la mentionnent pour la première fois en 862). Aujourd'hui, sa principale curiosité est son fameux Kremlin érigé entre 1668 et 1670. À écouter, les carillons des cloches qui attirent les amateurs du monde entier. Le centre de la Russie est connu aussi grâce à ses écrivains. Tourgueniev, Tolstoï, Bounine et tant d'autres sommités de la littérature russe habitaient cette région qu'on appelle aussi le triangle d'or de la littérature russe.

Un célèbre lieu de pèlerinage est évidemment **Iasnaïa Poliana** à 14 km de Toula, la mondialement célèbre propriété de Léon Tolstoï. En entrant dans cette clairière lumineuse, vous découvrirez des hêtres, des aulnes et des grands sapins noirs traversés de rayons d'or. Une grande allée bordée de bouleaux dont les talus s'ornent de myosotis et d'orties blanches vous conduit à la demeure. Le vaste parc qui l'entoure s'étend jusqu'à une rivière. En entrant dans la maison, vous tomberez sur une horloge du XVIIIe siècle, témoin des turpitudes du grand écrivain. Dans les pièces du bas se trouve la fameuse chambre des voûtes où Tolstoï écrivit en sept ans son *Guerre et Paix*. C'est dans le petit salon du premier étage que sa femme Sonia en recopia les cinq mille feuilles manuscrites. On y voit aussi une vaste salle à manger ornée de tableaux de famille, un samovar d'argent, un piano.

À 40 km d'Iasnaïa Poliana, à 300 km de Moscou, sur la rivière d'Istra dans la région de Kalouga, se trouve le monastère d'**Optina Poustine**. Il est connu grâce à ses *starets*. Les grands écrivains venaient y chercher la paix. Gogol, Tolstoï et Dostoïevski y séjournèrent. La vie des *starets* à Optina Poustine est merveilleusement décrite dans le roman de ce dernier *Les Frères Karamazov*. Ce monastère fut rouvert durant l'époque soviétique en 1987. Les amateurs d'excursions littéraires apprécieront aussi d'autres musées consacrés aux grands écrivains, compositeurs et peintres comme **Klin**, à 77 km de Moscou, où Tchaïkovski passa les neuf dernières années de sa vie entre 1884 et 1893. Le plaisir de ces excursions n'est pas seulement la visite des musées mais surtout l'atmosphère et les paysages du centre de la Russie que vous y trouverez comme à **Spaskoïe Loutovinovo**, dans la région d'Orel, où se trouve un centre d'élevage mondialement connu et la propriété d'Ivan Tourgueniev, située à 300 km au sud de Moscou. C'est encore la grande Russie, mais on sent que le ciel du sud n'est guère loin. La nature du nord, jusque-là rude, et les gros labours sombres se transforment en été en mer de froment. Les chênes apparaissent et donnent un aspect plus robuste aux maigres lisières de bouleaux. Parmi les champs infinis et les vieilles forêts comme à Spaskoï Loutovinovo, vous trouverez les vestiges des **nids des seigneurs**. Ces demeures décrites dans les romans russes se ressemblent toutes un peu. Le plus souvent, elles sont constituées d'un corps de bâtiment en bois ou en brique avec un perron, une tourelle à clocheton, une aile. Les murs sont blanchis à la chaux et les toits sont verts. La région du Centre a donc deux itinéraires classiques : la **visite de l'Anneau d'or** et les **excursions littéraires**. Cependant vous ne pouvez négliger la possibilité de pénétrer ce cœur de la Russie grâce aux croisières à travers le canal reliant la Moskova à la Volga ou encore à travers la Volga et plus loin à travers l'Oka. Généralement le bateau navigue la nuit et seulement une partie de la journée. L'ambiance sur ces bateaux est très agréable mais n'oubliez pas votre lotion antimoustiques pour ne pas gâcher les délices de ces paysages chantés par Pouchkine, Tourgueniev et peints par les plus grands artistes russes.

Le centre de la Russie est aussi connu pour les dons de ses artisans. La région de **Palekh** est renommée pour ses célèbres miniatures et ses boîtes laquées de couleur sur fond noir, la région de **Gjel**, pour sa faïence et sa porcelaine, **Jostovo**, pour ses plateaux.

SAINT-PÉTERSBOURG

Depuis la place du Travail, vous pouvez emprunter la courte rue du Travail (oulitsa Trouda) qui conduit au **pont des Baisers** (Potsélouïev most). En traversant ce petit pont aux obélisques de granit, ne manquez pas d'admirer le palais jaune à colonnes blanches des Youssoupov, situé sur l'autre rive de la Moïka. Comme tous ceux de Saint-Pétersbourg, le **palais Youssoupov** est une merveille. Construit au XVIIIe siècle par Jean-Baptiste Vallin de La Mothe, il subit au fil des ans quelques remaniements. Sa somptueuse salle à colonnes blanches avec son décor de colonnades, ses lustres dorés et ses peintures des murs et du plafond, fut réalisée dans les années 1830 par Andreï Mikhaïlov le Second. Le prince Youssoupov possédait 57 palais en Russie dont 4 à Saint-Pétersbourg. Lors d'un voyage en Italie, il tomba en extase devant l'escalier de marbre blanc d'un palais. Comme le propriétaire refusait de le lui vendre, le prince acheta le palais pour une somme exorbitante et en fit démonter le fameux escalier de marbre de Carrare pour l'installer dans le palais de la Moïka. C'est par ses marches qu'au printemps 1836 Mikhaïl Glinka entra dans le théâtre pour y interpréter le premier acte de son opéra *Ivan Soussanine*. C'est aussi dans les sous-sols de ce palais, décorés pour la circonstance par celui-là même qui projetait de l'assassiner, que dans la nuit du 28 au 29 décembre Raspoutine, le *starets* de la tsarine, fut convié à goûter quelques pirojkis et du vin de Madère. Trois coups de feu retentirent dans le silence engendré par la neige qui depuis de longs mois avait établi ses lois. « Ton trône se brisera quelques mois après mon départ. La Russie sera perdue et baignera dans son sang » avait prédit Raspoutine à Nicolas II plusieurs années avant sa mort.

Le pont des Baisers vous conduira à la **place du Théâtre** (Téatralnaïa plochad). Vous tomberez alors en arrêt devant l'élégante silhouette de l'église **Saint-**

Nicolas-des-Marins. Ses murs bleu ciel, ses colonnes blanches et ses coupoles dorées sont un ravissement. Chef-d'œuvre de l'art baroque, elle fut construite entre 1753 et 1762 par l'architecte Savva Tcheva-kinski dans le pur style de la tradition russe. Depuis toujours cette place servit aux représentations théâ-trales. Au XVIIIe siècle s'y produisaient des troupes d'amateurs dans un théâtre de bois. En 1782 apparut à son emplacement un magnifique théâtre de pierre dès lors nommé le Bolchoï (grand théâtre). Ce fut pendant longtemps la plus grande scène d'Europe. En dépit de nombreux incendies, l'édifice renaissait de ses cendres. Dans les années 1880, il fut réaménagé pour accueillir le conservatoire de Saint-Pétersbourg, premier établis-sement russe des hautes études musicales. Le nom de Piotr Ilitch Tchaïkovski figure sur la liste de sa pre-mière promotion. En 1944, l'établissement recevait le nom de **Conservatoire Nikolaï-Rimski-Korsakov**.

Face au conservatoire se trouve le **Théâtre Mariin-ski**. Après l'incendie de 1859, ce bâtiment à un étage qui servait aux représentations du cirque fut remanié et mis à la disposition du **Théâtre Marie** ainsi nommé en l'honneur de l'épouse d'Alexandre II. À ses débuts, le théâtre ne montait que des spectacles lyriques et ce n'est qu'en 1880 que les troupes de ballets commen-cèrent à s'y produire. En 1919, il fut rebaptisé Théâtre lyrique et académique Kirov. Chaliapine, Leonid Sibi-nov, Anna Pavlova, Nijinski, Galina Oulanova, Nou-reïev se produisirent dans ce théâtre bleu et or sous les pampilles de cristal. Dans la grande galerie de verre, vous verrez le costume dans lequel l'extraordinaire Fedor Chaliapine interprétait Boris Godounov dans l'opéra de Moussorgski (ce vêtement de brocart brodé de pierreries pèse 16 kg). Ses collections renferment de nombreuses photographies et autres documents passionnants pour les amateurs. Depuis 1985, le théâtre a repris le nom de Mariinski.

Sur la place deux monuments sont dédiés à M. Glinka et à N. Rimski-Korsakov. 57 rue des Décembristes se trouve l'**appartement-musée** (n° 21) du grand poète russe **Alexandre Blok**. C'est ici qu'il termina son poème *Les Douze*. Les 4 salles d'exposition présentent sa vie et son œuvre.

Le palais de Tauride (47 oulistsa Voïnov) fut construit de 1783 à 1789 sur l'ordre de Catherine la Grande, pour son favori le comte Grigori Potemkine qui reçut le titre de prince de Tauride pour le rattachement de la Crimée (ancienne Tauride des Grecs) à la Russie. Cet édifice érigé d'après le projet d'Ivan Starov est un brillant exemple de classicisme, principal courant de l'architecture russe de la fin du xviiie siècle et du début du xixe. Sa sobriété extérieure contraste avec la splendeur de son décor intérieur. Derrière le portique principal, un vaste hall d'honneur conduit à une salle octogonale à dômes, soutenant un tambour surmonté dont les arcs monumentaux reposent sur des colonnes de marbre soutenant des coupoles. Non loin, la salle Catherine, longue de 75 m, est ponctuée par 36 colonnes de stuc et décorée de lustres de bronze d'une saisissante beauté. De somptueuses fêtes eurent lieu dans ce palais.

Lorsqu'il hérita du palais de Tauride, Paul Ier, le fils de Catherine II, ayant une dent contre le si respecté feld-maréchal, transforma la demeure en écuries. Ainsi les splendides parquets de marqueterie furent recouverts de paille et des stalles prirent place entre les colonnes. À sa mort, le palais fut restauré. De 1906 à 1917, la Douma y siégea. De nos jours le palais ne se visite pas mais son parc à l'anglaise, le **jardin de Tauride**, qui s'étend sur une trentaine d'hectares, est ouvert au public. (50 oulitsa Saltykov-Chtchedrine. Métro Tchernychevskaïa.)

L'**ensemble du monastère Smolny** est situé place Rastrelli. Smola, en russe, veut dire poix. Dans les premières années de Saint-Pétersbourg se trouvait à cet emplacement l'entrepôt de poix destinée aux chantiers navals. En 1764 s'élevait la cathédrale commandée par Élisabeth Ire à Bartolomeo Rastrelli. L'architecte érigea un carré de corps de bâtiments comprenant des cellules monastiques, un réfectoire et d'autres locaux. Les motifs traditionnels russes et les procédés novateurs de l'architecture profane du XVIIIe siècle forment une synthèse d'ampleur extraordinaire. À son avènement, Catherine II décréta le lieu encore inachevé Institut de jeunes filles de la noblesse. Un autre édifice fut construit par Giacomo Quarenghi de 1806 à 1808. L'Institut fut fermé en 1917 et c'est de Smolny que Lénine se chargea de l'insurrection.

La **perspective Nevski** (Nevski prospekt), avenue principale de Saint-Pétersbourg, s'étend sur 4,5 km depuis l'Amirauté jusqu'au monastère qui porte son nom. Après l'ouverture des chantiers navals de l'Amirauté, une percée fut trouée dans un bois les reliant à la route de Novgord pour permettre aux convois chargés de tout ce qui était nécessaire aux chantiers de ne plus faire de détours par des chemins peu carrossables. Ainsi naissait la grand-route perspective qui prit en 1738 le nom de perspective Nevski. De nos jours, l'avenue est le centre culturel de Saint-Pétersbourg. Y fleurissent de nombreux instituts de recherche, écoles supérieures, bibliothèques, musées, cinémas, maisons d'édition et rédactions de revues. La perspective Nevski grouille de monde et est truffée de magasins, de librairies, de commerces et de restaurants. Vers 11 heures du matin, hiver comme été, s'installent sur le côté ensoleillé (côté pair) des vendeurs patentés proposant des livres ou des tableaux peints par de jeunes artistes.

Avant la révolution, la perspective Nevski était une espèce de centre financier de l'Empire russe. Sur son tronçon allant de l'Amirauté au pont Anitchkov étaient concentrées 28 banques. À l'angle de l'avenue et de la rue Gogol se trouve un édifice copiant le palais des Doges de Venise construit pour le banquier Wawelberg qui rapporta de Suède les éléments de la façade. À l'heure actuelle, l'édifice abrite l'aérogare.

« Il n'est que de mettre le pied sur la perspective Nevski pour ne plus respirer qu'un parfum de promenade » disait le grand écrivain russe Nicolas Gogol qui vécut de 1833 à 1836 au 17 de la rue qui porte aujourd'hui son nom. C'est dans cet appartement qu'il créa *Le Revizor, Tarass Boulba* et les premiers chapitres des *Âmes mortes*.

Un peu plus loin, au n° 16, se détache la rue Herzen qui débouche sur l'arc de l'état-major général. Ce tronçon fut percé par l'architecte Rossi le long du méridien de Poulkovo. Si vous vous y trouvez à midi, vous constaterez que les maisons ne font aucune ombre.

De l'autre côté de l'avenue (n° 15) se trouve le **palais Tchitcherine** qui abrite le cinéma Barrikada. Ce bâtiment avec ses colonnes blanches superposées et sa façade jaune demeure malgré ses nombreux remaniements un précieux exemple de l'architecture classique russe du xviiie siècle.

Au-delà du **pont du Peuple** qui traverse la Moïka se trouve l'**église Hollandaise**, érigée par l'architecte Paul Jacquot en 1837. Les deux ailes encadrant le temple étaient occupées par le pasteur et les membres de la mission hollandaise. En face s'élève le remarquable **palais Stroganov** (1753-1754), œuvre de Bartolomeo Rastrelli. Sa façade verte s'orne de six colonnes blanches soutenant un fronton frappé aux armes des comtes Stroganov. La physionomie architecturale du palais s'altéra au fil du temps. En effet, lors de la surélévation de la chaussée de la perspective Nevski et des travaux de revêtement en pierre du quai de la Moïka, les baies des fenêtres du rez-de-chaussée durent être réduites d'un tiers. À la fin du xviiie siècle, l'architecte Andreï Voronikhine réaménagea le palais dans un style néoclassique. Le bâtiment sert de nos jours d'annexe au Musée russe.

Le même Andreï Voronikhine fut le bâtisseur de la cathédrale **Notre-Dame de Kazan** (Kazanski sobor, 1801-1811). L'édifice avec ses 96 colonnes corinthiennes en hémicycle délimite la place de Kazan. Dans les niches du portique nord, tourné vers la perspective Nevski, jaillissent les statues de bronze de Vladimir, prince de Kiev sous le régime duquel la Russie fut convertie au christianisme dans les années 988 (sculpteur Stepan Pimenov); saint Jean Baptiste (sculpteur Ivan Martos); Alexandre Nevski (sculpteur Stepan Pimenov); saint André (sculpteur Vassili Demout-Malinovski). Admirez la porte de bronze de ce portique qui est la copie exacte de la Porte du Paradis réalisée au xve siècle par le sculpteur florentin Lorenzo Ghiberti pour le baptistère de Florence.

Vous serez aussi impressionné par l'intérieur de la cathédrale. Son décor peint est l'œuvre de Vladimir Borovikovski, Oreste Kiprenski et d'autres grands maîtres russes du début du xixe siècle. 56 colonnes monolithes de marbre rouge soutiennent l'édifice carrelé de mosaïque de marbres de Carélie.

Après la victoire de la Russie sur Napoléon en 1812, la cathédrale devint un monument à la gloire des armées russes. Dans la crypte de la chapelle nord repose la dépouille du commandant en chef des troupes durant cette guerre, Mikhaïl Koutouzov, mort en 1813. Les Soviétiques transformèrent Notre-Dame de Kazan en musée d'Histoire de la religion et de l'athéisme. En face, à l'angle de la perspective Nevski et du canal Griboïédov, se trouve la **Maison du livre** (dom Knigui) bâtie en 1907. Revêtu de granit poli, l'édifice qui avant la révolution était le siège de la firme Singer est surmonté d'une tour de verre couronnée d'un globe. L'architecte Pavel Suzor avait prévu de construire dix étages mais il dut se résoudre à limiter la hauteur de l'immeuble à cinq étages selon l'oukase de Nicolas Ier prescrivant que la hauteur de tous les bâtiments de la ville ne devait pas dépasser celle du palais impérial. La Maison du livre est la principale librairie de la ville. Entrez-y pour le plaisir de découvrir un décor tellement différent de ce que nous avons l'habitude de rencontrer.

LE NORD

République de **Carélie**, république de **Komi**, région d'**Arkanguelsk** et région de **Vologda**.

Austère et énigmatique, le nord de la Russie reste encore une des régions les plus méconnues. Elle est pourtant célèbre dans le monde entier grâce à ses églises et à ses chapelles qui sont considérées comme de véritables chefs-d'œuvre d'architecture. En plus de cela s'y trouvent de simples isbas de paysans avec leurs séchoirs et leurs bains, leurs granges avec leurs entrées multicolores. On ne peut pas oublier ces bâtiments de rondins et les coupoles en forme d'écailles ainsi que les sculptures de l'époque païenne symbolisant le soleil ou l'amour fertile. La construction de l'église de la Transfiguration fut terminée en 1714 dans l'**île Kiji**. Le nom de cette île vient du carélique Kijat qui désigne un lieu de culte païen. La population de Kiji est de 50 résidents permanents. Pourtant le nombre des touristes atteint 100 000 par an. Que cherchent-ils dans cette région ? Les parfums de cette terre fertile autrefois vassale de la république de Novgorod ou encore une évasion dans le Nord ? Le détour en vaut vraiment la peine. L'**église de la Transfiguration** constitue sans doute la plus originale construction de bois que la Russie ait su ériger. Combien de chefs-d'œuvre de ce genre ont tiré leçon de cette construction ! Les artisans de l'île de Kiji ont construit cette église aux 22 dômes en symbole de la naissance de la Russie après le Temps des Troubles. Ils ont travaillé « au coup d'œil », selon l'expression qu'ils employèrent à l'époque, sans utiliser aucun clou ni aucune pièce mécanique. Quelle est donc la clef de leur performance architecturale ? Les experts en menuiserie assujettirent les pièces de bois en les encochant puis en emboîtèrent les angles et les extrémités. Plus impressionnant encore : ils utilisèrent un seul outil pour l'essentiel de la structure de base : une hache. Ciseau et perceuse mécanique n'ont été utilisés que pour les détails. Kiji est le centre de cette région du Nord.

À 25 km au sud d'Arkhangelsk, sur les bords de la Dvina du Nord, s'étend un vaste musée en plein air où vous verrez de nombreuses isbas, manoirs et églises typiques du travail de la région. Toujours dans le Nord se trouve le célèbre **monastère de Solovki** fondé au XVe siècle sur une île de la mer Blanche. En 1923, Lénine y créa son camp de concentration de référence. C'est ainsi que le système concentrationnaire naquit. Ce camp reste aussi le symbole du système de torture stalinien. Citons juste un exemple parmi d'autres, raconté par Vladimir Volkov. « En plein hiver, on attachait au clocher d'une église les prisonniers à qui on ne laissait que leur linge de corps, ou on les faisait courir nus à une distance de 6 km. » Il ajoute : « De même que l'on va s'incliner à Auschwitz et à Buchenwald, j'aimerais qu'on vienne à Povenets méditer sur la centaine de millions de victimes du communisme. »

En 1990, le gouvernement de Moscou décida de faire revenir les deux principaux monastères de la région, **Solovki** et **Valaam**, sous la juridiction de l'Église orthodoxe russe. Les vieilles pierres des monastères mais aussi cette austère authenticité des paysages du Nord suscite la curiosité des touristes, pourtant les moines ne laissent pour l'instant y pénétrer que les pèlerins. Ces derniers temps les touristes sont aussi attirés par des passe-temps plus terre à terre, la chasse, la pêche mais surtout le ski car la neige éblouissante ne ternit pas les bleus sans fond des cieux de Carélie. **Pskov** et **Novgorod**, les plus anciennes villes du territoire russe, ne sont pas loin. Elles furent créées au IXᵉ siècle sur les voies commerciales de la Scandinavie vers la Grèce, suivant la fameuse route fluviale « des Varègues aux Grecs ».

NOVGOROD

Bien que déjà mentionnée dès 859, cette ville du Nord située aux environs de Saint-Pétersbourg fut fondée en 862. Vous pourrez y voir le monument du millénaire russe construit à l'occasion du millième anniversaire de l'installation de Riourik, le légendaire prince viking, sur le sol russe. D'après la chronique de Nestor, le prince Varègue Riourik accepta une invitation lancée par les Slaves vers 860 : « Notre pays est grand et riche, disait le message, mais il n'y a point d'ordre. Venez donc nous diriger et nous gouverner. » Ce majestueux monument fait par le sculpteur Mikechine représente un chapelet de grands personnages historiques russes de Riourik à Catherine la Grande, d'Alexandre Nevski à Pierre le Grand. Plaque tournante du commerce, Novgorod fut sans doute la plus importante cité de la Russie médiévale après le déclin de Kiev. On pourrait la décrire comme une sorte de république marchande unique en son genre. De nos jours encore, les hommes attachés aux valeurs démocratiques se réfèrent à l'expérience de Novgorod pour prouver que les éléments de la démocratie existaient en Russie. En effet, tout y était décidé par vote. La ville était divisée en cinq grands quartiers, chacun possédant son responsable, et toutes les décisions étaient prises par une assemblée populaire appelée *vietche*. Cette assemblée pouvait déposer le prince qui ne convenait pas à la majorité, rendre la justice, déclarer la guerre et fixer le montant des impôts. Le modèle démocratique novgorodien était une espèce d'antithèse du modèle de Kiev basé sur l'autorité incontestable du prince. Cependant ce n'est pas dans le domaine politique mais dans celui des arts et de l'architecture que Novgorod a atteint d'inégalables sommets. Nous pouvons encore admirer aujourd'hui beaucoup de ces monuments. Les églises aux dimensions réduites et de forme cubique ont des toitures aux dessins épurés où un arc triple articule chaque façade à une coupole unique prenant la forme d'un bulbe. Le charme du style de Novgorod reste la simplicité du décor extérieur, particulièrement original. Les contreforts des édifices faiblement saillants sont généralement reliés par une arcature trilobée mettant en valeur les bas-reliefs sur les tambours des coupoles, cependant un des véritables charmes de ces ensembles reste les galeries extérieures avec leurs clochers à arcade. Tout en s'inspirant de la tradition byzantine, les artistes ont formé un style original. Les fresques de l'**église de la Dormition de Volotovo**, près de Novgorod, exécutées entre 1350 et 1360, reflètent parfaitement cette approche envers l'art. 1370 marque une véritable envolée du style novgorodien grâce à l'arrivée d'un génie d'origine byzantine, Théophane le Grec, auteur des patriarches de la coupole et des stylites de la tribune de **Saint-Sauveur-de-la-Transfiguration**. Des œuvres d'une grande profondeur spirituelle et d'un élan artistique sans précédent. Autour de Théophane le Grec se forma une école qui fit se disperser à travers les immenses espaces russes toute une pléiade d'artistes qui un siècle plus tard excellèrent, comme Andreï Roublev.

Les habitants de Novgorod comptaient trois ennemis puissants autour d'eux, les Lituaniens païens, les Suédois catholiques et les chevaliers teutoniques de l'ordre des croisés établis en Terre sainte puis transférés dans la région qui devait devenir la Prusse. En 1240, les Suédois investirent l'embouchure de la Neva et tentèrent de couper l'accès de Novgorod à la mer. Le prince Alexandre qui avait 21 ans à l'époque prit la tête de la défense et écrasa les assaillants, gagnant ainsi le titre d'Alexandre Nevski, Alexandre de la Neva. Il sera plus tard canonisé par l'Église orthodoxe, devenant un des saints patrons de la Russie. Son nom réapparaîtra dans les actions des chefs d'États russes, en des temps difficiles. Pierre le Grand, dès la fondation de Saint-Pétersbourg, fit bâtir un monastère pour recueillir les reliques du saint. Il le baptisa monastère Alexandre-Nevski. Le monastère se vit attribuer en 1797 le titre de laure, réservé aux principaux monastères orthodoxes.

En 1938, Staline décida de mobiliser l'esprit patriotique contre Hitler en commandant au metteur en scène Einsenstein un film sur Alexandre Nevski dont la musique devait être créée par Serge Prokofiev. Le chef du Kremlin n'hésita pas, pendant les moments cruciaux de 1942, à créer l'Ordre d'Alexandre Nevski, duquel il décorait les héros.

Aujourd'hui, Novgorod et Pskov sont devenus les emblèmes de la Russie profonde riche en traditions et gardienne de l'héritage historique du pays. Cette région garde aussi les reflets des grands noms de la culture russe. Le premier est évidemment Pouchkine. À 110 km de Pskov, dans le village de **Mikhaïlovskoïe**, les meilleures pages *d'Eugène Onéguine* et de *Boris Godounov* sont nées dans la chambre du rez-de-chaussée de la maison de Pouchkine. L'ambiance est aujourd'hui reconstituée. Un petit lit avec un simulacre de baldaquin, un bureau, un divan. Un véritable décor de poète : sur le parquet, des morceaux de papier, des plumes à moitié mordues. Pouchkine qui y avait été exilé par le tsar Nicolas Ier l'appelait sa « pauvre masure ». Il décrivait son emploi du temps : « Jusqu'au déjeuner j'écris mes notes, je déjeune tard et après le repas, je pars à cheval dans la campagne. Le soir, j'écoute avec délice les contes de ma nourrice. » C'est là qu'il écrivit aussi le plus grand poème d'amour de la littérature russe : « Je me souviens de ce moment merveilleux… » L'inspiratrice de ce poème était Anna Kern. Il l'immortalisait ainsi comme Dante l'avait fait pour Béatrice ou Pétrarque pour Laure. Une route partant de Mikhaïlovskoïe vous mène au monastère de **Sviatogolsk** (XVIe) où, sous un obélisque aux formes simples et épurées, est enterré le poète. Pourquoi la Russie voue-t-elle un culte quasi religieux à Pouchkine ? Il était unique. Avec lui, les tourments devenaient simples. Dans la clarté de son cœur, il était capable d'accueillir toutes les contradictions de la vie. Il pouvait être à la fois pro-occidental et patriote, aristocrate et favorable à l'abolition du servage, sentimental et cynique, partisan d'un État fort et défenseur de la liberté individuelle, jamais doctrinaire et si souvent prophétique. Pouchkine fascine toujours les Russes par son talent, grisant comme le champagne qu'il a si bien chanté dans les pages *d'Eugène Onéguine*. À Mikhaïlovskoïe viennent chaque année plus d'un million de touristes. Est-ce un hasard si non loin de Pskov naquit aussi Modeste Moussorgski, auteur de *Boris Goudounov*, d'après l'œuvre de Pouchkine ? À **Penati**, à 43 km au nord-ouest de Saint-Pétersbourg, sur le golfe de Finlande, se trouve la demeure – avec son énorme parc – du peintre Ilya Répine, dont l'œuvre emblématique est le célèbre tableau *Les Haleurs de la Volga*. Il y vécut près de 30 ans et y fut enterré en 1930. Son célèbre tableau dans lequel Ivan le Terrible embrasse son fils qu'il vient de tuer se trouve à la Galerie Tretiakov à Moscou. Les paysages inoubliables de cette région, lacs, sapins, air frais venant de la mer, la vraie ambiance des fameuses datchas de l'aristocratie russe qui s'y installa dès le XVIIIᵉ siècle rendent aussi cette visite passionnante. C'est dans une de ces datchas du village de **Komarovo** qu'a vécu ses dernières années la grande poétesse Anna Akhmatova. Sa vie était placée sous le sceau de la persécution. Son premier mari le poète Nicolas Goumilov fut fusillé par les bolcheviks, elle eut l'interdiction de publier pendant des dizaines d'années, son fils fut déporté dans les camps ainsi que son deuxième époux. Elle fut enterrée en 1956 à Komarovo, laissant aux générations futures la pureté pouchkinienne de ses poésies.

La région de **Kaliningrad**, avec son territoire de plus de 15 000 km² et sa population de presque 1 million d'habitants, s'étend sur les bords de la mer Baltique. Jusqu'en 1945, cette région faisait partie de la Prusse orientale où se trouvaient de vastes demeures de l'aristocratie allemande. Le centre de cette région était la ville de Koenigsberg. La région fut ravagée par la guerre de sept ans au XVIIIᵉ, puis surtout par la Première et la Deuxième Guerres mondiales. Selon la décision de la conférence de paix de Postdam, la Prusse orientale fut partagée entre l'URSS et la Pologne, l'Union soviétique reçut Koenigsberg et 30 % de la Prusse orientale. La ville fut complètement russifiée en recevant le nom de Kaliningrad en l'honneur du bolchevik Mikhaïl Kalinine. Une autre ville importante de cette région, connue grâce au traité de paix autrefois conclu entre Napoléon et l'empereur Alexandre Ier en 1807, **Tilsit**, reçut le nom de **Sovietsk**. Ces appellations subsistent encore aujourd'hui. La situation géopolitique de cette région a complètement changé depuis la disparition de l'Union soviétique en 1991. La Lituanie voisine étant devenue indépendante, la région de Kaliningrad est désormais une enclave où se trouve la plus grande base de la marine russe sur la mer Baltique. Très peu de curiosités historiques ont pu être sauvegardées. Jusqu'en 1990, cette région était fermée aux étrangers, mais aujourd'hui, elle attire de plus en plus de touristes d'Allemagne qui viennent visiter le pays de leurs ancêtres. D'importants travaux de restauration ont été entrepris, notamment pour mettre en valeur la célèbre cathédrale gothique luthérienne construite en 1333 qui a vu le couronnement des rois de Prusse. Le lieu privilégié de pèlerinage est le tombeau d'Emmanuel Kant. La région est aussi connue pour ses fameuses réserves d'ambre. La ville abrite d'ailleurs un Musée de l'ambre à ne pas manquer. Les environs de l'ancienne **Koenigsberg** sont aussi pittoresques, particulièrement **Kourchskaïa** où se trouvait dans les années 1930 la villa du numéro deux allemand, Goering, aujourd'hui lieu de cure pour les nouveaux riches venus de toute la Russie. La région de Kaliningrad est aussi un centre économique de premier plan. En 1996, elle a conclu un traité avec le gouvernement russe sur la délimitation des pouvoirs. Ce traité donne à la région une importante marge de manœuvre dans le domaine économique. Devenue zone économique libre, elle attire les investisseurs étrangers. Plus de 700 sociétés mixtes essentiellement russo-polonaises et russo-allemandes ont déjà été créées.

LA VOLGA

Les Russes appellent toujours la Volga Matoutchka (petite mère). Pour découvrir un pays, il faut aussi en connaître ses fleuves. Comme une machine à remonter le temps ils vous font pénétrer dans les secrets de l'âme russe. Le meilleur guide demeure Alexandre Dumas qui, au milieu du XIXᵉ siècle, descendit la Volga. Il fit des petites escales et campa au milieu des steppes avec l'ataman des Cosaques d'Astrakan, il chassa l'oie sauvage, le canard et le pélican le long de la mer Caspienne. Il rencontra des personnages dignes de lui tels que le prince Tumaine, sorte de roi kalmouk qui possédait 50 000 chevaux, 30 000 chameaux, 10 000 moutons « et en plus, comme l'écrit l'auteur des *Trois Mousquetaires*, une charmante femme de 18 ans qui a des yeux bridés et des dents comme des perles ».

La Volga glorifiée par Pouchkine, mise en valeur par les *Haleurs* de Répine, la Volga qui envoûta littéralement Dumas, reste toujours un fleuve légendaire. Elle traverse en 3 530 km toutes les plaines dorées de Russie avant de se jeter dans la mer Caspienne. Tout au long de la Volga sont organisées des croisières très prisées où vous pourrez admirer les plus beaux sites de la Russie profonde, vous faire de nouveaux amis autour de blinis et de vodka en prenant des bains de soleil.

Volga rime aussi avec le nom d'un poisson, le sterlet. Sur les hauteurs des bords de ce fleuve, on peut encore admirer des paysages semblant sortir des tableaux des peintres ambulants, avec des cathédrales et des églises, les vieilles maisons des grands marchands du XVIIIe et du XIXe siècle, les théâtres et les mosquées. Toute l'ambiance russe s'y trouve : l'esprit cosmopolite, le croisement des cultures. Ce n'est pas un hasard si la Volga est aussi appelée la plus grande rue de la Russie, sur les trottoirs de laquelle on peut encore trouver les vestiges de son histoire et sentir sa géographie. La ville de **Kazan**, capitale de la république du Tatarstan, fait partie de la Fédération de Russie. C'est une cité unique en son genre sur les territoires russes, symbole de la coexistence des populations orthodoxes et musulmanes où se côtoient les minarets et les bulbes. Elle fut conquise en 1652 par le jeune tsar Ivan le Terrible. Ce succès militaire fut représenté dans le célèbre film d'Eisenstein, *Ivan le Terrible*. Depuis, une partie de l'élite des Tartares a su joindre l'aristocratie russe, dont plusieurs grandes familles sont originaires ; il suffit de mentionner les comtes Cheremetiev ou encore l'assassin de Raspoutine, le prince Youssoupov, sans oublier bien entendu le tsar Boris Godounov. Aujourd'hui, au-dessus des portes du Kremlin où réside le président du Tatarstan, jaillit un chat sauvage blanc ailé, qui remplace les armoiries de la Fédération de Russie. Le Tatarstan compte 3,6 millions d'habitants : 57 % sont tartares et 43 % russes. Les Tartares forment le deuxième groupe national du pays après les Russes.

Une autre ville immanquable pour les touristes est **Volgograd**, connue dans le monde entier sous le nom de **Stalingrad**. Volgograd recèle des vestiges de la bataille de Stalingrad, comme son mémorial avec l'énorme figure de la mère patrie de 52 m de haut et la maison Pavlov où l'obscur sergent Pavlov a su tenir tête aux Allemands durant 2 mois, en ce terrible automne 1942. Le musée panoramique de la bataille est aussi impressionnant et reflète toutes les vicissitudes de cette épopée qui a déterminé le cours de la Deuxième Guerre mondiale.

À **Oulianovsk**, dans une petite maison de bois, naissait le 22 avril 1870 un certain Vladimir Ilitch Oulianov qui prendra plus tard pour nom de guerre révolutionnaire Lénine.

Pour les étrangers, la croisière sur la Volga suscite des spectacles merveilleux comme la capture des chevaux sauvages au lasso ou la chasse au faucon ; les foires pittoresques dominées par les mâts pavoisés au-dessus des boutiques sur leurs pilotis, les costumes et les danses des Tartares et des Kalmouks et bien entendu, un des fleurons de la cuisine nationale russe, la fameuse soupe de sterlet. La dernière ville de cette croisière est **Astrakan**. Pierre le Grand l'appelait « le premier joyau de la couronne ». On l'appelle aussi la Venise de la Caspienne parce qu'elle est construite sur douze îles. C'est la capitale du caviar qui, au XVIIIe siècle, était le véritable centre de la Volga. Parmi les habitants de cette région, d'aucuns considèrent que Moscou devrait payer le préjudice subi par cette région à la suite de l'exploitation sauvage des richesses du fleuve. À ne pas manquer, le célèbre Kremlin d'Astrakan qui garde encore les vestiges de 1556, quand Ivan le Terrible annexa ces territoires à la Russie.

Le Sud

Le Caucase du Nord

Quelles images surgissent en vous lorsque l'on vous parle du sud de la Russie ? Bien entendu la station balnéaire de **Sotchi**, ce paradis où l'hiver est très court, où les gels sont rares, où les premiers arbres fleurissent déjà avant le printemps et où les pentes montagneuses se recouvrent de violettes et de crocus. Sotchi qui reste belle en toute saison, Sotchi qui sait réunir les décors grandioses de la montagne caucasienne et de la mer Noire, où le soleil méridional, le souffle des montagnes, les vents frais marins et le bouquet des vins de la région engendrent cette ambiance étonnante et inoubliable. L'éden de Sotchi a su sauvegarder ces images fantomatiques qui vibrent sous la chaleur de midi. Au cours du XXe siècle, les fortins construits par l'armée se sont transformés en stations balnéaires dotées d'un climat subtropical délicieux. La température moyenne annuelle est de 14 °C et celle de l'eau atteint 24 °C en été. Plus que les hôtels et les villas de bord de mer, ses parcs sont absolument à visiter à cause de la senteur des embruns renforcée par une brise caressante. Dans son exceptionnel **jardin botanique** vous découvrirez des mandarines japonaises côtoyant des oranges américaines, des cyprès, des pins ou tout simplement des tilleuls dont l'ombre vous sera propice. La région, autrefois nommée « les eaux minérales du Caucase », est connue pour l'ensemble de ses stations thermales fondées à la fin du XVIIIe siècle et devenues à la mode au XIXe. Vous y trouverez 250 établissements thérapeutiques. De nombreux curistes viennent profiter des bienfaits de ses 30 sources riches en hydrogène sulfuré qui ont la particularité de teinter de rouge la peau, comme à la station thermale de **Staria Matsesta** dont les sources étaient déjà connues des Grecs, des Romains et des Turcs. Hommes d'État russes, étrangers viennent s'y reposer ainsi que des responsables du gouvernement qui y possèdent presque tous une datcha, comme l'ex-président Boris Eltsine qui obligeait ses ministres à faire des navettes régulières entre Moscou et la mer Noire, leurs dossiers sous le bras.

Le Caucase du Nord est aussi un centre de tourisme de montagne dont le lieu privilégié est le **mont Elbrouz** (5 642 m). Ces montagnes pittoresques furent immortalisées par le poète Mikhaïl Lermontov (1814-1841) qui leur consacra son roman *Un héros de notre temps*. **Piatigorsk**, centre de cette région de sources, a fait ériger plusieurs monuments à l'effigie de Lermontov qui y fut tué en duel à l'âge de 27 ans en juillet 1841. Dans la république **Kabardino Balkari** se trouvent des aménagements hôteliers et des restaurants de qualité concentrés autour du village de **Donbaï**. Les randonnées dans les petits villages de montagne qu'on appelle les *aouls* sont un véritable délice, vous pourrez y goûter leurs fameux chiches-kebabs ainsi que leurs fromages de chèvre.

Tolstoï aurait pu reprendre cet itinéraire, Dumas également, à l'heure où le couchant inonde la **Montagne Noire**. En effet, pour les écrivains du xxe siècle, le Caucase était un lieu d'évasion exotique. Quand vous marcherez sous le vent qui vous siffle au visage, ne manquez pas de méditer sur cette valse du destin dans ce décor majestueux si bien exprimé dans le poème de Lermontov traduit par Alexandre Dumas :

Voyez-vous ce blessé qui se tord sur la terre ?
Il va mourir ici près du bois solitaire,
Sans que sa souffrance en un seul cœur ait pitié,
Mais ce qui fait doublement saigner sa blessure,
Ce qui lui fait au cœur la plus âpre morsure,
C'est qu'en se souvenant, il se sent oublié.

Le Caucase du Nord est aussi une image mythique, celle des Cosaques, qui inspira la grande littérature russe de Pouchkine à Tolstoï, l'épopée de Cholokov *Le Don paisible*, de nombreux thèmes musicaux pour Moussorgski et Chostakovitch et des modèles au peintre Répine. Les Cosaques n'étaient pas une tribu et ne constituaient pas un groupe ethnique à part. Ils ne furent jamais non plus une nation. Bien que leurs origines soient à prédominance russe, les Cosaques conservent un mode de vie tout à fait différent de celui du centre de la Russie. Si les gens de Moscou sont originaires de la forêt, les Cosaques eux, restent des enfants de la steppe. Ce contexte à la fois emprunt de mystère et de couleur marquera à jamais leur existence. Certes ils sont ethniquement russes et conservent une attache envers l'État autocratique pour garantir l'ordre intérieur, mais l'infini de leurs horizons a ancré en eux un sentiment puissant de liberté. Ils aiment vivre sur le fil du rasoir par défi envers l'insécurité des steppes méridionales. Les traditions cosaques subsistent toujours. Vous pourrez admirer leurs costumes et connaître leurs coutumes en visitant les *stanitsa* (villages de Cosaques) où ils chantent encore leurs complaintes, leurs amours et leurs victoires. Alexandre Dumas père décrivit ainsi la maison d'un ataman : « Les petites fenêtres sont fermées par des vitres rondes d'un vert opaque et les encadrements des portes peints en rouge. Dans les angles, sur les étagères, sont disposées des carafes, des coupes d'argent ciselées provenant des orfèvres du Daguestan, de la Perse ou de Turquie. Des bancs de bois de bouleau font le tour de la salle et une immense table dressée dans un angle sous les icônes attend le visiteur. Sur les murs colorés sont accrochés des sabres, des fouets, des filets d'oiseleur et de pêcheur, des arquebuses. »

Le nom *cosaque*, d'origine turque, signifiait « aventurier » ou « rebelle ». Généralement habitants des marchés, en Ukraine, ce furent à l'origine des paysans qui fuyaient leurs seigneurs. On en vint à désigner sous le nom de Cosaques des communautés analogues de soldats-paysans établies sur les frontières de la Russie pour les défendre et par la suite pour les élargir. Leurs remarquables aptitudes militaires, leur mode de vie à la fois aventurier et démocratique attirent toujours particulièrement l'attention des observateurs. Les vieilles villes cosaques **Novotcherkask**, **Rostov sur le Don**, **Krasnodar** et **Vladikavkas Stavropol** conservent des monuments des XVIIIe et XIXe siècles relatant cette civilisation inédite et son architecture flamboyante. À Novotcherkask, ne pas manquer la cathédrale nommée **Le deuxième soleil du Don** qui rivalise avec Saint-Isaac de Saint-Pétersbourg ou Saint-Sauveur de Moscou. À visiter aussi le Musée des troupes cosaques, reflétant parfaitement l'histoire turbulente de ces aventuriers qui cherchaient la fortune et ajoutèrent par leur mode de vie un nouveau chant au thème de l'histoire russe. Un galop de centaures à bonnet de fourrure, sabre au poing, sur la steppe à l'infini, cadre de prédilection des danseurs bachiques tournoyant et bondissant au rythme des balalaïkas dans leurs costumes orientaux aux couleurs criantes. Des cavaliers romanesques qui renouent avec la légende. Ce n'est pas seulement le Caucase d'hier mais aussi celui d'aujourd'hui.

Kyzyl est la capitale de la république autonome de Touva. La région a successivement été dominée par les Turcs, les Ouïgours, les Mongols (XIIIᵉ au XVIIIᵉ siècle), les Chinois (de 1757 à 1911) et enfin les Russes. Elle est peuplée à 64 % de Touvas turcophones et bouddhistes (le dalaï-lama s'y est rendu à deux reprises), dont certains ont conservé un mode de vie semi-nomade. Kyzyl (« rouge » en turc) est au confluent du Grand et du Petit Ienisseï, à un endroit considéré comme le centre géographique de l'Asie. Elle est le point de départ d'une excursion touristique qui remonte en bateau les magnifiques gorges du Grand Ienisseï sur 140 km, jusqu'à **Toora-Kham**, puis continue en bateau ou en bus jusqu'au **lac Azas**, à 150 km de la Mongolie. La construction de la ligne Baïkal-Amour-Maguistral (BAM), de Taïchet à Sovietskiia Gavan, sur le Pacifique, fut entreprise dans les années 1930. Abandonnés pendant la Seconde Guerre mondiale, les travaux reprirent en 1974 et furent officiellement achevés en 1991. Le BAM devait permettre la mise en valeur du bassin de la Lena et le doublement du Transsibérien (trop proche de la frontière chinoise) au Fjord du lac Baïkal. Mais, construit au prix d'efforts considérables, c'est un échec et certaines cités bâties à l'occasion sont déjà devenues des villes fantômes.

Point de passage du BAM, **Bratsk** est victime de l'industrialisation et souffre d'une pollution extrême. La ville nouvelle, fondée en 1955, s'est développée autour d'une des plus grandes centrales hydroélectriques du monde et de deux énormes usines d'aluminium et de pâte à papier. L'ancien fort du XVIIᵉ siècle est immergé dans l'immense lac de retenue, la « mer de Bratsk », sur l'Angara. La taïga environnante n'est plus qu'une vaste étendue de terres sans vie, totalement déboisée. D'intéressantes randonnées dans la taïga réservée, au nord du lac Baïkal, sont néanmoins organisées. À 15 km au nord de Bratsk, un **écomusée en plein air** a été créé. Il comprend un camp toungouse, des isbas, des thermes et une magnifique église en bois.

Irkoutsk et le lac Baïkal

Fondée en 1632 par les Cosaques sur l'Angara, **Irkoutsk** resta longtemps sous la menace des Bouriates. Proche de la Mongolie et de la Chine, c'était le carrefour des grandes routes caravanières qui transportaient des fourrures vers l'Asie et en rapportaient du thé et de la soie. Au début du xviiie siècle, elle fut le point de départ de nombreuses expéditions au nord et à l'est, notamment celle de Grigori Chelekhov (1748-1795) qui atteignit l'Alaska et la Californie en traversant le détroit de Béring. Jules Verne y a situé un des épisodes des aventures de Michel Strogoff. La plupart des décabristes qui y furent exilés en 1825 restèrent sur place, imités par des aristocrates polonais qui maintinrent un environnement social, intellectuel et politique élevé. Dans les années 1880, la découverte d'or dans le bassin de la Lena stimula l'essor de la ville. En 1956 la construction de la première centrale hydroélectrique de l'Angara entraîna l'apparition d'un immense bassin de retenue, la « mer d'Irkoutsk ».

Iekaterinbourg

Après un passage à Tobolsk, Nicolas II et sa famille furent internés à Iekaterinbourg en avril 1918, dans une maison en brique ayant appartenu à l'homme d'affaires Ipatiev. Sur l'ordre de Lénine, Nicolas II et les siens furent assassinés dans la nuit du 16 juillet 1918. Pendant des décennies, de nombreux Russes se sont rendus en pèlerinage à la **maison Ipatiev** (Voznessenski prospekt). Mais, en 1977, craignant de la voir transformée en lieu de mémoire, le Kremlin ordonna sa destruction. L'opération fut conduite par le chef du Parti local, qui n'était autre que Boris Eltsine.

Depuis la chute du régime communiste, des habitants ont planté une croix. Ainsi, pendant plus de 70 ans, les autorités gardèrent un silence total sur cet épisode tragique, jusqu'en 1995, quand la presse a fait état de la découverte d'ossements et d'objets liés à l'événement.

Impossible de se rendre en Sibérie sans admirer le **lac Baïkal**, « perle de la Sibérie », à 66 km d'Irkoutsk. Cher au cœur des Russes, c'est une réserve écologique exceptionnelle. Long de 600 km et large de 48 km en moyenne, il compte 2 100 km de côtes et 27 îles, et sa profondeur atteint 1 637 m. C'est la deuxième réserve d'eau douce de la planète (20 % du total) après l'Antarctique. Âgé de 25 millions d'années, il est alimenté par plus de 300 cours d'eau mais n'a qu'un émissaire, l'Angara. Au centre d'un anticyclone influençant le climat sibérien, le lac Baïkal, dont le nom viendrait du turc *baïkul*, « lac riche », compte près de 1 500 espèces endémiques. Dans ses eaux très pures se côtoient 52 espèces de poissons et plus de 250 sortes de crevettes. Outre le golomianka, poisson vivipare vivant à une profondeur de 1 500 m, le lac Baïkal abrite une colonie de nerpas, l'unique phoque d'eau douce du monde. Son cousin le plus proche vit dans l'océan Arctique, à 4 380 km de là. Il aurait été coincé dans le lac après le recul de la dernière période glaciaire et se serait adapté à l'eau douce. L'espèce est protégée mais les autorités tolèrent un quota de chasse annuel de 6 000 individus, recherchés pour leur fourrure et leur graisse. La pollution issue d'une usine de pâte à papier menace, hélas, les eaux du lac.

Au nord-est du lac Baïkal se trouve la **réserve naturelle de Bargouzine**, une vaste étendue de mélèzes, de cèdres et de bouleaux où vivent élans, ours, sangliers et zibelines.

Le Transsibérien fut construit pour briser le monopole commercial des flottes européennes avec l'Orient. Le tsar Alexandre III souhaitait créer une route plus rapide vers l'Asie, susceptible d'augmenter le volume des échanges. Il ne vit jamais l'aboutissement de son projet et c'est Nicolas II qui, en 1891, posa la première traverse de ce chantier très audacieux pour l'époque. Des dizaines de tunnels et des centaines de ponts furent bâtis. La liaison Saint-Pétersbourg-Vladivostok fut achevée en 1903.

Le Transsibérien a stimulé le développement de l'Extrême-Orient russe et a permis à Moscou d'affirmer son autorité dans ses territoires orientaux où elle pouvait désormais envoyer des troupes rapidement. Le Transsibérien bénéficie toujours d'une aura romantique auprès des voyageurs étrangers, attirés par la magie d'un long cheminement dans l'immensité de la taïga, au rythme des thés servis à longueur de journée. Le Transmongolien rejoint Pékin via la Mongolie et le Transmandchourien relie Pékin via la Mandchourie.

ANNEXE 2
LES VIEUX-CROYANTS

Le chapitre essentiel de l'histoire insolite de la Sibérie est lié aux querelles du rituel orthodoxe. En 1652, Nikon, le patriarche de Moscou, voulut contraindre l'Église à se réformer. Celui-ci voulait que l'on accorde une place beaucoup plus considérable aux ecclésiastiques et à la religion dans la société russe. Mais il demanda aussi que soient changés certains détails de la liturgie et du livre de prières.

Nikon fut la figure la plus étonnante du pays au XVIIe siècle. Fils de paysan, il fut moine, pope marié, puis moine de nouveau. Reçu en audience par le tsar, il lui fit forte impression. Aussi Alexis[1] le retint-il au Kremlin en le faisant métropolite de Novgorod, puis patriarche de toutes les Russies. Le patriarche était une force de la nature. Il mesurait deux mètres et sa voix était puissante comme le tonnerre. Doux et hésitant, Alexis devint rapidement l'ombre du chef de l'Église. Persuadé d'avoir gagné la guerre contre la Pologne grâce aux prières de Nikon, il lui accorda de convoquer le concile pour « réparer les erreurs liturgiques ». Pour

---

1. 1645-1675.

le patriarche, les modifications apportées aux livres sacrés étaient un moyen essentiel de supprimer les désaccords avec l'Église grecque, nés des erreurs contenues dans les textes russes. Alexis ne se considérait pas seulement comme le tsar de toutes les Russies, il se tenait pour le tsar de l'Orient orthodoxe tout entier. Si les adversaires de Nikon ne contestaient pas le caractère universel du tsar russe, ils réfutaient en revanche la nécessité d'aller chercher auprès des Grecs les sources de la véritable orthodoxie. Ces querelles allaient prendre une tournure fanatique et sanglante.

Sans doute Alexis regretta-t-il alors d'avoir donné tant de pouvoir à ce patriarche, qui prônait désormais la supériorité de l'autorité spirituelle sur l'autorité temporelle. Il y vit une menace contre son propre pouvoir. De nouveau il s'enferma des journées entières et consulta les livres sacrés. Cette affaire de correction des Écritures le dépassait.

Nikon piquait de mémorables colères. Il retrouvait son calme en compagnie de la jeune tsarine qui venait souvent parler avec son confesseur de divers sujets religieux. Si le tsar se réjouissait de voir sa femme tenter de « sauver son âme de pécheresse » avec ce « saint homme », son entourage regardait ces rendez-vous fréquents d'un autre œil. Les ennemis du patriarche ne se gênaient pas pour souligner le tempérament volcanique de Nikon. Aussi les relations du mari et du confesseur devinrent-elles extrêmement tendues. Lassé de cet ami trop influent, le tsar changea d'attitude à son égard et, au mois de juillet 1658, Nikon renonçait au patriarcat.

Popes et dignitaires s'empoignèrent alors au sujet de la succession, de la forme, de l'accomplissement des rites et l'Église orthodoxe se déchira durablement. À

partir de 1660, des dissidents s'étripèrent, ou s'immolèrent par le feu à la suite de querelles sur la façon de
chanter à l'église ou de faire le signe de croix. Ils s'in-
surgeaient parce que le patriarche Nikon voulait, par
exemple, que les fidèles se signent avec trois doigts au
lieu de deux. L'une des plus riches femmes de boyards
de la Cour fut soumise à la question et à divers supplices
pour avoir refusé de faire le signe de croix avec les trois
doigts comme le voulaient les réformateurs[1]. Un autre
sujet de querelle en dit long : ceux qui refusaient tout
changement dans les rites protestaient aussi contre la
vie de débauche de leur clergé. Mais, en même temps,
ils se révoltaient parce que le patriarche réformateur
avait décidé d'interdire la vente et la consommation de
vodka le dimanche et les jours de fête.

Un jeune pope prit la tête de la révolte des traditiona-
listes. Avvakoum, obsédé par le péché, préconisait une
religion tellement rigide qu'à trois reprises, il fut bru-
talement chassé par des paroissiens qui n'en pouvaient
plus de ses exigences leur rendant la vie infernale. Il
écrivait dans ses mémoires : « Homme, puanteur que tu
es… excrément que tu es… je devrais vivre parmi les
porcs et les chiens, mon âme pue autant qu'eux, je pue
mes péchés, tel un chien crevé. »

Parvenu à intéresser le tsar Alexis à ses élucu-
brations, il faillit entraîner derrière lui l'ensemble de
l'Église orthodoxe en s'installant dans un lieu de culte
proche du Kremlin. Il en fut également expulsé par des
fidèles excédés par son discours.

---

1. Cette femme prénommée Morosova fut immortalisée dans un
célèbre tableau de Sourikov.

Exilé en Sibérie pendant quelques années, il finit par revenir au grand jour, plus ou moins protégé par le tsar, adulé par une partie grandissante de la population voyant en lui un authentique prophète sachant résister à « ceux qui voulaient changer la vraie foi ».

Ainsi se forma le schisme[1]. Aux querelles sur les rites s'ajoutaient le refus des influences occidentales et la proclamation que tout ce qui n'était pas authentiquement russe menait directement à l'enfer. Ces partisans de la Vieille Foi préféraient se faire jeter en prison, s'exiler et même se faire tuer plutôt que de sacrifier à quelques nouveaux rites. Par centaines, puis par milliers, les Vieux-Croyants choisirent le martyre, le meurtre et le suicide. Plus la répression était féroce, plus les Vieux-Croyants s'exaltaient. De ses exils successifs, de ses prisons, Avvakoum les encourageait et organisait la résistance. Par villages entiers, marchant pendant des milliers de kilomètres, ils s'installèrent dans les régions les plus reculées de l'Oural ou de la Sibérie, tournant systématiquement le dos à tout ce qui pouvait ressembler aux influences venues d'ailleurs. Des dizaines de milliers de Russes coupèrent toute relation avec le monde et deux ou trois siècles plus tard, au fin fond des zones les plus inhospitalières de la Sibérie ou du Grand Nord russe, on retrouva des villages des partisans de la Vieille Foi vivant depuis plus de deux cents ans en complète autarcie, parfaitement ignorants de l'évolution du monde.

En 1682, le jour du vendredi saint, sur décision du concile de l'Église officielle, le fondateur des Vieux-Croyants fut excommunié et brûlé sur un bûcher à

---

1. *Raskol*, en russe.

Moscou. Près de trente ans après que le concile ortho-doxe avait solennellement condamné le signe de croix à deux doigts, dans les flammes, il adjurait les Russes de le conserver :

« Frères, priez toujours avec ce signe et vous ne mourrez point ; vous êtes perdus si jamais vous l'aban-donnez. » Au cours des années qui suivirent et prati-quement jusqu'à la fin du siècle, les plus fervents de ses adeptes s'immolèrent régulièrement par le feu pour avoir la joie de mourir comme leur martyr. Au moins une vingtaine de milliers de ces Vieux-Croyants se suicidèrent ainsi. Dans l'un de ces bûchers collectifs 2 500 hommes, femmes et enfants périrent volontaire-ment en même temps.

Ce schisme et la violence avec laquelle on poursuivit ses partisans engendrèrent une rancœur dont le souve-nir persista au fil des siècles. Il affaiblit l'autorité de l'Église orthodoxe et contribua à l'éclosion de nom-breuses sectes, qui s'écartèrent à divers degrés de la tra-dition. L'Église orthodoxe craignait l'influence de ces sectes indépendantes insolites et, au fond, païennes.

Ainsi le sectarisme devint-il un élément central de cette chronique de la Russie insolite.

ANNEXE 3
L'UNIVERS DES SECTES

Malgré la répression et même les taxes[1], les Vieux-Croyants s'installèrent à jamais dans la résistance. La secte d'origine donna naissance à de nouvelles sous-sectes, dont certains membres allèrent jusqu'à décréter que chacun des fidèles était lui-même un pope susceptible de dire la messe et d'administrer tous les sacrements. Plus tard, d'autres migrèrent même jusqu'en Alaska et au Canada où leurs particularismes ont survécu.

Le plus étrange dans cette aventure est que les Vieux-Croyants résistèrent à l'usure des siècles et de l'histoire, même lorsqu'elle fut violente pour toute la Russie et surtout pour la Sibérie qui, avec ses étendues inhospitalières demeurées vierges, servit toujours de refuge aux marginaux de toutes sortes.

Dans cette contrée où les horizons paraissent illimités, les Sibériens, à l'encontre des paysans russes, n'avaient jamais été soumis à un servage écrasant. Pour les paysans, la Sibérie était même une région où il faisait mieux

---

1. Particulièrement au début du XVIIIe siècle sous le règne de Pierre le Grand qui les pourchassa et les contraignit à raser leurs barbes.

vivre. Tout paysan y avait la possibilité d'acheter et de cultiver sa propre terre, de monter une entreprise, de diriger un commerce, et comme il ignorait la contrainte, il gardait un caractère optimiste et fier. On y trouvait l'esprit d'indépendance des pionniers. Les Sibériens considéraient que seuls Dieu et le tsar, leur « petit père », les dominaient. Si leur foi était profonde, ils la mettaient en pratique de façon peu conventionnelle et laissaient se développer la pratique des Vieux-Croyants avec leurs rites ancestraux et les sectes hérétiques.

Les contes populaires enrichissaient le folklore sibérien et maintenaient sa soif de vivre et de survivre. La vodka, les chants et les danses représentaient les éléments essentiels de la vie de ces êtres spontanés, robustes, et si proches de la nature. Ainsi, aux yeux de la loi, nul n'était responsable de ses actes s'il pouvait prouver qu'il était pris de boisson au moment du délit. Sobre, un homme risquait jusqu'à deux ans de travaux forcés s'il s'était livré à des voies de fait sur un petit fonctionnaire ; ivre, il n'était emprisonné que trois jours, quand bien même il eût frappé le juge !

Cette vie rude fut cependant marquée par le sens de l'hospitalité. Ainsi le pèlerin[1] se place-t-il au centre de cette Russie.

Beaucoup accomplissaient des pèlerinages dans les lieux saints, abandonnant leur foyer pour aller à pied vénérer les reliques ou les icônes miraculeuses. Les nobles se déplaçaient le plus souvent en attelage et non à pied avec un sac comme le faisaient les paysans[2].

---

1. *Strannik.*
2. Les tsarines Élisabeth et Catherine II figurèrent parmi les pèlerines célèbres au milieu du XVIIIe siècle.

Aucun étranger, qu'il s'agisse d'un saint homme errant ou d'un criminel en fuite, ne se voyait refuser de la nourriture et souvent même un abri, car ces gestes étaient considérés comme un devoir sacré envers ces derniers héritiers de « l'authentique spiritualité ». Il était rare qu'une famille soit seule à table, quelqu'un de l'extérieur avait presque toujours besoin d'un repas pour survivre dans ces rudes contrées. La coutume voulait que l'on laisse du pain et du lait sur le seuil, la nuit, au cas où un étranger de passage aurait faim. Et les prophéties de ces vagabonds étaient écoutées religieusement.

Les Sibériens ont gardé une étrange passion pour les voyages, en particulier ceux qui appartenaient aux classes moins aisées et n'avaient pour les fixer ni métier, ni propriété, ni statut social. Parvenus à l'âge mur, certains paysans distribuaient leurs biens à leurs enfants, puis, armés d'un bâton et d'un baluchon, s'en allaient à la recherche de la spiritualité absolue. D'autres, jeunes encore, partaient parfois sans avertir personne explorer quelque temps l'inconnu.

Les pèlerins ou saints hommes errants constituaient donc l'une des caractéristiques pittoresques des campagnes. D'ailleurs, Catherine, notre dame du Transsibérien, était en quelque sorte aussi une pèlerine puisqu'à chacun de ses voyages, elle se rendait invariablement sur les tombes des *starets*.

Les représentants de deux sectes religieuses firent sentir leur influence non seulement en Sibérie mais aussi dans la capitale de l'Empire, jusque dans l'entourage le plus proche des empereurs qui eux-mêmes recevaient les représentants des sectaires.

À partir de 1613, pendant les trois siècles de la dynastie Romanov, sévirent les faux Christs. Cette hérésie existait sans doute dès le xve siècle, mais le véritable essor lui fut donné au début du xviie siècle, quand la doctrine fut prêchée par un paysan aux dons oratoires exceptionnels qui prétendait être le dieu vivant. Selon la légende, « auréolé de gloire, il serait descendu du ciel dans un char de feu » et resté sur terre sous l'apparence d'un homme[1]. Le fait que ces dieux vivants fussent mortels ne gênait aucunement leurs disciples. Car, conformément à ces croyances, lorsqu'un « Christ » quittait la vie terrestre pour monter au ciel, le Saint-Esprit s'installait dans un autre corps. Si bien qu'un grand nombre de « Messies » peuplaient l'amère terre russe.

Le fondateur de la secte des *Khlistis*[2] fit paraître un recueil de textes inspirés, dit le *Livre de la Colombe*, selon lequel les hommes ne devaient pas se marier ou, s'ils l'étaient déjà, étaient appelés à abandonner leur femme et leurs enfants « nés du péché ». Ses adeptes pouvaient prendre une « épouse spirituelle », mais il leur était interdit d'avoir des relations physiques avec elle. Jurer et absorber de l'alcool était également défendu, cependant que la recherche du martyre était exaltée. Cette doctrine enseignait que l'esprit appartenait au principe du Bien et que le corps appartenait à celui du

---

1. Selon la même légende, quinze ans avant la descente sur terre de Danilo Filippov, une mère centenaire avait engendré « l'enfant de Dieu, Ivan Souslov ». Ils étaient venus pour « défendre le peuple, misérable et opprimé ». Selon cette tradition, le premier « Christ » fut capturé par les boyards qui l'emmenèrent à Moscou et le crucifièrent sous les remparts du Kremlin. Mais il ressuscita. Et ainsi plusieurs fois on le crucifiait et il ressuscitait. Puis Danilo Filippov et Ivan Souslov moururent ou plus exactement ils retournèrent au ciel, tandis que d'autres « Christs » et d'autres « Mères de Dieu » prenaient leur place.

2. Les flagellateurs.

Mal. Les besoins du corps devaient donc être étouffés afin d'atteindre à la perfection morale. Au début du XIXᵉ siècle, la secte éveilla un intérêt dans l'aristocratie pétersbourgeoise à la recherche d'une spiritualité et de sensations fortes.

Ce mélange de paganisme et de christianisme est une des facettes de la civilisation russe. Au paysan tyrannisé, cette doctrine ouvrait la porte d'un monde aux possibilités illimitées. Dorénavant, chaque communauté (« navire » dans la terminologie de cette secte) avait son « Christ » et sa « Mère de Dieu ».

Au début les gens appelèrent « Christs » *(khrysty)* les membres de la secte. Mais la pratique de l'autoflagellation, héritée du paganisme – qui par ailleurs n'était pas sans rappeler la flagellation du Christ –, donna à la secte son nouveau nom – *khlysty*, qui signifie « fouets » ou « flagellants ».

Pour leur part, les membres de la secte se désignaient comme étant les « hommes de Dieu » ou, plus tard, « ceux qui croient au Christ ». Préparant leur âme à la venue du Saint-Esprit, ils prêchaient tout naturellement l'ascétisme le plus extrême. Mais un ascétisme en même temps surprenant où la domination des sens passait par une débauche sans bornes. Dans certaines communautés, l'abstinence et la chasteté observées dans la vie familiale laissaient place, lors de la « réjouissance » *(radenie)*, à une pratique débridée de la fornication collective entre membres de la secte. La réjouissance provenait des sorciers et des chamans et, une fois de plus, elle combinait paganisme et christianisme. Selon cette croyance, au cours de la réjouissance, le Saint-Esprit descendait sur tous les membres de la secte. Le tout se passait dans un climat de délire généralisé et de danse frénétique.

Leurs rites sont toujours restés secrets, chaque sectaire étant obligé de faire le serment de ne rien divulguer. Des témoins racontèrent néanmoins l'exercice du culte par les adeptes.

Les fidèles se rassemblaient la nuit en secret dans une cabane ou une clairière, illuminée par des centaines de cierges. Les cérémonies avaient pour but de faire naître une extase religieuse, une frénésie érotique. Après des invocations et des hymnes, les fidèles formaient un cercle et commençaient à se balancer en rythme, puis ils tournaient sur eux-mêmes à une vitesse croissante. Comme il était essentiel de parvenir au vertige pour que passe le « flux divin », le maître de cérémonie fouettait les danseurs qui ralentissaient la cadence. La réjouissance s'achevait par une sorte d'orgie, et tous les participants se roulaient par terre sous l'effet de l'extase ou se tordaient dans des convulsions.

Une autre secte, les *Skobtsis*[1], eut également les faveurs de l'entourage direct du tsar Alexandre Ier au début du XIXe siècle. Son chef[2] fut la coqueluche de la capitale de l'Empire russe et il n'était pas rare de voir les carrosses des favoris[3] devant la porte de son palais. Des officiers de la Garde, des fonctionnaires impériaux fréquentaient également ces sectaires, tous à la recherche d'une extase mystique plus ou moins innocente. Mais le chef spirituel de cette secte se mit à vilipender ces dérives sexuelles et à prêcher l'ascétisme absolu, qu'on ne pouvait atteindre que par le « baptême du feu », à

---

1. Les castrateurs.
2. Kodrati Selivanov.
3. Notamment ses principaux ministres Galitzine et Kotchoubei.

savoir la castration[1]. Les femmes, elles, pratiquaient l'ablation des organes génitaux, des mamelons, voire des seins dans leur totalité. Ainsi de nombreuses photos faites au xxᵉ siècle, montrent-elles des personnages ressemblant à des mutants ayant perdu toute différence sexuelle.

Les membres de la secte se livraient de manière volontaire à ces épouvantables mutilations, convaincus de leur supériorité sur les hommes ordinaires.

Le tsar Alexandre Iᵉʳ lui-même trouva le temps de discuter avec le fondateur de la secte, notamment avant Austerlitz en 1805[2]. (Il lui déconseilla, d'ailleurs, d'engager la bataille.) Cette impériale attention fit germer dans l'esprit des sectaires l'idée d'envoyer leurs « Christs » auprès du tsar afin d'aider celui-ci à sauver l'Empire de la déchéance. On élabora alors tout un projet de transformation de la Russie, dans lequel les « hommes de Dieu » gouverneraient. Le plus grand « Christ » vivant[3] serait attaché à la personne du tsar, et chaque ministre devrait avoir son propre « Christ », une sorte de « commissaire » chargé de la spiritualité.

En 1803, le projet fut présenté à Alexandre Iᵉʳ par un de ses proches[4]. Mais les idées qu'il contenait mirent

---

1. À la base de la doctrine se trouvait un passage de l'Évangile selon Saint Matthieu, compris par les paysans à demi illettrés comme un appel à l'action immédiate. Au verset 12 du dix-neuvième chapitre, le Christ dit en effet à ses disciples que certains eunuques le sont dès le sein de leur mère ; les uns le sont devenus par les hommes ; d'autres se sont rendus eux-mêmes eunuques afin d'accéder au Royaume des cieux, commettant ainsi de monstrueuses automutilations (à l'aide d'un fer chauffé à blanc ou d'une hache).

2. Son père, Paul Iᵉʳ, le rencontra aussi mais pour une raison précise : le chef de la secte affirmait être son père, Pierre III…

3. Autrement dit Selivanov.

4. Elianski, un aristocrate polonais.

le tsar en colère et son auteur fut contraint de se retirer dans un monastère.

À partir du début du xixᵉ siècle, l'hérésie *(khlysty)* n'attira plus seulement des paysans mais aussi des propriétaires fonciers, des membres du clergé et de la noblesse. À Saint-Pétersbourg, au château Mikhaïlov, ancienne résidence de l'empereur Paul Iᵉʳ, un « navire » *khlyst* agissait en secret. À sa tête se trouvait la générale E. Tatarinova[1], qui, à l'occasion de son mariage, avait renoncé au luthéranisme pour se convertir à l'orthodoxie. Elle avait le sentiment d'être une « Mère de Dieu » et s'était découvert le don de prophétie. La nuit, dans ce château, se déroulaient des cérémonies où se mêlaient danses frénétiques, incantations et prophéties. Bientôt s'y retrouva la haute société, généraux, hauts fonctionnaires, tels le maître de la Cour ou encore le prince ministre de l'Instruction et des Affaires ecclésiastiques. Les rites qui, initialement, se distinguaient par leur ascétisme intransigeant dégénérèrent peu à peu en orgies où se déchaînaient les passions. Ce « navire » put ainsi poursuivre ses activités jusqu'à la fin du règne d'Alexandre Iᵉʳ[2]. Le successeur d'Alexandre Iᵉʳ, son frère cadet le tsar Nicolas Iᵉʳ[3], s'intéressa aussi énormément aux prophéties mystiques notamment sur les grandioses perspectives de la Russie, que lui avait exposées dans une lettre le mathématicien et illuminé polonais Hoene-Wronski[4].

---

1. Née baronne Buchsgevdeni.
2. Tatarinova sera arrêtée en 1837, sous Nicolas Iᵉʳ, et expédiée de force dans un monastère.
3. Il régna entre 1825 et 1856.
4. 1778-1853.

Dans la deuxième moitié du XIXe siècle, Alexandre II consacra aussi beaucoup de temps au spiritisme et à l'astrologie. Son intérêt pour le baron Lamsdorf, médium allemand, fut partagé par l'héritier du trône Alexandre III et son épouse l'impératrice Maria, mère de Nicolas II.

Au début du XXe siècle, l'intérêt pour les astres prit un tour passionné, frénétique. On y voyait un signe des temps, on se rappelait les triomphes de Cagliostro, à la veille de la Révolution française. Tous voulaient jeter un coup d'œil du côté de l'avenir, demander conseil aux défunts, percer les secrets que – chacun, alors, en était convaincu – recelait avant tout l'Orient[1].

---

1. *Isis dévoilée* et autres écrits de Mme Blavatski, cousine du Premier ministre de l'époque Witte, connaissaient un franc succès, de même que les pouvoirs magiques de Georges Gurdjiev (natif du Caucase) ou les médecines tibétaines tout aussi magiques du Bouriate Piotr Badmaiev. Bénéficiant de dons paranormaux, Blavatski s'était fait remarquer dès son jeune âge pour ses étonnantes facultés psychiques.

Prétendant être en relation astrale directe avec deux moines tibétains, elle acquit une grande notoriété dans les cercles spiritualistes d'outre-Atlantique et fonda la Société de théosophie. Son livre le plus connu reste *Isis dévoilée*. L'histoire de ce texte, écrit en un temps record, suscite toujours des interrogations sur son origine, car elle prétendit l'avoir écrit sous la dictée de maîtres invisibles et mystérieux. « Quand j'écris, confia Mme Blavatski, tout est facile... Quand on me dit d'écrire, je m'assieds et j'obéis. Je peux alors écrire avec la même facilité sur n'importe quel sujet : métaphysique, psychologie, philosophie, religions, zoologie, sciences naturelles, que sais-je encore ? Pourquoi ? Parce que quelqu'un qui sait tout me dicte... Quand j'écris sur un sujet que je connais mal ou pas du tout, je m'adresse à Eux et l'un d'Eux m'inspire, c'est-à-dire qu'Il me permet de copier simplement des manuscrits ou des imprimés que je vois passer devant mes yeux sans que je perde un seul instant conscience de la réalité. »

A Ancêtres.

A

A **1019-1054** Règne de Iaroslav le Sage à Kiev.

1051 Anne de Kiev épouse le roi de France Henri Ier. *A*

1052 Naissance de son fils Philippe Ier. *A Birthe de*

1054 Grand Schisme de la chrétienté : rupture entre l'Église latine et l'Église grecque. *Hollande*

1060-1062 Régence d'Anne de Kiev.

1062 Anne épouse Raoul de Valois. *son amant*

1067 (1075 ?) Mort d'Anne de Kiev.

1223 Bataille de la Kalka, défaite des troupes russes par les Tatars.

1237-1241 Invasion de la Russie par les Tatars.

1325-1340 Règne du prince Ivan Ier à Moscou (grand-prince à partir de 1328).

1326 Le siège du métropolite est transféré de Vladimir à Moscou.

1359-1389 Règne du grand-prince Dimitri Donskoï.

1380 Victoire des Russes sur les Tatars dans la plaine de Koulikovo.

1382 Nouvelle incursion tatare.

1389-1425 Règne du grand-prince Vassili Ier.

1462-1505 Règne du grand-prince Ivan III.

1480 Fin du joug tartare.

1485-1495 Construction des murs et tours du Kremlin.

1505-1533 Règne du grand-prince Vassili III.

1533-1584 Règne d'Ivan IV dit le Terrible. Il est proclamé tsar en 1547.

1552 Prise de Kazan par les Russes.

1564 Premier livre imprimé à Moscou.

1581 Expédition du Cosaque Ierinak en Sibérie.

1584-1598 Règne de Fedor Ivanovitch.

1587 Traité de commerce avec la France.

1589 Institution du patriarcat à Moscou.

1598 Conquête de la Sibérie.

1598-1605 Règne de Boris Godounov.

1605-1606 Règne du Faux-Dimitri Ier.

1606 *mai :* soulèvement des Moscovites contre les Polonais ; le Faux-Dimitri est tué.

1610 Règne de Vassili Chouïski.

1611 Invasion de Moscou par les Polonais.

19 mars : insurrection contre les Polonais.

septembre-octobre : Minine lève des troupes populaires pour libérer Moscou.

26 octobre : le Kremlin est repris.

1613-1621 *février :* Michel Romanov est élu tsar.

Règne de Michel Romanov.

Guerre russo-polonaise.

1645-1675 Règne d'Alexis Mikhaïlovitch.

1676-1682 Règne de Fedor Alexeïevitch.

1682-1689 Règne de Sophie Alexeïevna.

1689-1725 Règne de Pierre le Grand.

1698 Insurrection des Streltsy.

1702 *16 décembre :* premier journal publié à Moscou.

1703 Fondation de Saint-Pétersbourg.

1705 Formation d'une armée régulière par recrutement obligatoire en Russie.

1709 *27 juin :* victoire russe de Poltava contre la Suède.

1711 *mai-juin :* campagne de Prusse de Pierre Ier.

1711-1713 Guerre russo-turque.

1712 La capitale est transférée à Saint-Pétersbourg.

1721 Suppression du patriarcat et création du Saint-Synode. Paix avec la Suède.

1722 Institution du « Tableau des rangs » (hiérarchie des classes civiles et militaires).

1724 Fondation de l'Académie des sciences de Russie.

1725-1726 Règne de Catherine Ire.

1727-1730 Règne de Pierre II.

1730-1740 Règne d'Anna Ivanovna.

1735-1739 Guerre russo-turque.

1741-1743 Guerre russo-suédoise.

1741-1761 Règne d'Elisabeth Pétrovna.

1757 *6 novembre :* fondation de l'Académie des beaux-arts de Saint-Pétersbourg.

1757-1762 Participation de la Russie à la guerre de Sept Ans.

1761-1762 Règne de Pierre III.

1762-1796 Règne de Catherine II.

1764 Création du musée de l'Ermitage à Saint-Pétersbourg.

1767-1768 Réunion de la Commission législative à Saint-Pétersbourg.

1768-1774 Guerre russo-turque.

1772 Premier partage de la Pologne.

1773-1775 Jacquerie de Pougatchev.

1775 Suppression de la Setch des Cosaques Zaporogues.

1783 Réunion de la Crimée à la Russie.

1787-1791 Guerre russo-turque.

1792 *29 décembre :* paix de Jassy avec la Turquie.

1796-1801 Règne de Paul Ier.

1799 Campagnes de Souvorov en Italie et en Suisse. Fondation de la Compagnie russo-américaine de commerce.

1801-1825 Règne d'Alexandre Ier.

1805 Victoires de Napoléon Ier sur la coalition austro-russe.

2 décembre : Austerlitz.

1806-1812 Guerre russo-turque.

1807 *7 et 8 février :* Eylau.

1807 Traité de Tilsit entre Napoléon et Alexandre Ier.

1812 Campagne de Russie de Napoléon Ier.

7 septembre : bataille de la Moskova (Borodino).

14 septembre : entrée de Napoléon au Kremlin.

27-29 novembre : bataille de la Bérézina.

1813 *16 au 16 octobre :* Napoléon perd la bataille de Leipzig.

1814 *31 mars :* les troupes des coalisés entrent dans Paris.

6 avril : première abdication de Napoléon.

3 mai : retour de Louis XVIII.

1814-1815 Congrès de Vienne.

1815 *20 mars :* Napoléon rentre à Paris.

18 juin : Waterloo.

22 juin : abdication de Napoléon.

26 septembre : la Sainte-Alliance.

1825 *26 décembre :* insurrection des décembristes à Saint-Pétersbourg.

1825-1855 Règne de Nicolas Ier.

1826 *juillet :* exécution des chefs du mouvement décembriste. Création de la IIIe section de la gendarmerie (la Haute Police politique).

1837 Mort d'Alexandre Pouchkine.
Inauguration de la première ligne de chemin de fer en Russie.

1854-1855 *jusqu'en septembre 1855 :* guerre de Crimée.

1855-1881 Règne d'Alexandre II.

1861 *février :* abolition du servage.

1864 Réforme administrative, création des zemstvos (conseils locaux), réforme judiciaire.

1865-1885 Conquête de l'Asie centrale par la Russie.

1873 Alliance des trois empereurs (Guillaume II, François-Joseph, Alexandre II).

1873-1875 « Marche vers le peuple » des intellectuels populistes.

1876-1879 Activité de l'organisation révolutionnaire « Terre et Liberté ».

1881 *1er mars :* assassinat d'Alexandre II par les populistes.

1881-1894 Règne d'Alexandre III.

1887 *1er mars :* tentative d'attentat contre Alexandre III à Saint-Pétersbourg ; Alexandre Oulianov, le frère aîné de Vladimir Oulianov (le futur Lénine), est impliqué.

1891 Début de la construction du Transsibérien.

1891-1993 Alliance franco-russe.

1894 Tragiques mouvements de foule pendant les fêtes du couronnement de Nicolas II à Moscou (catastrophe de la Khodynka).

1894-1917 Règne de Nicolas II.

1896 Nicolas II en visite officielle en France.

1905 Guerre russo-japonaise.
janvier : première révolution russe.

22 janvier : « Dimanche rouge », la police et l'armée tirent sur une grande manifestation pacifique devant le palais d'Hiver.

27 juin-8 juillet : mutinerie du croiseur *Potemkine* devant Odessa.

5 septembre : traité de paix de Portsmouth entre la Russie et le Japon.

30 octobre : manifeste du tsar Nicolas II promettant les libertés politiques et la réunion d'une Douma d'État législative.

1917 *15 mars :* abdication de Nicolas II.

17 mars : formation d'un gouvernement provisoire.

juin : offensive russe sur le front sud ; échec.

24 juillet : Kerenski devient président du Conseil.

septembre : tentative contre-révolutionnaire du général Kornilov, arrêtée par la garde rouge.

14 septembre : proclamation de la République ; Kerenski à la tête d'un directoire.

7 novembre : coup d'État d'Octobre sous la direction des bolcheviks.

9 novembre : formation du Conseil des commissaires du peuple, présidé par Lénine ; décrets « sur la Paix » et « sur la Terre ».

1918 *18 janvier :* réunion de l'Assemblée constituante élue à Petrograd.

19 janvier : dissolution de la Constituante.

28 janvier : formation de l'armée rouge.

14 février : adoption du calendrier grégorien.

février : offensive austro-allemande contre la Russie soviétique.

10 au 10 mars : la capitale de la Russie est transférée de Saint-Pétersbourg à Moscou. Le gouvernement soviétique s'installe au Kremlin.

mars-avril : corps expéditionnaire antibolchevique des alliés à Mourmansk.

avril : corps expéditionnaire japonais et anglais à Vladivostok.

25 mai : soulèvement contre-révolutionnaire du corps expéditionnaire tchèque.

8 juin : prise de Samara par les troupes blanches appuyées par l'intervention, constitution d'un gouvernement contre-révolutionnaire.

28 juin : formation en Sibérie d'un gouvernement provisoire contre-révolutionnaire.

4-10 juillet : le Ve congrès panrusse des Soviets adopte la 1re Constitution soviétique.

2 août : débarquement anglo-américano-français à Arkhangelsk.

4 août : occupation de Bakou par les Anglais.

30 août : attentat contre Lénine.

1924 Mort de Lénine.

1924-1953 Staline dirige l'Union soviétique.

1953-1964 Khrouchtchev dirige l'Union soviétique.

1964-1982 Brejnev dirige l'Union soviétique.

1979 *décembre :* intervention de l'armée soviétique en Afghanistan.

1985 *mars :* Gorbatchev, secrétaire général du PCUS, lance la perestroïka.

1988-1989 Retrait des troupes soviétiques d'Afghanistan.

1989 Élections à candidatures multiples en URSS.

1990 Instauration d'un régime présidentiel en URSS.

1991 *mars :* Gorbatchev est élu président de l'Union.

juin : Eltsine, président de la Fédération de Russie.

19-21 août : tentative de putsch contre le président Gorbatchev.

décembre : fin de l'URSS.

1996 *juin :* réélection d'Eltsine à la présidence de la Fédération de Russie.

2000 *mars :* Poutine à la présidence de la Fédération de Russie.

ANNEXE 5
GASTRONOMIE

Dans chaque ville russe, et surtout dans les grandes capitales Moscou et Saint-Pétersbourg, vous trouverez invariablement trois catégories de restaurants. Les restaurants de luxe, appartenant souvent aux grands hôtels, les restaurants offrant la cuisine venue d'ailleurs – les vestiges de la période soviétique – et les nouveau-nés de la période des réformes réunissant souvent la qualité et le prix, présentant aussi la Russie traditionnelle. Dans ces restaurants, vous pourrez toujours retrouver les recettes de cuisine et l'ambiance d'autrefois, que ce soit dans la grande salle à colonnes du restaurant *Pékin* ou celle à boiseries de chêne. Les habitués commandent caviar, vodka, pirojkis fourrés de confiture et surtout, zakouski, caviar pressé, saumon ou esturgeon fumé dont les connaisseurs savent que le goût puissant peut être allégé par une marinade de lait, filets de hareng, cochon de lait. L'hiver, n'omettez pas de commander le fameux *bortsch*, soupe à base de betteraves dont vous adoucirez la couleur cramoisie par un nuage de crème fraîche. Durant les chaleurs estivales vous la remplacerez par l *okhrochka*, soupe glacée à base de *kvass*, boisson nationale russe rehaussée de légumes frais.

COUNTRY
INNS & SUITES
BY CARLSON

countryinns.com

COUNTRY

INNS & SUITES

BY CARLSON

countryinns.com

La vodka est l'eau-de-vie des Russes, d'ailleurs vodka est le diminutif de *voda*, qui signifie eau.

Voici quelques cocktails à base de vodka inspirés de recettes traditionnelles et réputés aphrodisiaques. À consommer avec modération bien sûr !

Nonotchka : 6 cl de vodka, 3 cl de crème de cacao blanc, 1,5 cl de jus de citron frais, glace pilée.

Troïka : 4 cl de vodka, 2 cl de Cointreau, 3 cl de jus de citron frais.

KGB : 4 cl de vodka, 2 cl de liqueur de Galliano, 2 cl de Vermouth Dry, quelques morceaux d'orange.

Raspoutine : 3 cl de vodka, 2 cl de jus de citron, 2 cl de jus de melon, 6 cl de jus d'orange.

Gogol : 3 cl de vodka, 2 cl de crème de cassis, 5 cl de jus d'orange.

Crime : 4 cl de vodka, 1 cl de sirop de fruits de la passion, 1 cl de curaçao bleu.

Châtiment : 2 cl de vodka, 1 cl de Get 27, 1 cl de curaçao bleu, 1 cuillerée de crème fraîche.

BIBLIOGRAPHIE

SUR L'HISTOIRE ET LA CIVILISATION RUSSE

BILINGTON, James H., *The Icon and the Axe*, Random House, New York, 1966.

GRÈVE, Claude de, *Voyage en Russie*, Robert Laffont, « Bouquins », Paris, 1990.

HELLER, Michel, *Histoire de la Russie et de son empire*, Plon, Paris, 1997.

LE ROY-BEAULIEU, Anatole, *L'Empire des tsars et les Russes*, L'Âge d'Homme, Paris, 1988; Robert Laffont, « Bouquins », Paris, 1996.

YANOV, Alexander, *The Origins of Autocracy*, University of California Press, Berkeley, Los Angeles, London, 1981.

SUR LA PÉRIODE DE 1917 À NOS JOURS

ADJOUBEÏ, Alexeï, *À l'ombre de Khrouchtchev*, La Table ronde, Paris, 1989.

ALBATS, Evguenia, *La Bombe à retardement, enquête sur la survie du KGB*, Plon, Paris, 1995.

AMALRIK, Andreï, *L'Union soviétique survivra-t-elle en 1984 ?*, Fayard, Paris, 1990.

ANDREW, Christopher et MITROKHINE, Vassili, *The Sword and the Shield : The Mitrokhine Archive and the Secret History of the KGB*, Basic Books, New York, 1999.

BARRON, John, *KGB, the Secret Work of Soviets Secrets Agents*, Bantam Books, New York, 1974.

BERIA, Sergo, *Beria, mon père*, Plon, Paris, 1999.

BESANÇON, Alain, *L'Anatomie d'un spectre*, Calmann-Lévy, Paris, 1981.

BLANC, Hélène et RENATA, Lesnik, *Le Mal russe*, L'Archipel, Paris, 2000.

BOUKOVSKY, Vladimir, *Jugement à Moscou*, Robert Laffont, Paris, 1995.

CARRÈRE D'ENCAUSSE, Hélène, *L'Empire éclaté, la révolte des nations en URSS*, Flammarion, Paris, 1978.

CARRÈRE D'ENCAUSSE, Hélène, *Le Pouvoir confisqué : gouvernants et gouvernés en URSS*, Flammarion, Paris, 1980.

CHERBARCHINE, Leonid, *Rouska Moskvy*, Tsentr-100, Moscou, 1992.

CHENTALINSKI, Vitali, *Les surprises de la Loubianka*, Robert Laffont, Paris, 1997.

CHURCHILL, Winston, *The Aftermath*, Macmillan & Co, Londres, 1941.

COULLOUDON, Virginie, *La Mafia en Union soviétique*, Lattès, Paris, 1990.

DAIX, Pierre, *L'Avènement de la Nomenklatura*, Complexe, Paris, 1982.

DJILAS, Milovan, *The New Class, an Analysis of the Communist System*, Praeger, New York, 1957.

ELTSINE, Boris, *Jusqu'au bout!*, Presses Pocket, Paris, 1991.

ELTSINE, Boris, *Sur le fil du rasoir*, Albin Michel, Paris, 1994.

ELTSINE, Boris, *Mémoires*, Flammarion, Paris, 2000.

GATES, Robert, *From the Shadows*, Simon & Schuster, New York, 1996.

GORBATCHEV, Mikhaïl, *Perestroïka, vues neuves sur notre pays et le monde*, Flammarion, Paris, 1987.

GORBATCHEV, Mikhaïl, *Mémoires*, Le Rocher, Monaco, 1997.

GRATCHEV, Andreï, *Staline est-il mort?*, Le Rocher, Monaco, 1998.

GROMYKO, Andreï, *Mémoires*, Belfond, Paris, 1989.

GUETTA, Bernard, *L'Éloge de la tortue*, Hachette, Paris, 1991.

HELLER, Michel, *La Machine et les Rouages : la formation de l'homme soviétique*, Calmann-Lévy, Paris, 1985.

KENNAN, George, *The Nuclear Delusion, Soviet-American Relations in the Atomic Age*, Pantheon Books, New York, 1983.

KERVOKOV, Viatcheslav, *Taïnyï kanal*, Gueïa, Moscou, 1997.

KHRIOUCHTKOV, Vladimir, *Litscnoïe delo*, Respoublika, Moscou, 1997.

KLEBNIKOX, Paul, *The Godfather of the Kremlin*, Hartcourt, New York, 2000.

KORJAKOV, Alexandre, *Boris Eltsine : ot passveta do zakata*, Interbouk, Moscou, 1988.

KOSTINE, Sergueï, *Bonjour farewell*, Robert Laffont, Paris, 1997.

LAPORTE, Pierre, *Histoire de l'Okhrana*, Payot, Paris, 1936.

LAURENT, Éric, *L'Effondrement*, Olivier Orban, Paris, 1992.

LECOMTE, Bernard, *Le Bunker, vingt ans de relations franco-soviétiques*, Lattès, Paris, 1994.

LESNIK, Renata et BLANC, Hélène, *L'Empire de toutes les mafias*, Presses de la Cité, Paris, 1996.

LORRAIN, Pierre, *La Mystérieuse Ascension de Vladimir Poutine*, Le Rocher, Monaco, 2000.

LOUPAN, Victor, *Le Défi russe*, Les Syrtes, Paris, 2000.

MEDVEDEV, Roy, *Le Stalinisme : origine, histoire, conséquences*, Le Seuil, Paris, 1972.

MEDVEDEV, Roy, *Staline et le stalinisme*, Albin Michel, Paris, 1979.

MODINE, Iouri, *Mes camarades de Cambridge*, Robert Laffont, Paris, 1994.

PALAJTCHENKO, Pavel, *My Years with Gorbatchev and Shevernadze : The Memoir of a Soviet Interpreter*, Pennsylvania State University Press, Philadelphie, 1997.

POPOV, Gavriil, *Que faire ? Mon projet pour la Russie*, Belfond, Paris, 1992.

POUTINE, Vladimir (avec GUEVORKIAN, N., TIMAKOVA, N., et KOLESNIKOV, A.), *Ot pervogo litsa. Rasgovory s Vladimirom Poutinym*, Vagrius, Moscou, 2000.

ROCHE, François, *Le Hold-up du siècle*, Le Seuil, Paris, 2000.

SOKOLOV, Georges, *Puissance pauvre*, Fayard, Paris, 1996.

SOLJENITSYNE, Alexandre, *Le Chêne et le Veau*, Le Seuil, Paris, 1975.

SOUDOPLATOV, Pavel, *Missions spéciales*, Le Seuil, Paris, 1994.

TCHERNAÏEV, Anatoli, *Chest let s Gorbatchevym*, Progress, Moscou, 1993.

THOM, Françoise, *Le Moment Gorbatchev*, Hachette, « Pluriel », Paris, 1989.

TIKHONOV, Nikolaï, *L'Économie soviétique, réalisation, problèmes, perspectives*, Novisti, Moscou, 1983.

TROYAT, Henri, *Raspoutine*, Flammarion, Paris, 1996.

VADREAU, Pierre-Marie, *Où va la Russie ?*, 1996.

YAKOVLEV, Alexandre, *Vospominania*, Vagrius, Moscou, 2000.

ZINOVIEV, Alexandre, *Les Confessions d'un homme en trop*, Olivier Orban, Paris, 1990.

Remerciements

Je voudrais tout d'abord exprimer ma gratitude à Isabelle de Tredern qui, encore une fois, m'a accompagné dans ce travail.

Ma grande reconnaissance va aussi à mon éditeur Jean-Paul Bertrand et à tous ses collaborateurs dont je n'oublierai jamais l'efficacité et la gentillesse.

Merci aussi aux collaborateurs des Archives de la Fédération de Russie.

Table

Du même auteur :

AUX ÉDITIONS DU ROCHER

Les Tsarines, 2002.

L'Histoire secrète des Ballets russes, 2002 ; prix des écrivains francophones.

Le Roman de Saint-Pétersbourg, 2003 ; prix de l'Europe.

Le Roman du Kremlin, Le Rocher-Mémorial de Caen, 2004 ; prix Louis-Pauwels, prix du meilleur document de l'année.

Diaghilev et Monaco, 2004.

CHEZ D'AUTRES ÉDITEURS

Paris-Saint-Pétersbourg : la grande histoire d'amour, Presses de la Renaissance, 2005.

Les Deux sœurs, Lattès, 2004 ; prix des Romanciers.

La Guerre froide, Mémorial de Caen, 2002.

La Fin de l'URSS, Mémorial de Caen, 2002.

De Raspoutine à Poutine, les hommes de l'ombre, Perrin-Mémorial de Caen, 2001 ; prix d'Étretat.

Le Retour de la Russie, Odile Jacob, 2001.

Le Triangle russe, Plon, 1999.

Le Département du diable, Plon, 1996.
Les Égéries romantiques, Lattès, 1995.
Les Égéries russes, Lattès, 1993.
Histoire secrète d'un coup d'État, Lattès, 1991.
Histoire de la diplomatie française, Éditions de l'Académie diplomatique, 1985.

Vladimir Fédorovski dirige également la collection « Le roman des lieux magiques » aux Éditions du Rocher.

Composition réalisée par Asiatype

Achevé d'imprimer en février 2007 en France sur Presse Offset par

C P I
Brodard & Taupin

La Flèche (Sarthe).
N° d'imprimeur : 39629 – N° d'éditeur : 81937
Dépôt légal 1re publication : février 2007
LIBRAIRIE GÉNÉRALE FRANÇAISE – 31, rue de Fleurus – 75278 Paris cedex 06.

B 2 ~~1:00 PM~~
~~1:00 PM~~

F1
~~2:41:45~~
~~2:00 PM~~
~~3 Full~~ ATLANTA

~~B 3~~ ~~3:15~~ → Country Inn &
~~F1~~ Suites
770 - 991 - 1099

~~2:9~~ July 29, 2018

DL 2457
7:35 A ATLANTA
9:53 A HARTFORD